Gabriele Böing

Alles für diesen Mann

Impressum

Bibliografische Information der Deutschen
Nationalbibliothek:
Die Deutsche Nationalbibliothek verzeichnet diese
Publikation in der Deutschen Nationalbibliografie;
detaillierte bibliografische Daten sind im Internet über
http://dnb.dnb.de abrufbar.

3. Auflage

© 2020 Gabriele Böing

Herstellung und Verlag: BoD – Books on Demand,
Norderstedt

ISBN: 978-3-7504-8184-8

Jenny riss die Augen erwartungsvoll auf. Ihr Hals war plötzlich belegt und sie hatte das Bedürfnis, sich zu räuspern. Ihre Wangen begannen zu glühen. Unzählige kleine Marienkäfer schienen durch ihre Adern zu krabbeln. Jedoch ihr Herz fühlte sich wie ein schmerzhafter Betonklotz an, der ihre Lunge so stark eindrückte, dass bei jedem Einatmen ein hohes Pfeifen zu hören war.

„Hei Mädels!", Roman hatte soeben das Buchhaltungsbüro betreten, das sich Jenny mit ihrer Kollegin und Freundin Martina teilte. Er schenkte jedem der beiden Frauen sein strahlendes zwinkerndes Lächeln.

Dieser Mann war die Ursache für Jennys Aufruhr. Sie fühlte sich jede Minute durch ein unsichtbares gespanntes Gummiband mit ihm verbunden, das sie Tag und Nacht mit aller Kraft zu ihm hinzog. Allerdings hatte Roman diese Anziehungskraft offensichtlich noch nicht bemerkt, denn außer einer guten, platonischen Freundschaft zeigte er seit seinem Eintritt in dieser Firma vor ungefähr neun Monaten kein Interesse an einer Beziehung mit Jenny.

„Was gibt's EDV-Freak?", flötete Martina zurück, während Jenny noch immer pfeifend nach ihrer Stimme rang.

„Ich brauche noch mal die Rechnung vom letzten PC, den Frau Bauer im Einkauf bekommen hat. Es muss vermutlich ein Teil ausgewechselt werden, Frau Bauer schimpft schon mit mir, da ich den PC nicht zum Laufen bekomme." Romans grüne Augen strahlten vor allem Jenny an, die sofort wie hypnotisiert aufsprang.

„Klar, ich suche sie sofort heraus!" Jenny verschluckte sich fast an ihren hastig gesprochenen Worten. Sie schnappte sich den nächstbesten Rechnungsordner und wühlte ziellos darin herum. Sie hoffte, ihr käme plötzlich doch noch die zündende Idee, um welche Rechnung es sich handeln könne. Sie hörte im Hintergrund Romans amüsierte Stimme. Er wusste genau, welche Gefühle in Jenny verrückt spielten. Viele Stunden hatten sie beide zusammen nach dem Feierabend im nahegelegenen Cafe noch über Firmenereignisse und das Leben im Allgemeinen diskutiert. Jenny hing dabei geradezu an seinen Lippen und seinen stets strahlend-amüsierten Augen. Ihre unzähligen Angebote, dass er jederzeit mit seinen

Problemen zu ihr kommen könne, über die er sowieso nie mit ihr sprechen würde, sowie ihre ständige Bereitschaft zu Treffen mit ihm hatten ihm schon längst als sehr feinfühligen Mann die Augen über ihre tiefe Liebe und Hörigkeit geöffnet. Er genoss die Situationen, in der er angehimmelt und mit wichtigen Firmeninformationen versorgt wurde. Roman mochte Jenny als Kollegin sehr, verachtete aber ihre Anbiederung und empfand ihr übergewichtiges und eher ungepflegtes Äußeres als unattraktiv. Ihren naiven, ängstlichen und leicht manipulierbaren Charakter fand er süß, schloss aber jede Achtung seinerseits aus.

„Nur mit der Ruhe!", grinste er Jenny an. „Ich habe dir doch noch gar nicht gesagt, welcher Lieferant uns diesen Schrott geliefert hat." Jenny lächelte verkrampft und fühlte sich ertappt.

Martina, die Jennys Gefühle für Roman längst kannte, mischte sich nun ein. „Schrott? Ein PC ist ein Wunderwerk der Technik. Hast du uns das nicht immer wieder gesagt? Na ja, über sein Eigenleben wundere ich mich allerdings auch täglich."

„Frag mich doch, wenn du Probleme mit deinem Computer hast. Dafür bin ich hier eingestellt. Ich finde den Computer meistens noch komplizierter als Frauen", konterte Roman und zwinkerte Jenny vergnügt zu.

„Und das sagt ein diplomierter Informatiker", stöhnte Martina und wandte sich wieder ihrer Rechnungskontierung zu.

„Stopp, Jenny. Ich sehe gerade die Rechnung, die ich brauche, in deinem Ordner!"

Erleichtert nahm Jenny die Rechnung heraus und gab sie Roman. Ein Blick auf Romans Hand erinnerte sie an ihre abgekauten Fingernägel. Seine Fingernägel waren wie seine ganze Erscheinung: sehr gepflegt, aber nicht auffällig.

„Er kann mich nicht lieben, dafür bin ich rundherum zu unvollkommen", dachtes sie voller Zweifel. „Wenn ich so fröhlich unbekümmert wie Martina, so perfekt wie Stefanie wäre oder so attraktiv wie Ute, dann würde es vielleicht zwischen Roman und mir klappen. Stattdessen verraten meine abgekauten Fingernägel und meine Esssucht meine Disziplinschwäche. Meine unattraktive graue Kleidung und meine langweiligen glatten braunen Haare zeigen meine Angst, irgendwie aufzufallen und Ärger zu bekommen mehr als deutlich. Und dabei ist gerade er so gepflegt, attraktiv und willensstark. Ab heute werde ich mich ändern müssen."

Diesen Vorsatz hatte Jenny schon, als Roman vor neun Monaten in die Firma kam. Geändert hatte sich nichts, außer dass weitere zehn Kilo ihren ohnehin auffällig großen Hintern schmückten. Sie ahnte nicht, wie gravierend sich ihr Leben im nächsten Jahr verändern würde.

„Der Wirbelsturm hat sich gelegt, Roman ist weg", unterbrach Martina Jennys selbstzerstörerisches Grübeln grinsend.

In diesem Moment fiel Jenny ein, dass sie einen Termin hatte. In großer Eile warf sie noch die letzten Ordner in die hohe, hellbraune Aktenschrankwand in ihrem Büro. „Will der Computer heute gar nicht mehr herunterfahren", murmelte sie ungeduldig, während sie nervös hin und her lief. Die Nachricht „Sie können den Computer abschalten" ließ heute ewig auf sich warten. „Na endlich", sagte Jenny und fiel fast über die Räder ihres Bürodrehstuhls, als sie den Bildschirm eben noch ausdrücken wollte.

Martina hatte sich im Bürostuhl entspannt zurückgelehnt und verfolgte höchst amüsiert Jennys Treiben. „Dein Date muss aber ganz schön attraktiv sein", meinte sie provokativ. „Hast du nun endlich doch beschlossen, Roman den Laufpass zu geben?", fügte sie hoffnungsvoll hinzu.

„Ich habe kein Date, nur einen wichtigen Termin", stellte Jenny richtig, während sie gerade sehr umständlich den Autoschlüssel aus ihrer Tasche suchte. Es war ihr unangenehm, Martina so ausweichend antworten zu müssen. Sie war inzwischen mehr als nur eine das Zimmer teilende Arbeitskollegin für sie. Martina war eine gute und aufmerksame Freundin geworden. Die beiden grauen, modernen Schreibtische waren in der Mitte des Raumes zusammengeschoben, so dass sich Martina und Jenny gegenübersaßen. Meistens befanden sich überall Papierstapel, Ordner und Ablagekörbchen auf dem Tisch. Ihre großen Computerbildschirme standen jeweils auf einem gesonderten Computerarbeitstisch am hinteren Fenster mit dem Bildschirm zur Tür. Die vielen hohen Grünpflanzen auf der Fensterbank vermittelten eine gemütliche und wohnzimmerähnliche Atmosphäre. Es wurde immer darauf geachtet, dass Martina und Jenny sich noch gut sehen und unterhalten konnten. So hatten sie im Laufe der Jahre sämtliche aktuellen privaten und betrieblichen Themen immer und immer wieder durchgekaut. In einer schwachen Stunde hatte Jenny ihr sogar von ihrer Schwärmerei zu einem engen Arbeitskollegen verraten.

Seit neun Monaten kreisten nun schon Jennys Gedanken nahezu ununterbrochen um diesen Arbeitskollegen Roman. Inzwischen bestimmte er ihren Alltag und ihr Leben entscheidend mit. Roman mischte sich nicht wirklich viel in Jennys Leben ein, abgesehen von gelegentlichen erbetenen Ratschlägen. Stattdessen stellte sie sich dauernd vor, was er ihr in den verschiedensten Situationen sagen würde. Und dementsprechend traf sie ihre Entscheidungen. So hatte Roman sie in ihren Gedanken taktvoller Weise häufiger aufgefordert, etwas an ihrem Aussehen zu verändern. Daher hatte Jenny sich entschlossen, diesen Ratschlag zu befolgen. Roman wurde somit nicht nur ihr ständiger Begleiter, sondern auch ihr Gewissen und ihr Coach.

„So, jetzt kannst du dich wieder voll deiner Arbeit widmen. Ich nutze heute nämlich ausnahmsweise mal meine Gleitzeit und gehe etwas früher", Jenny schenkte Martina ihr für diese Eile bestes Lächeln. Martina zwinkerte nur kopfnickend zurück. Jenny musste lachen. Wie Martina so dasaß – mit ihren braunroten, halblangen, glatten Haaren locker im Bürostuhl. Ob diese schöne Haarfarbe nun echt oder getönt war, hatte sie ihr nie verraten wollen. Das war aber auch nicht so wichtig. Martina war nicht eitel, aber ehrgeizig, hilfsbereit und tolerant. Ihre erfolgreichste Charaktereigenschaft war jedoch ihr Blick und Gefühl für das Wesentliche. Zudem wusste sie sich sehr gut durchzusetzen und tat es mit einer bewundernswerten direkten, offenen Weise. Martinas gute Laune war jedes Mal wieder schnell hergestellt, wenn eine unangenehme Sache geklärt war. Ich habe ganz schön viel Glück mit ihr als Kollegin – wenn ich so manch anderen dagegen sehe, dachte Jenny zufrieden, während sie die Treppen herunter ging.

„Nun aber los", feuerte sie sich selber an. Das war jedoch durch ihr erhebliches Übergewicht gar nicht so einfach. Der hervorgewölbte Bauch drückte in den Unterleib und zog an ihrem Rücken. Das wird sich bald ändern, beruhigte sie sich. Hoffentlich! Da waren doch schon wieder diese bekannten Zweifel, die jeden Änderungsversuch, ob nun

Gewichtsabnahmen oder sonstige Veränderungen, schon von vornherein in Frage stellten.

Jenny hatte tatsächlich kein Date, sondern sich entschlossen, an diesem Tag den hoffentlich endlich erfolgreichen Abnahmeversuch bei einer Diätgruppe zu beginnen. Leider war die Zeit bis zu diesem Treffen in ihrer Wohnungsnähe sehr knapp. Auch die Autobahn war, wie bereits von Jenny befürchtet, ziemlich befahren. Sie wurde noch nervöser. Aber sie ertappte sich auch bei dem Gedanken, dass es vielleicht gar nicht so schlecht wäre, wenn sie es nicht mehr schaffen würde. Dann könnte sie heute und in der nächsten Woche ganz unverkrampft weiterhin Schokolade essen und auch am Wochenende Essen gehen oder eine große Käsepizza aufbacken. Bei diesem Gedanken lief ihr das Wasser im Munde zusammen. Es graute ihr schon vor dem lästigen Kalorienzählen, was nur den Hunger anstachelte und den Spaß am Genießen nahm.

Wie von stärkeren Kräften gezogen, erreichte sie jedoch pünktlich das Krankenhaus, in dem die Diätgruppe fünf Minuten später beginnen sollte. Jetzt musste sie nur noch einen Parkplatz finden. Nach einer ihr endlos erscheinenden Suche fand Jenny endlich einen, der auch für ihre miserablen Parkkünste groß genug erschien. Während sie äußerst umständlich in der für zwei Autos ausreichenden Lücke hin- und herfuhr, beobachtete sie kopfschüttelnd ein Mann. „Solch eine saumäßige Parkerin bekommt auch noch Ermäßigung bei der Autoversicherung", hörte sie ihn laut sagen, als er an ihrem Auto vorbeilief.

Endlich stand ihr rotes Mittelstandsauto so halbwegs ordentlich in der riesengroßen Parklücke. Schnell packte sie ihre Tasche und eilte in Richtung Krankenhauseingang.

An der Anmeldung musste sie jedoch noch warten, da eine offensichtlich einsame ältere Dame nicht nur die Zimmernummer eines Patienten wissen wollte, sondern auch beabsichtigte, ihre ganze Lebensgeschichte hier und jetzt zum Besten zu geben. Jenny wankte zwischen Mitleid und Ärger. Verzweifelt und übernervös starrte sie auf die Uhr an der Wand, während die Frau bereits wieder Luft holte: „Ich sage ihnen eins", legte diese wieder los. „Meine älteste Tochter hätte nie …!"

„Entschuldigen Sie", nahm Jenny ihren ganzen Mut zusammen. „Ich habe es etwas eilig", nickte sie entschuldigend der älteren Dame zu, die überrumpelt den Mund schloss und Jenny verärgert anstarrte. „In welchem Raum trifft sich die Abnahmegruppe um 17.30 Uhr, bitte?" Jenny sprach sehr leise in der Hoffnung, kein anderer würde diese Frage hören.

„Ach, Sie meinen die Abnahmegruppe für stark Übergewichtige", trötete die schlanke, junge Empfangsdame deutlich und extrem laut zurück. Jenny zog peinlich berührt die Schultern hoch und spürte, wie sie von vielen Blicken der Patienten rundherum neugierig gestreift wurde. Die Dame von der Anmeldung blätterte eine Ewigkeit in den Blättern, die auf ihrem Tisch lagen. „Da hab ich's! Raum 106, 1. Etage." Sie musterte Jenny dabei überheblich von oben bis unten. Jenny räusperte sich verlegen und überlegte schon, ob sie nicht einfach wieder gehen sollte. Da ihr dieser feige Rückzug jedoch mindestens genauso peinlich gewesen wäre, bedankte sie sich nur und rannte zum Aufzug.

Aus dem Raum 106, einem offensichtlich sehr großen Sitzungsraum, drangen viele Stimmen. Ihr Herz schlug aufgeregt. Der Fluchtinstinkt regte sich wieder heftig in ihr. Jenny wollte nicht hineingehen und eine

Stunde über das Essen, Gewicht und Abnahmeerfolge reden. Sie wollte nur nach Hause.

„Wozu braucht man zum Abnehmen eine Gruppe?", hörte sie plötzlich Romans Stimme in ihr. „Das schafft man doch wohl auch mit ein bisschen Disziplin alleine. Es ist doch purer Schwachsinn, auch noch Geld und Zeit in eine Gruppe zu stecken, die dir das sagt, was du auch schon selber weißt." Jenny nickte leicht. Voller Erleichterung gab sie ihm gerne Recht, tröstete sich damit, dass sie ab morgen jede Kalorie aufschreiben und zählen würde und rannte bereits, so schnell es ihr Gewicht zuließ, die Treppen zum Hinterausgang des Krankenhauses herunter.

Beschwingt fuhr Jenny nach Hause. Allein durch den nackten Vorsatz, ab morgen Kalorien zu zählen und damit ganz leicht abzunehmen, fühlte sie sich bereits um viele Kilos leichter. Jenny erhoffte sich mit der Gewichtsabnahme einen automatisch parallel verlaufenden Aufbau ihrer kümmerlichen sozialen Fähigkeiten. Sie war ein sicherheitssuchender Mensch und ging daher Auseinandersetzungen und Herausforderungen ständig aus dem Weg. Sie hatte daher keine Erfahrungen mit gewonnenen Schlachten sammeln können und litt unter einem sehr geringen Selbstvertrauen. Auch im Berufsleben stand sie ständig unter Leistungsdruck, weshalb sie lieber die Rolle der hoch motivierten Mitarbeiterin und blind-loyalen Untergebenen spielte, als durch ein selbstbewusstes Nein womöglich in Ungnade zu fallen. Zudem hatte sie panische Angst vor Diskussionen, in denen es um ihr Verhalten ging. Noch immer dachte Jenny ärgerlich und beschämt an ihre sechs Jahre Schulzeit im Gymnasium zurück, in denen sie sich in treudoofer Zweisamkeit mit einer Freundin von sämtlichen Schulkolleginnen abgekanzelt hatte. Diese Freundin betrog sie später eiskalt mit ihrem angehenden damaligen Freund. Erst nach der Trennung zu dieser Freundin blühte Jenny ein wenig auf und fand zwei Freundinnen, mit denen sie noch immer befreundet war. Aber auch bei diesen Freundinnen spielte Jenny von Anfang an die untergeordnete Rolle und wurde auch entsprechend behandelt.

In Hochstimmung trabte Jenny noch zum nächsten Geschäft, um Quark, Salat und Mineralwasser zu kaufen. Nicht zu vergessen: die obligatorische Schachtel Pralinen – natürlich zur Pralinenabschiedsfeier oder falls ihre Zuckersucht Oberhand gewinnen würde. Nur so zur Sicherheit, sozusagen als doppelter Boden!

Als sie voll beladen mit zwei Tüten die Wohnungstür aufschloss, hörte sie schon das Telefon klingeln. „Ja, hallo!", meldete sie sich atemlos auf die neue amerikanische Art.

„Ich habe dich doch wohl nicht beim Sport gestört, wenn du so atemlos bist? Das täte mir aber wirklich leid", hörte Jenny die etwas sarkastische Stimme von Stefanie.

„Wenn Tütenheben eine Sportart ist, dann ja", konterte Jenny.

„Ich will mich lieber gar nicht erkundigen, was in den Tüten so schwer ist. Vermutlich ein Berg Kalorien. Das mit den Grenzen musst doch noch immer lernen."

Heute darf ich noch, geht erst ab morgen los, tröstete sich Jenny und versuchte krampfhaft, die Anspielung auf ihren schwachen Charakter zu überhören.

„Kommst du gleich zu mir? Ute rufe ich auch noch an. Deine leckeren Einkäufe kannst du gerne mitbringen", sprudelte Stefanie durch den Hörer.

Jenny tat betont heiter, obwohl sie noch an Stefanies Kritik zu beißen hatte. „Ja gerne, ich komme in einer Stunde. Gibt es was Besonderes zum Feiern?"

„Zu feiern eher nicht, aber zu erzählen."

Bei Stefanie konnte es sich dann nur um eine Arbeitsangelegenheit handeln – dies schien aber nicht erfreulich. Sie war eine fast unmenschlich zuverlässige, schonungslos ehrliche und verantwortungsvolle Person und Freundin und dazu noch krankhaft ehrgeizig, was sie auch von ihrer Umwelt erwartete. „Den Drang zum beruflichen Übereifer habt ihr wirklich gemeinsam", sagte häufig die Dritte im Bunde, Ute. Sie waren Schulfreundinnen aus dem Gymnasium und grundverschieden. Ute und Stefanie waren in der 11. Klasse aus der Realstunde auf das Gymnasium in Bochum gekommen und die drei jungen Frauen freundeten sich sofort an. Jenny bewunderte die Zielstrebigkeit der beiden sehr, die ihre beruflichen Ziele schon in diesem Alter kannten und stückweise zu verfolgen und zu erreichen versuchten. Sie selber wusste nach dem Abitur noch nicht einmal, was sie eigentlich werden wollte. Im Gymnasium hatten sie noch viele gemeinsame Ziele: ein gutes Abitur, eine interessante Lehrstelle und einen reichen, tollen, sexy Mann und natürlich das Leben zu genießen. Man lebt ja schließlich nur einmal. Von Jahr zu Jahr änderten sich ihre Sichtweisen, Schwerpunkte und Lebensweisen. als würden sie in anderen Welten leben. Vielleicht machte gerade dies ihre Freundschaft mit 29 Jahren noch immer lebendig und interessant. Vielleicht übersahen sie dabei aber auch die inzwischen lange eingespielten Rollen untereinander, bei denen Jenny immer als Schwächste herausgekehrt wurde.

Schön, dass Jenny in einer Stunde schon kommt, dachte Stefanie, während sie in Windeseile die restlichen Krümel vom Arbeitsbrotschmieren wegwischte, die Stühle zurechtrückte, kurz mit dem Fensterleder ein paar Wasserflecken von den Kacheln abwischte und das Badezimmerbecken zum zweiten Mal an diesem Tage reinigte. Dann erst rief sie Ute an.

„Hei Ute, kommst du heute auch auf ein Glas Wein vorbei?"

„Ja sehr gerne. Ich habe gestern jemanden kennengelernt. Muss ich euch unbedingt erzählen."

„Ich habe auch eine Story zu erzählen – wird also interessant werden. Jenny kommt natürlich auch. In ungefähr einer halben Stunde geht es los!"

Stefanie machte sich eine Tasse Kaffee und setzte sich auf das Sofa. Mit ihrem fransigen Kurzhaarschnitt und ihrem braunen Haar sah sie sehr modern und flippig aus. Allerdings machte sie ihr ständiger Business-Look, ihre dezente Schminke, ihr fast unsichtbarer Schmuck und ihre äußerst akkurate Art zu einer selbstbeherrschten, zielstrebigen Erfolgsfrau. Die Ordnung in ihrer Arbeit dehnte sich auch auf ihre Wohnung aus, die zweckdienlich eingerichtet und ständig peinlichst sauber war.

Stefanie konnte es kaum erwarten, ihrem Ärger bei ihren Freundinnen Luft zu machen. Ute würde ihr vermutlich zum hundertsten Male raten, den beruflichen Ehrgeiz runterzuschrauben und sich umso mehr auf das Privatleben zu konzentrieren. Sie hatte auch gut reden. Schließlich war sie die Hübscheste: lange, blonde Haare, schmal und geübt im Flirten mit attraktiven Männern. Ihr Ehrgeiz bestand vorwiegend im Umgarnen des anderen Geschlechts. Aber Stefanie wollte alles so gut wie möglich machen und sah die Pflichterfüllung als Aufgabe eines Menschen. Da sie keine Kinder hatte und

Familienplanung für sie höchstens in einer anderen Welt vorzustellen war, betrachtete sie die beste Ausübung ihrer beruflichen Aufgaben als ihre Pflicht. Dazu gehörte auch der starke Einsatz für schwächere, unterdrückte oder unfair behandelte Mitarbeiter und vor allem Mitarbeiterinnen, aber insbesondere für Jenny, die in ihren beiden Augen zwar gutmütig, treu und lieb war, der es aber an Kraft, Stärke, Charakter und vor allem sozialer Geschicklichkeit noch immer erheblich mangelte.

Stefanie hatte einen Freund, Jochen, weil er einfach zu einem normalen Leben dazugehörte. Da auch er ihren beruflichen Übereinsatz weder gut fand noch teilen konnte, vermied Stefanie allzu häufige Treffen mit ihm. Stefanie legte auch keinen Wert darauf, oberflächliche Flirts einzugehen, sondern baute auf ihre Wirkung durch Zuverlässigkeit, solides Auftreten, Fleiß, Hilfsbereitschaft und Erfolge.

„Jenny wird mich verstehen", murmelte sie. Jenny hatte seit ein paar Jahren leider zunehmend an Fülle zugenommen. Diese Unbeherrschtheit stieß sowohl bei Stefanie als auch bei Ute auf völliges Unverständnis. Jenny war ansonsten eine sehr ruhige, verträgliche

Freundin, die gut zuhören konnte und ein Gespür für Situationen anderer hatte. Sie war sehr zuverlässig und hatte schon oft ihre hervorragenden Diplomatie- und Vermittlungskünste zwischen den völlig gegensätzlichen Freundinnen Stefanie und Ute unter Beweis gestellt, auch wenn sie ihr eigenes Leben nicht so richtig selber managen konnte. Bevor sie so zugenommen hatte, war sie eine schöne Frau gewesen: dunkelbraune, lange Haare, rundes Gesicht und recht zierliche Figur. Leider hatte sie sich schon immer zu unauffällig gekleidet und war zu naiv, um von Männern beachtet zu werden. Stefanie schüttelte den Kopf. Jenny arbeitete beruflich sehr gut und äußerst gewissenhaft. Sie versuchte, ihre Anerkennung dadurch zu verdienen, indem sie etwas schneller, etwas mehr, etwas länger, etwas gründlicher als ihre Buchhaltungskolleginnen arbeitete. An irgendeinem Tag X hatte ihr Chef dann entdeckt, dass sie eine sehr gute und loyale Untergebene ist und seitdem hatte sie ein recht angenehmes und zufriedenes Berufsleben. Aber darauf beschränkte sich bisher auch ihr Lebensinhalt. Wäre sie lauter und auffälliger gewesen, dann hätte sie sich nicht erst halbtot arbeiten müssen, um irgendwann einmal entdeckt zu werden, dachte Stefanie vor sich hin. Aber jeder ist halt nur so, wie er ist und Jenny wird nicht erwachsen!

Stefanie ging zum Wohnzimmerschrank, holte schon einmal die Flasche Wein heraus und öffnete sie. Langsam goss sie sich ein Glas in das schlichte Weinglas ein. Stefanie war Sekretärin und belegte dauernd Fortbildungslehrgänge. Zurzeit hatte sie gerade einen Intensiv-Controllingkurs erfolgreich beendet. Ute hatte den Posten als Gruppenleiterin der Kundenbetreuung in einem Telekommunikationsbetrieb.

Stefanie wischte gedankenverloren über die Glasplatte des Wohnzimmertisches, auf dem eine Fluse des weißen Berberteppichs gelandet war. Hätte sie von vornherein gewusst, dass ein Berberteppich so flust, läge hier jetzt ein anderer Teppich. Vielleicht eine orientalische Brücke? Solche verschnörkelten Teppiche entsprachen nun gar nicht ihrem Geschmack. Ute und Jenny hätten diesen arbeitsintensiven Teppich bestimmt schon längst herausgeworfen, dachte sie schmunzelnd. Ute hätte ihn wahrscheinlich eher bequem von einer sich ihr so oft anbiedernden Männerbekanntschaften entsorgen lassen. Sie weiß, ihre Freunde ganz gut zu benutzen –

endlich mal eine Frau, die sich nicht nur ausnutzen lässt vor lauter Liebe und Torschlusspanik, stellte Stefanie nicht ohne einen gewissen Neid fest. Zumindest bin ich nicht so unterwürfig wie Jenny, die in ihrer Unerfahrenheit noch immer glaubt, nur brave Mädchen bekommen einen tollen Mann, tröstete sie sich.

Es schellte. Jenny keuchte die Treppen herauf. „Es riecht schon nach Wein!", sagte sie, als sie die Wohnung betrat. „War es so schlimm heute in der Arbeitsstelle?", fragte sie neugierig.

„Es war heftig, aber dazu später, wenn Ute auch da ist", entgegnete Stefanie.

Fünf Minuten später war auch Ute da. Für ihre Freundinnen versuchte sie sogar, jedes Mal Verabredungen mit einer für sie untypischen Pünktlichkeit einzuhalten. Ute freute sich immer sehr auf ein Treffen mit ihren Freundinnen, bei denen sie einfach sie selbst sein konnte. Keine Spielchen, kein Konkurrenzkampf, kein perfektes Outfit und verführerisches Verhalten. Sie konnte über ihre Gefühle, ihre Hoffnungen und Ängste vor allem mit der aufgeschlossenen, großzügigen und bewundernden Jenny sprechen. Stefanie war zwar eine schätzenswertere Person, aber manchmal zu spitzzüngig. Allerdings konnte Stefanie sie durch ihre endlose Tatkraft oft begeistern.

Als alle im Wohnzimmer rum den Glastisch herumsaßen und mit einem großen Glas trockenen Rotwein versorgt waren, fragte Ute recht ungeduldig. „Stefanie, nun leg mal los. Wem oder was haben wir diesen köstlichen Wein zu verdanken?"

„Ihr wisst doch, dass Frau Bruso, die bisherige Chefsekretärin von Herrn Schormer, dem Geschäftsführer, gekündigt hat."

„Hat sie euch eigentlich erzählt, warum sie gekündigt hat?", warf Jenny äußerst interessiert ein.

„Sie sagte nur, der Umgang mit ihrem Chef, also Herrn Schormer, wäre nicht so leicht gewesen und das Gehalt sei für den anspruchsvollen und ständig wachsenden Aufgabenbereich auch nicht angemessen. Es stimmte auch, sie hatte noch mehr Aufgabenbereiche übertragen bekommen. Aber gerade diese Aufgabenvielfalt war für mich selbst gerade einer der Hauptgründe, um diesen Posten unbedingt haben zu wollen."

„Dann kannst du wahrscheinlich gleich dein Feldbett mit ins Büro nehmen und deine

Wohnung auflösen", schlug Ute in ihrer schonungslos stichelnden Art vor.

„Du hast ja auch gerade deinen Controllinglehrgang abgeschlossen", brachte Jenny das Thema verständnisvoll wieder in die richtigen Bahnen. Sie vermied jeden Ärger in ihrer Umgebung.

„Genau", erzählte Stefanie dankbar weiter. „Ich hielt mich für äußerst qualifiziert und bewarb mich bei Herrn Schormer. Er schlug mir daraufhin vor, meinen Posten noch nicht endgültig zu wechseln, sondern erst einmal vorübergehend den Aufgabenbereich mit zu bearbeiten. So könnte ich sehen, wie wir miteinander auskommen und ob die Arbeit mir tatsächlich auch Spaß macht. Meinen jetzigen Posten würde ich auf diese Weise nicht ohne Rückzugsmöglichkeit aufgeben. Er versprach mir, dass er auch nicht ärgerlich wäre, wenn ich die Bewerbung dann doch zurückziehen würde. Ich blöde Kuh habe ihn noch für äußerst entgegenkommend gehalten. Ich dachte, er läge einzig und allein Wert darauf, dass die spätere Zusammenarbeit auch funktioniert!"

„Ich kenne das Bla-Bla-Bla", warf Ute ein, während sie sich gerade das zweite Glas ein eingoss. „Du hast den Vorschlag doch wohl nicht angenommen?"

„Doch sicher, wie ich schon sagte, fand auch ich den Vorschlag hervorragend. Ihr habt ja auch schon gemerkt, dass ich seit einem Monat abends häufig später nach Hause gekommen bin!"

„Jenny hat davon bestimmt nichts gemerkt – die ist selber so dumm und verarbeitet ihre Freizeit", entgegnete Ute.

Jenny tat so, als hätte sie diese Bemerkung nicht wahrgenommen und schaute stattdessen höchst interessiert auf den flusenden Berberteppich, als würde sie jede Stoffwolke einzeln malen wollen.

„Zwei Posten gleichzeitig müssen auch geschafft werden", verteidigte sich Stefanie.

„Hast du wenigstens auch das Gehalt für zwei bekommen oder Überstundengeld?", fragte Ute, obwohl sie schon die Antwort kannte.

Stefanie sah sie mit großen, erstaunten Augen an. „Die vorerst zusätzliche Bearbeitung bedeutete zum damaligen Zeitpunkt eine große Chance und keine Pflicht für mich."

Jenny bemerkte jedoch ein verärgertes Aufblitzen in Stefanies Augen und wartete gespannt auf den Haken an der Geschichte, dem sie zweifellos den Wein zu verdanken hatten.

„Seit einem Monat arbeite ich also auch noch für Herrn Schormer. Nun gab es diesen wichtigen Messetermin. Ich hatte die Messe nach Frau Brusos Verlassen zu Ende organisiert – war eigentlich auch nur ein kleiner Stand, aber von Dekoration, Schildern, Flyer etc. angefangen bis zu Getränken, Bewirtung ist das Ganze doch ein Haufen Arbeit, wenn auch interessant. Es fehlte jedoch noch eine Dame, die interessierte Kunden empfängt und unterhält, Kaffee serviert, bis Herr Schormer dann Zeit hat, und halt das Drumherum erledigt. Ich kann auch Englisch und Französisch und wäre zu gerne mitgekommen. Herr Schormer sagte jedoch, man könne mich in der Firma die ganze Woche nicht entbehren, zumal ich ja noch auf zwei Plätzen fehlen würde. Eine Messehostess würde in diesem Ausnahmefall auch mal reichen. Zudem würden wir uns auch noch die Hotelrechnung und die Fahrtkosten sparen, die sicher höher als der Betrag für die Messehostess wären. Ich bezweifelte das zwar, musst es aber leider doch akzeptieren. Zu allem Überfluss fühlte ich mich auch noch dummerweise geschmeichelt, da ich so unentbehrlich zu sein schien." Stefanie machte eine bedeutungsvolle Pause und trank ein Glas Wein.

„Das hört sich nicht so gut an", forderte Jenny Stefanie auf, weiterzuerzählen. „So als wolle dein Herr Schormer dich abwimmeln."

Stefanie hatte sich verschluckt und hustete. Sie schien aufgeregt zu sein. „Ich hätte euch diese Geschichte wohl sofort erzählen sollen", sagte sie, nachdem der Husten aufgehört hatte. Stefanies Art entsprach es normalerweise nicht, mit Kummer oder Problemen sofort hausieren zu gehen. Sie verdaute das Ganze lieber erst einmal vor. „Heute lag eine Hotelrechnung auf meinem Schreibtisch zum Unterzeichnen von Herrn Schormer: Übernachtung drei Einzelzimmer: Herr Schormer, Herr Schmidt, der Produktionsleiter und wer noch? Ich fragte in der Lohnbuchhaltung nach, da sie weiß, wann wer wo ist."

Und wieder diese spannungsgeladene Pause von Stefanie. Sie schüttete Wein nach und öffnete die zweite Flasche. Jenny saß inzwischen bequem auf dem Berberteppich und den äußerst interessanten Flusenbällchen wesentlich näher. Ute hatte ihre hochhackigen, schwarzen Schuhe auch schon ausgezogen.

„Dort erfuhr ich, dass der Dritte eine DIE war, Frau Bemeck heißt und zum ersten des nächsten Monats als Chefsekretärin bei Herrn Schormer anfängt. Der Messetermin war sozusagen ihre Generalprobe. Ich wollte ihr Bewerbungsfoto sehen und was glaubt ihr, was ich da sah: ein blonder Lockenkopf mit einem ca. 20-jährigen, stark geschminkten, zugegebenermaßen hübschen Gesicht. Tatjana, mit Vornamen – eine richtige russische Schönheit."

Jenny musste an ihren Zwischenfall mit der Parklücke denken und ertappte sich beim Lächeln. „Ein Mann sieht blond und das Gehirn rutscht in die Hose – 'ne Frau sieht schwarz und verliert gleich den ganzen Kopf", sagte sie im Hinblick auf Utes Vorliebe für die schwarzhaarigen Südländer.

Stefanie hielt Jennys Bemerkung für völlig unangebracht und schaute sie missbilligend an. „T'schuldigung", entfuhr es Jenny, die selber über ihre forsch hervorgebrachte Weisheit erschrocken war.

„So ein Schwein", entfuhr es dagegen Ute.

„Wie ich dich kenne, Stefanie, bist du gleich zu Herrn Schormer gestürzt und hast ihn zur

Rede gestellt", versuchte Jenny Stefanies Erzahlfluss wieder in Gang zu bringen.

„Worauf du dich verlassen kannst! Er meinte nur: Dann wissen sie es ja schon. Ich wäre für meinen bisherigen Chef, Herrn Müller, unentbehrlich und würde mich zudem als Chefsekretärin für ihn nicht so eignen. Nach vielen Rückfragen gab er dann zu, dass er befürchtete, ich könnte mich in dieser gut informierten und zum Teil einflussreichen Position zu sehr für die Mitarbeiter und deren Belange einsetzen und im zu wenig blinde Loyalität entgegenbringen. Tja Jenny, vermutlich hätte tatsächlich ein Typ wie du mehr Chancen bei ihm gehabt."

„Danke für die Blumen", entgegnete Jenny. „Aber mit blonden Locken, 20-jährigem Frischfleisch und einem schmalen Gesicht kann ich nicht aufwarten!" Jenny wusste, dass dieses schön klingende Kompliment leider nur die Irrsinnigkeit des Geschehenen verdeutlichen sollte. Jennys Herz krampfte kurz und ein heftiger Hunger meldete sich an.

„Dann haben wenigstens die endlosen Überstunden für dich bald ein Ende gefunden." Ute versuchte auf ihre praktisch denkende Weise zu trösten. „Nimm es als Erfahrung und widme dich mehr deinem

Privatleben. Dein Jochen ist doch ein passables Kerlchen."

Typisch Ute. So ganz unrecht hat sie nicht, musste ihr Jenny insgeheim zustehen.

„Nur ist er leider etwas lasch", entgegnete dagegen Stefanie. „Er hat zwar eine gute Stelle als Rechtsanwalt, aber das genügt ihm leider auch. Gerade aus diesem Beruf könnte man mit etwas Fleiß und Engagement so viel machen!" Stefanie schien ziemlich unzufrieden.

„Vielleicht hat er andere Schwerpunkte im Leben gesetzt", versuchte Jenny sanft auszugleichen.

„Ich habe auch einen tollen Typen kennengelernt!" Ute war jetzt mit der Berichterstattung an der Reihe. Sie hatte offensichtlich die ganze Zeit nur auf ihren Einsatz gewartet.

„Doch nicht wieder bei Lonely Hearts?", fragte Stefanie. Zu Lonely Hearts ging Stefanie fast jeden Sonntag. Es war ein Tanztreff für Singles, eine Mischung zwischen Diskothek und Seniorentanz. Dort trafen sich Singles und auch gebundene Männer und Frauen, die das Abenteuer oder auch nur Kontakt zum anderen Geschlecht suchten.

„Doch. Ein Ingenieur, der erst vor ein paar Wochen aus dem Süden in unsere schöne Ruhrgebietsstadt Bochum gezogen ist, um einen Geschäftsführerposten anzunehmen. Und Bochum gefällt ihm sehr gut – betonte er mehrmals, obwohl er aus dem interessanten München kommt."

Ute schaute Jenny provokativ an. Jenny hielt Bochum und Umgebung für eine unattraktive Wohn- und Lebensumgebung. Sie liebte richtige Großstädte mit Flair und auffällig schick gekleideten Leuten. Diese Sichtweise passte eigentlich nicht so ganz zu der immer grau in grau angezogenen und zurückhaltenden Jenny, aber vielleicht war es gerade das, wovon sie insgeheim träumte. Aber Jenny reagierte auf die offensichtlich für sie gemünzten Bemerkungen nur mit „Schon wieder ein Mann ohne Geschmack".

Ute erzählte unbeeindruckt weiter. „Er hat hier die Position des technischen Geschäftsführers bei dem Produktionsbetrieb Schüler bekommen. Was die so produzieren, weiß ich zwar nicht genau, aber es scheint sich sogar um einen mittelständischen Betrieb zu handeln."

Diesmal schüttelten Stefanie und Jenny den Kopf. Beide hätten sich sofort genauestens nach dem Aufgabenbereich, der Firma, den Produkten erkundigt.

„Zumindest ist er gänzlich ungebunden und sieht toll aus: dunkelbraune, volle Haare, ein markantes, männliches Gesicht, natürlich schlank." Ute warf an dieser Stelle einen tadelnden Blick auf Jennys Bauch, der an einen stark aufgepusteten Luftballon erinnerte – und sich auch so anfühlte, wie Jenny häufig feststellen musste. „Er ist cirka 1,90 Meter groß und hat tolle, kräftige Hände. Er heißt Roland." Dabei rollte sie das ‚R', als hätte sie seinen Namen lieber gleich gesungen.

„Na, schon geküsst", fragte Jenny in der flehenden Hoffnung, Ute damit ein klein wenig zu ärgern, falls es noch nicht dazu gekommen war.

„Ja klar – aber mehr natürlich nicht. Einen Mann muss man warten lassen – aber er will mich in dieser Woche noch anrufen", erzählte Ute ein bisschen zu eifrig, um noch souverän zu wirken.

„Also auch den Kopf verloren!" Jenny grinste hämisch. Ute warf ihr einen vernichtenden Blick zu. „Frauen schauen doch angeblich immer auf den Hintern – wie ist denn der?", stichelte Jenny amüsiert weiter.

Auch Jenny fand Ute sehr attraktiv mit ihrem stets gestylten Äußeren, ihrer Superfigur und ihrer leichten, geradezu verspielten Lebensweise. Aber da es ganz selbstverständlich unter den Freundinnen war, die Liebe der anderen zu achten und als tabu zu betrachten, konnte sie die besondere Ausstrahlung von Ute neidlos bewundern und brauchte sie nicht zu fürchten. Diese kleinen Frotzeleien taten ihr nach Utes Bemerkung ‚natürlich schlank' sehr gut und lenkten sie von den Erniedrigungen der Freundinnen ab. Stefanie, die die Ursache durchschaute, lachte.

Aber Jenny und Stefanie nahmen Utes Schwärmereien ohnehin nicht sehr ernst. Nach zwei Wochen war sie meist abgekühlt und die Beziehung in spätestens zwei Monaten abgehakt. Aber erstaunlich war dennoch die Heftigkeit, mit der Ute sich jedes Mal wieder neu verlieben konnte – so als bräuchte sie dieses Gefühl zum Existieren, wie Jenny die Schokolade.

„Tja Jenny, wie ist denn der Hintern deines Schwarms. Hieß er nicht Roman?"

„Bei Roman lege ich auf andere Dinge Wert!", verteidigte sich nun Jenny. „Die interessanten Gespräche und das Glitzern in seine Augen ..."

„Du willst doch wohl nicht erzählen, es handelt sich um eine außergewöhnliche, erotische, platonische Beziehung und du wärst damit vollauf zufrieden."

Ute versuchte Jenny offensichtlich vor Augen zu führen, dass diese Beziehung, wenn man sie überhaupt so nennen wollte, alles andere als das einzig Ideale war. Zumal Ute und Stefanie wussten, dass Jenny sich längst Hals über Kopf in Roman verliebt hatte und sich mehr von dieser ‚Beziehung' versprach.

Jenny dachte an ihre vielen Überstunden, die Roman ihr versüßt hatte. Er war Diplom-Informatiker, also auch ein durchaus vorzeigbarer Mann. Sie wusste doch, wie viel Wert ihre beiden Freundinnen auf die hohe soziale Stellung und einen guten Beruf eines Mannes legten. Roman war nur ein Jahr jünger als sie und erst seit ein paar Monaten im Unternehmen. Auch er war – wie Ute und Jenny – ein richtiger Morgenmuffel und kam daher morgens immer erst auf den letzten Drücker, den die Gleitzeit noch gerade so zuließ. So blieb auch er regelmäßig abends länger. Da die meisten ihrer Arbeitskollegen und -kolleginnen morgens früh kamen und nachmittags dann entsprechend früh gingen, hockten Roman und Jenny oft nur noch alleine in ihren benachbarten Büros vor den Bildschirmen.

Jenny mochte ihn von Anfang an sehr. Er war ruhig und wirkte sehr ausgeglichen. Sie bewunderte seine große Geduld und seinen Ehrgeiz, stundenlang an einem Computer- bzw. Programmierproblem herumzubasteln, bis es funktionierte. Und er war immer sehr freundlich und zuvorkommend zu Jenny, so als würde er sie besonders bevorzugen. Jenny, die sich nach Anerkennung sehnte, saugte jede freundliche oder vertrauliche Geste auf wie die Sonne den Tautropfen. Das Äußere und seine Kleidung wirkten immer gepflegt, wenn auch schlicht und männlich: blonde, recht kurz geschnittene Haare, grüne Augen, recht groß und schmal. Aber sein Blitzen in den Augen – Jennys Herz hüpfte, wenn sie nur daran dachte. Mit diesem Strahlen in den Augen hatte er sie völlig erobert. Erst dachte sie, er würde sich ganz besonders freuen, wenn er sie sah, und dass sich inzwischen eine besonders enge Beziehung zwischen ihnen entwickelt hätte. Er schien sie ernst zu nehmen und zu beachten. Inzwischen war ihr jedoch bitter klar geworden, dass er ebenso mit allen anderen Frauen flirtete und ‚blitzte'. Aber sie wollte es einfach nicht wahrhaben.

„Ja, ich weiß", entgegnete Jenny daher. „Der Kontakt ist tatsächlich nur platonisch, nur durch unsere Arbeitszeiten entstanden und das macht mich nun nicht gerade glücklich."

„Mach dich doch ein wenig schick!", meinte Stefanie halbherzig, denn sie wusste genauso wie Ute und Jenny, dass ein Aufstylen mit Jennys Figur wenig sinnvoll war.

„Da bleibt dir wohl nichts anderes übrig, als tatsächlich ein paar Pfund, besser noch Kilos abzuspecken." Ute war immer schonungslos direkt.

Erstaunlicherweise hatte Jenny in ihrem bisherigen Leben kaum Nachteile durch ihre Unförmigkeit bemerkt, obwohl auch sie Ute insgeheim Recht geben musste. „Mein Gewicht war nie ein Thema und meine Mitmenschen waren so wie früher." Inzwischen war Jennys Laune weit unter Null gesunken. Bleierne Schwere und ein Gurt um die Lunge waren deutlich spürbar für sie. Ihr Gesicht glühte wie heiße Kohlenbriketts und die Atmung erinnerte an eine Dampflok.

„Vielleicht sind die weiblichen Kolleginnen auch nur froh, keine ernsthafte Konkurrenz in dir zu haben."

Jenny schluckte. Diese Gedanken hatte sie immer geschickt zu verdrängen gewusst.

Sämtliche heißen Glühscheite drängten sich nun durch Jennys Magen zum Kopf. „Ich kam immer mit Männern sehr gut aus – als Kollegen!" versuchte sie, das für sich Schlimmste zu verhindern.

Aber Stefanie vervollständigte sofort: „Die dir dann von ihrem Liebes- oder Ehekummer erzählten …"

Da hatte sie wieder einmal Recht. Jenny wurde von dem männlichen Geschlecht gerne als Gesprächspartnerin und Kummertante genutzt. Sie hatte sich stets gebraucht und bevorzugt gefühlt, wenn sie bei diesen Gesprächen ihren Geschlechtsgenossinnen vorgezogen wurde. Tatsächlich ist sie auch von dem einen oder anderen die beste platonische Freundin geworden, worauf sie jedes Mal stolz war.

„Und hast du nicht selbst erzählt, dass dich diese guten Kollegen bei Feiern plötzlich völlig vergessen?", schlug Ute noch einmal zu.

Jenny konnte nur nicken und betete für ein baldiges Ende dieses sonst von ihr meisterhaft verdrängten Themas.

„Vermutlich hast du auch gedacht, der Mann müsse die Freundschaft zu dir schätzen. Aber die meisten Männer wollen keine einfache Freundschaft, sondern ein

Liebesverhältnis und Sex, Sex, Sex ...!" Das war Stefanie: wie immer schonungslos, vernichtend.

„Frauen im Übrigen normalerweise auch", kicherte Ute gespielt verschämt.

„Aber wir wissen auch, wie schwer es ist, abzunehmen", stöhnte Ute. Sie war ständig mit Diäten beschäftigt. Ihre Gewichtsschwankungen pendelten im allerdings nur unwesentlichen fünf-Kilo-Bereich.

„Wenn sich das ganze Leben ums Essen dreht und die Kraft nur aus der ständigen Nahrungszufuhr geschöpft wird, ist die Programmierung wohl ein wenig durcheinandergeraten", versuchte Jenny zu scherzen und hoffte, das Thema damit abgeschlossen zu haben.

„Vielleicht hilft dir ja dein Informatiker bei dieser Umprogrammierung", ging Stefanie darauf ein.

„Blitzende Augen verhalfen Frau zur spektakulären Gewichtsabnahme. Oder: Liebe und ihre Folgen." Das war das Schlusswort von Ute.

Jenny atmete erleichtert auf. Allerdings würde diese unangenehme Unterhaltung wohl später für sie Folgen haben: Essen ohne Ende und ohne jegliches Sättigungsgefühl. Von dem heutigen Besuch bei der Diätgruppe hatte sie aus Scham nichts erzählt. Jenny hatte wieder einmal ganz klar empfunden, dass sie sich wegen ihres Gewichtes auch den Freundinnen unterlegen fühlte. Ebenfalls war ihr klar, dass sie auch bei Frauen nicht akzeptiert wurde, wenn sie einfach nur „nett", „zuverlässig", „problemlos" und „verständnisvoll" war. Wer dick ist, muss wenigstens einen beeindruckenden Charakter haben, ging es Jenny durch den Kopf, und verstehen, sich mit Humor durchzusetzen.

Kurz nach 22.00 Uhr verabschiedeten sich die Freundinnen. Zu Hause lief Jenny rastlos hin und her. „Wenn ich jetzt esse, werde ich nie eine Chance bei Roman haben und ich werde total traurig sein", sagte sie halblaut, während sie ihre Runden durch ihr Wohnzimmer, ihre Küche und ihr Schlafzimmer machte, wie ein gestörter Tiger im Zoo. So fühlte sie sich im Grunde auch: nicht ganz normal für eine erwachsenen Frau in ihrem Alter. „Ganz ruhig", sagte Jenny und blieb abrupt stehen. Also wieder die übliche Frage: Was würde Roman jetzt zu mir sagen, wenn er hier wäre? Ob Jenny gedanklich eine Antwort von Roman bekommen hatte, ist unwahrscheinlich, denn das nervöse Rascheln der 250g-Pralinenschachtel und der Ruf der Sucht nach Zucker übertönte wirksam jede Warnung.

Da Stefanie trotz des geselligen Abends aus Ärger über die unverschämte Behandlung des Herrn Schormer nicht schlafen konnte, entschied sie sich, doch noch ihren Freund Jochen anzurufen. Sie wusste, dass er normalerweise später ins Bett ging.

„Hallo, Mauts hier."

„Hallo Kater, hier Stefanie." Sie wunderte sich jedes Mal, wie manch einer seinen zum Aufziehen wie geschaffenen Nachnamen stolz bis ins hohe Alter mit sich herumführte. Wenn man allerdings die Schulzeit mit solch einem Namen übersteht, ist der Rest im Leben dann sicher nur noch ein Klacks, schlussfolgerte sie.

„Noch nicht im Bett? Was gibt es Schatz." Jochen: liebevoll und ausgeglichen wie immer.

„Ich habe die Stelle als Chefsekretärin doch nicht bekommen, obwohl ich so sehr darum gekämpft habe!" Stefanie erzählte ihm die Geschichte und hätte dieses Mal am liebsten losgeheult. Jochen schien es an der Stimme zu hören und tröstete sie.

„Nimm das bloß nicht zu persönlich. Was glaubst du, wie viele solche Enttäuschungen im Berufsleben hinter sich haben? Fast alle! Und es ist auch nicht nur eine Sache des Engagements, wie du immer behauptest, sondern vor allem der glücklichen Situation. Wer weiß, vielleicht hätte dir die Stelle bei diesem Chef auch gar nicht gefallen?"

Er wollte sie trösten, aber sie war verärgert über seine Art. Stefanie wollte im Moment nicht hören, dass diese Rückweisung vielleicht das Beste war. Noch viel weniger wollte sie darauf hingewiesen werden, dass ihr großes Engagement dieses Mal tatsächlich völlig sinnlos gewesen war. Sie fühlte sich betrogen und ihre feste Überzeugung, dass genug Fleiß und Anstrengung immer zum Erfolg führten, war angeschlagen.

Zu allem Überfluss sagte Jochen auch noch: „Du hast doch eine gute Stelle. Sie macht dir Spaß, der Chef ist in Ordnung, akzeptiert und schätzt dich und vor allem die Bezahlung stimmt. Was will man mehr? Schließlich arbeiten wir doch alle mehr oder weniger nur für das Geld!"

Das Gespräch nahm eine von Stefanie ungewollte Wendung ein: „Ich nicht. Einige arbeiten auch, um etwas zu schaffen, zu verändern und zu entdecken. Wenn alle so denken würden wie du, wäre die Wirtschaft bald am Ende." Stefanies Ton wurde scharf.

Jochen blieb ruhig. „Stefanie, du siehst doch, wohin dich dieses Engagement führt – zu Enttäuschung, Überlastung und Unzufriedenheit mit der Tätigkeit, die dir bisher doch Freude gemacht hat. Mach doch deine Arbeit anständig, engagiert und konzentriere dich auch auf dein Privatleben. Daraus schöpft man normalerweise die Energie für die Arbeit."

Stefanie kochte. Sie fühlte sich in keiner Weise nur annähernd von ihm ernst genommen oder verstanden. Sie übertrug die Enttäuschung bei der Absage jetzt auf Jochens Reaktion. „Nicht jeder nimmt die Arbeit so locker wie du. Und wenn du enttäuscht bist, dass ich mich nicht genügend auf dich konzentriere, tut es mir leid. Ich muss jetzt schlafen – gute Nacht!"

Jochen war erstaunt. Er wollte sie trösten und Stefanie war ärgerlich auf ihn. So unbeherrscht hatte er sie noch nie erlebt, obwohl er wusste, dass sie ihn für etwas lasch hielt. Er musste auch diese Nimm-alles-leichter-Rolle übernehmen, um einen kleinen Ausgleich für Stefanies übergenaue Art darzustellen. Er schüttelte den Kopf. Stefanie war eine tolle Powerfrau, aber schwer zu verstehen. Vermutlich war diese Absage ein heftiger Schlag für sie. Sie wird es schon verkraften – vielleicht lernt sie sogar daraus, dachte er und drehte den Fernseher wieder lauter.

Auch Jenny hatte die vergangenen Nächte schlecht geschlafen. Sie spürte jetzt einen noch dringenderen Zwang, abzunehmen, was ihr regelrecht schon im Vorfeld der Diät das Hungergefühl ins Gehirn trieb. So kam es, dass am nächsten Morgen die Pralinenschachtel und der am Vorabend noch üppig gefüllte Kühlschrank leer waren und die Waage mal wieder ein halbes Kilo mehr zeigte.

„Was für ein gelungener Anfang", stöhnte Jenny ironisch.

Das strahlende „Guten Morgen" von Martina im Büro munterte Jenny etwas auf.

„Weißt du schon das Neueste?" Jenny hatte gerade die Jacke an den Garderobenhaken gehängt.

„Woher weißt du schon wieder was Neues?", fragte Jenny erstaunt.

„Lese deine eingegangenen E-Mails und du weißt es auch", flötete sie.

„Jetzt schieß schon los", fragte Jenny ungeduldig und hoffte auf eine erfreuliche Nachricht, die ihre Laune anheben würde.

„Her Schulte verlässt uns."

Das war ein Schlag für Jenny. In den zwei Jahren seiner Anwesenheit als kaufmännischer Leiter hatte sie sich ihn endlich so herangezogen, dass er ihre Arbeit und Zuverlässigkeit zu schätzen gelernt hatte. Nun würde ein neuer Vorgesetzter diese Stelle besetzen und der Kampf, überhaupt gesehen zu werden, würde wieder von vorne beginnen.

Martina bemerkte nicht, wie sehr Jenny erschüttert war und legte weiter los. „Zudem hat er uns alle zu einer Abschiedsfeier eingeladen – ein Tanzabend, wie ihn sich fast alle hier schon lange wieder einmal wünschen."

„Auch das noch", rutschte es Jenny heraus. Martina schaute zuerst verblüfft, begriff dann aber.

„Ich weiß, du liebst Tanzabende nicht, vor allem nicht, wenn sich Roman anderen Kolleginnen zuwendet."

Es war klar herauszuhören, dass sie mehr darüber wissen wollte. Jenny war es jedoch überhaupt schon unangenehm, auch noch als eifersüchtige, sitzengelassene Gans dazustehen.

„Ich habe dir doch schon einmal gesagt, dass zwischen Roman und mir nichts weiter ist." Martina schien etwas enttäuscht über Jennys abrupte Beendigung dieses Themas.

Stefanie war an diesem Tag auch nur sehr mühsam aus dem Bett gekommen. Sie hatte kurz überlegt, ob sie sich für diesen Tag mal krank melden sollte. Aber Feigheit hasste sie. Also versuchte sie mit einem möglichst fröhlichen „Guten Morgen – Stippvisite bei Herrn Schormer endgültig beendet!" ihren alten Arbeitsplatz bei Herrn Müller wieder vollständig einzunehmen.

Herr Müller lächelte sie freundlich an. „Ich freue mich sehr, dass Sie wieder vollständig hier sind. Ich habe in der letzten Zeit während ihrer teilweisen Abwesenheit erst so richtig gemerkt, was Sie hier alles leisten. Bei der nächsten Besprechung werde ich mich für Ihre Gehaltserhöhung einsetzen."

Er versuchte sie zu trösten. Genau das hatte sie befürchtet. „Herr Müller, vielen Dank für Ihren Trost, aber ich bin weder krank noch gekündigt worden. Ich brauche keinen Trost für eine Stelle, die ich seit einigen Jahren sehr gerne mache und für einen Chef, den sich jede Sekretärin nur wünschen kann." Nur für meine eigene Dummheit, fügte sie in Gedanken hinzu.

Ansonsten fielen keine weiteren diesbezüglichen Bemerkungen an diesem Tag. Dennoch fühlte Stefanie, dass man sie wie ein rohes Ei behandelte. In der Mittagspause rief sie Jenny an.

„Ich fühle mich plötzlich in dieser Stelle gar nicht mehr wohl – ich habe das Gefühl, nur noch gerade hierfür gut genug zu sein!"

„Das wird sich mit der Zeit geben", tröstet Jenny.

„Zuspruch habe ich hier heute schon genug bekommen."

„Jeder, der kämpft, muss auch mal verlieren können. Die Leiter nach oben ist sehr holprig, das ist doch bekannt", warf Jenny mit Schlagsätzen um sich. Sie war nicht bei der Sache, da Roman gerade neben ihr saß, um ein Hilfsprogramm auf ihrem PC zu installieren.

„Mal schauen, wie es weitergeht. Bis die Tage", beendete Stefanie enttäuscht das Gespräch. Mit diesen Sätzen hätte sie bei Jochen gerechnet, aber bei Jenny hatte sie auf mehr Verständnis gehofft.

Am Abend, als sie todmüde ins Bett fiel, dachte sie wieder an Jochen. Er hat sich heute gar nicht bei mir gemeldet, wunderte sie sich. Er hätte wenigstens mal anfragen können, wie es ihr geht. Sie schüttelte den Kopf. Typisch Männer! Wenn man Kummer hat, geht man ihnen auf die Nerven. Wozu braucht eine Frau eigentlich einen Mann?

Jochen dachte auch gerade an Stefanie. Eigentlich hätte er sie doch anrufen sollen, da sie einen ganz schön harten Tag hinter sich haben wird. Aber auch er schüttelte den Kopf. Wenn er sie heute anruft, führt es unweigerlich wieder zu Ärger zwischen ihnen, der ihr nicht gut tun wird. Er wusste einfach nicht, wie er sie ein wenig trösten konnte, ohne dass sie sich wieder aufregte.

„Weißt du schon das Neueste?", begrüßte Martina Jenny auch wieder am nächsten Tag.

„Guten Morgen liebe Martina!" Jenny kannte diese Begrüßung von Martina schon.

„Du weißt doch …!"

„Ja, ich weiß, ich muss gleich in meine E-Mails schauen!" Jenny musste lachen. Auch Martina lachte.

„Nein, das sollte noch nicht in den E-Mails zu lesen sein – die Information ist noch geheim!"

„Jetzt bin ich aber gespannt!"

„Du weißt doch, dass Herr Schulte uns verlässt."

„Was ist denn daran geheim? Am Freitag feiert er ja leider seinen Abschied in Form des Tanzabends!" Jenny stöhnte.

„Ich habe gute Chancen, seine Nachfolgerin zu werden", platzte Martina mit der neuen Nachricht heraus.

„Wieso du? Entschuldige, aber wieso kommst du darauf, dass du Herrn Schultes Stelle bekommst?"

„Ich absolviere, wie du weißt, seit zwei Jahren die Schulung zur staatlich geprüften Betriebswirtin und bin nun so gut wie fertig. Zudem verstehe ich mich mit dem Geschäftsführer Herr Brauner sehr gut. Wir waren gestern essen und er wird befürworten, dass ich diese Stelle bekomme."

Stolz schwang in Martinas Stimme mit. Sie war aufgesprungen und lief aufgeregt durchs Büro. Dafür hatte sich Jenny auf ihren Bürostuhl plumpsen lassen.

„Versteh mich nicht falsch – aber ich möchte dich als Zimmerkollegin und Freundin nicht verlieren. Und außerdem kann ich mir in der Position des kaufmännischen Leiters hier auch nur einen Mann vorstellen."

Martina lachte. „Wenn es nach dir ginge, würde das Wort Emanzipation wohl aus dem Duden gestrichen", zog sie Jenny auf. „Ich bin richtig aufgeregt."

„Ist kaum zu übersehen!"

„Und dann noch der Tanzabend. Ich freue mich schon sehr darauf."

„Wie ein Kind auf Weihnachten", lachte Jenny.

„Was ziehst du an?"

„Ich wollte gar nicht kommen – vielleicht habe ich Kopfschmerzen oder Durch-
fall ..."

„... oder Angst vor Eifersucht. Ist auch eine Krankheit."

„Ist eifersüchtig sein nicht aber out und völlig uncool?", überlegte Jenny laut.

„Dann sei mal cool und komme mit – ich kümmere mich schon um dich!" Beide lachten fröhlich.

„Was ist denn hier los?" Roman kam gerade ins Büro. Bei dem lockeren, fröhlichen Gespräch mit Martina hatte Jenny Roman für kurze Zeit vergessen können.

„Jenny will Freitag nicht an der Tanzparty teilnehmen", platzte Martina heraus. Jenny wurde es heiß.

„Kommt gar nicht in Frage. Um 19.30 Uhr hole ich dich am Freitagabend von zu Hause ab." Jenny fühlte sich etwas überrollt und nickte nur.

„Stimmt die Adresse: Vogelweg 5 noch?"

„Ja!"

„Das Thema wäre also geklärt", lachte Roman und verließ das Büro, ohne ihnen mitgeteilt zu haben, warum er gekommen war. Vielleicht hatte er auch nur das Lachen von draußen gehört.

Martina kicherte verschwörerisch, während Jennys Herz noch immer heftig pochte.

Freitagabend: Jenny stöhnte. Der Inhalt des Kleiderschrankes war fast vollständig über Bett und Stühle verteilt und endlich war sie mit ihrem Äußeren wenigstens so halbwegs zufrieden. Leider hatte sie es nicht geschafft, auch nur hundert Gramm abzunehmen! Sie stöhnte erneut. Sie hatte weder Lust, jeden Tag einzukaufen, noch sich etwas zuzubereiten. Zudem war die Schokolade noch immer ihr täglicher Begleiter. Ohne Fleiß kein Preis, ging es Jenny erneut durch den Kopf. Überstürzt räumte sie die Kleidungsstücke weg und puderte noch mal ihr Gesicht.

In diesem Moment schellte die Türglocke.

„Ich komme!" schrie Jenny in die Gegensprechanlage.

„Nur keine Hektik!"

Schon Romans Stimme löste Hektik in ihr aus. Sie schnappte sich die Handtasche und fiel fast die Treppen herunter. Atemlos kam sie an dem schicken schwarzen Zweisitzer von Roman an. Er nickte zur Begrüßung und hielt Jenny galant die Tür auf.

Roman sah umwerfend aus: Seine kurzen, blonden Haare waren sorgfältig geföhnt. Er war ganz in schwarz gekleidet: schwarze Hose, schwarzes Hemd mit schmalen, senkrechten grauen Streifen und ein schwarzes Jackett. Supermodern und supersexy, dachte Jenny, während ihr fast die Luft wegblieb. Sie schwebte förmlich ins Auto. „Tolles Auto!"

„Man arbeitet vor allem, um sich etwas leisten zu können, liebe Jenny. Aber es soll auch Leute geben, die nur arbeiten, weil es ihnen Spaß macht", er zwinkerte Jenny zu. „Warum wolltest du eigentlich nicht zum Tanzabend bzw. der Verabschiedung deines Chefs gehen?"

„Ich fühlte mich in dieser Woche nicht so ganz wohl!"

„Ach ja?" Der Zweifel war deutlich herauszuhören.

Irgendwie fühlte sie sich in dieser Luxuskarosse bei Roman fehl am Platze und begann nervös und ruckhaft am Gurt zu ziehen. Er hakte fest.

„Ganz ruhig, Jenny, dann klappt's auch mit dem Gurt."

Jenny wurde rot. Sie wünschte, sie wäre doch zu Hause geblieben. „Hast du auch Musik?", fragte sie, um abzulenken.

„Nur Heavy Metall – liegt nicht jeder Frau", herausfordernd schaute Roman sie an.

„Stimmt. Nur meine Freundin Ute steht auch noch auf so einen Lärm!" Mist, musste Jenny in diesem Moment ausgerechnet an die männermordende Ute denken? Sie fühlte sich augenblicklich noch unscheinbarer.

„Sieh einer an!" Wieder diese nichtssagenden Antworten! Roman fuhr los und nach einer Viertelstunde erreichten sie das Tanzlokal. Die Fahrt war ziemlich schweigend verlaufen. Jennys Kopf war plötzlich wie leergefegt, obwohl sie sich in der Firma oft sehr angeregt und lange unterhalten hatten.

„Da, wo das Schild ‚Geschlossene Gesellschaft' steht, müssen wir rein!" Jenny versuchte, das Schweigen zu brechen. Roman lachte sie nur an. So war Jenny geradezu erleichtert, als sie in dem Lokal schon von Martina erwartet wurde.

„Ich dachte schon, ihr seid inzwischen bereits irgendwo versackt", scherzte Martina augenzwinkernd.

„Romans klemmender Autogurt hat die Verspätung auf dem Gewissen", Jenny war betont munter und ungewöhnlich laut.

„Du musst dir unbedingt das Buffet ansehen", drängelte Martina und zog Jenny hinter sich her.

„Aber Roman …!"

„Der bleibt bestimmt auch noch ein Weilchen!" Martina lachte.

Als Jenny nach der Begrüßung der Kolleginnen und Kollegen wieder zu Roman zurückging, war er in ein Gespräch mit Daniela vertieft, einer zierlichen, vorlauten Lohnabteilungsmitarbeiterin. Sie war dafür bekannt, sprudelnd zu reden und sehr energisch ihren Willen durchzusetzen. Jenny schaute neidisch herüber. Sie trug ein hautenges, schwarzes Kleid und hatte ganz kurze, frech geschnittene, braune Haare. Einen gegenteiligeren Menschen von ihr sowohl im Charakter als auch im Äußeren konnte sich Jenny nicht vorstellen. Eifersüchtig blicket sie in deren Richtung.

„Jetzt starr doch nicht so hin", mahnte Martina. „Hör mal – Popmusik! Und dazu mein Lieblingslied. Lass uns tanzen gehen!" Jenny nickte resigniert.

Nach einer Stunde auf der Tanzfläche keuchte Jenny: „Ich kann nicht mehr. Ich bin sogar zu erschöpft, um noch nach Roman zu schauen."

„Gutes Zeichen und vor allem: gesund! Lass uns was trinken."

„Prima Idee. Ich will eine Cola."

„Nichts da – bei einer solchen Party gibt es nur Bier oder Sekt."

„Auch gut!"

Nachdem sie an der Theke ein großes Bier getrunken hatten, kramte Martina lange in ihrer Tasche. „Handtaschen sind immer fürchterlich unübersichtlich, egal welche. Erstaunlicherweise ist immer gerade das, was man sucht, in den Tiefen der Taschen verschwunden."

„Was suchst du denn?"

„Meinen Tabak."

„Seit wann rauchst du denn, Martina?"

„Nur wenn es besonders aufregend ist – eine Party, Ärger, übermäßiger Stress."

„In der Firma habe ich dich noch nie mit einer Zigarette gesehen", wunderte sich Jenny noch immer.

„Da ist es auch eintönig – jedenfalls noch."

„Wenn du erst einmal Leiterin bist, mischst du wohl alles auf?"

„Sag das nicht so laut!" Beide lachten.

„Lass uns mal zu Herrn Schulte und den anderen gehen", schlug Jenny vor. „Roman kann ich sowieso für heute Abend vergessen. Ich weiß nicht einmal mehr, wo er sich herumtreibt."

„Umso besser – dann lass uns mal zum Gastgeber gehen!"

Inzwischen hatten sich fast alle Verwaltungsmitarbeiter um Herrn Schulte versammelt und es herrschte dort beste Stimmung. Auch Jenny und Martina mussten viel lachen. Als sich Mitternacht näherte, stand Roman plötzlich hinter Jenny. „Ich würde nun gerne fahren, soll ich dich noch nach Hause bringen?"

„Hast du denn keinen Al-ohol getrunken?", fragte Jenny lallend. Sie war inzwischen ziemlich angeschwipst und ihre Zunge war erstaunlich unbeweglich.

„Leider nicht. Ich bin doch mit dem Auto hier!"

„Okay, nett von dir, dass du mich nach Haus br-bringen willscht. Also, vielen Dank für die Einladung schu dieser tollen Pad-dy, Herr Schulte. Es hat mir schehr gudd gefallen. Martin-naa, du kommscht mit 'nem Tax-schi nach Hause?"

„Na klar – ich brauche keinen Babysitter. Fahr ruhig mit Roman", lachte Martina. Sie vertrug den Alkohol offensichtlich besser. Der Versuch, in ihrem angeheiterten Zustand zu zwinkern, misslang Jenny etwas. Alle lachten fröhlich. Jenny tat es nun schon fast leid, diese lustige Gruppe verlassen zu müssen.

„Du bist richtig süß, wenn du getrunken hast", meinte Roman leise.

„Danke, dasch baut mich jetscht ungeheuer auf!"

Beim Einsteigen ins Auto stieß sie sich heftig den Kopf. „Autsch, und dabei soll Al-ohol auch noch betäuben", lachte Jenny und rieb sich den Kopf.

„Ich glaube, heute sollte ich dich lieber bis in die Wohnung begleiten. Sonst fällst du noch die Treppen runter – in deinem jetzigen Zustand." Romans Stimme klang geradezu liebevoll.

„Solange du mich nich' auch noch ins Bett bringscht." Jenny wunderte sich selber, wie leicht ihr solche zweideutig herausfordernden Bemerkungen in ihrem betrunkenen Zustand über die Lippen gingen.

„Ist das denn nötig?"

Sieh an! Roman schien diesen zweideutigen Ton sogar zu mögen, stellte Jenny erstaunt fest.

„Wenn du verhindern willst, dass ich mir beim Öffnen der W-Weinflasche gleich die Finger breche, solltescht du mir schon dabei helfen!" Jenny pokerte jetzt höher.

„Und ich darf dabei dann wieder nichts trinken, da ich noch Auto fahren muss", lachte Roman.

„Muscht du?"

„Wie bitte?"

„Ich habe eine große, gemüddliche Couch im Wohnzimmer. Und wir sind doch er- erwachschne Menschen?" Jennys Lachen erinnerte allerdings mehr an das Kichern eines verliebten Schulmädchens.

„Also ich weiß nicht", Roman rieb sein Kinn unschlüssig zwischen Zeigefinger und Daumen. „Na gut, was soll's."

Jenny konnte ihre Freude nur mühsam verbergen. „Na, denn losch!"

Schweigsam schloss sie etwas umständlich die Haus- und Wohnungstüren auf. Dies ist deine vermutlich einzige Chance, Roman näher zu kommen, kreiste es Jenny dauernd durch ihren benebelten Kopf. Verpatz es bloß nicht!

„Woran denkst du, Jenny? Oder bist du schon so angeheitert, dass ich die Flasche Wein doch lieber zu lassen sollte?"

„Wein will isch auf jed-den Fall noch trinken", beeilte sich Jenny zu sagen.

„Na dann!"

Nach der ersten Flasche Wein wurde auch noch der letzte halbtrockene Riesling aus Jennys Wohnzimmerschrank geöffnet. Sie saßen sich im Wohnzimmer gegenüber: Jenny auf dem Sofa und Roman auf dem Sessel und unterhielten sich äußerst angeregt über Computer, die Firma, Zukunftsträume, Politik und Weltanschauungen.

„Es isch ja schon drei Uhr-r!" Jenny traute ihren Augen nicht, zumal sie langsam doch recht unklar sah – so als würde sie die Umwelt wie unter Wasser betrachten.

„Morgen ist ja Samstag!" Roman zog die Schuhe aus und setzte sich unvermittelt auf das Sofa nah neben Jenny.

Jenny dachte plötzlich wieder erstaunlich klar. Bilde dir bloß nichts darauf ein – du bist keine attraktive, schlanke Frau, sondern dick und nur ein netter Kumpel von Roman, versuchte sie einer Enttäuschung vorzubeugen.

Roman rückte näher, Jenny rückte weg. „Was ist? Ich dachte eigentlich, du bist in mich verliebt?"

Ups – das saß. „Ja, offen gesagt, das schtimmt. Aber ich denke …!" Zu mehr kam sie nicht, denn Roman beugte sich warm lächelnd zu ihr herunter und küsste sie. Ihr Herz hüpfte. Jetzt bedauerte sie, so viel getrunken zu haben – sie wollte jeden Moment voll genießen.

Roman fuhr unter ihren Pulli. Jenny schluckte, sie trug nie einen BH, da er unter den dicken Armen an den Achselhöhlen stark scheuerte. Roman begann, ungehindert die Brust zu streicheln. Jenny wurde schwindelig von den Gefühlen, die sie plötzlich überfielen. Gegen ihren Willen begann sie zu schnaufen. Verzweifelt versuchte sie noch zusätzlich, den Bauch einzuziehen.

„Entspann dich!" Roman schien sie genau zu beobachten. Er zog ihr den Pulli über den Kopf. Sein Blick auf ihre Brüste löste bei ihr sowohl erregende als auch peinliche Gefühle aus. Er nahm Jennys Hand, führte sie in das Schlafzimmer und stieß sie ins Bett „Lass es einfach geschehen", flüsterte er ihr ins Ohr. Sie zitterte am ganzen Körper. Jenny war dies außerordentlich peinlich, denn sie hatte ihren Körper nicht mehr unter Kontrolle – Roman schien sehr zufrieden über seinen Erfolg bei ihr. Er zog sie langsam und geschickt völlig aus. Nun lag sie da, splitterfasernackt und ohne vertuschende Kleidung. Sie fühlte sich unbehaglich und zugleich in einer fast unerträglichen Spannung. Zum Glück war es im Raum etwas dämmrig. Fast unmerkbar zog er sich sorgsam und gekonnt ein Kondom über, was Jenny in diesem Moment eher lästig war. Dann endlich kam er zu ihr ins Bett. Sie hatte fast vergessen, wie unsagbar toll dieses Gefühl war – und dann noch mit Roman!

Nachdem alles vorüber war, befand sich Jenny in einer tranceartigen Hochstimmung und war zugleich wieder sehr nüchtern. „Danke, danke. dass du auch an die Sicherheit gedacht hast", unterbrach sie nach einer Weile das Schweigen.

„Dass du heute dazu nicht mehr in der Lage warst, habe ich gemerkt." Roman lächelte wieder zwinkernd. Er stand auf und kurze Zeit später hörte Jenny die Toilettenspülung. Roman kam wieder, streichelte sie noch kurz, gab ihr einen Kuss und meinte dann: „Lass uns nun unseren Liebes- und Alkoholrausch ausschlafen!" Roman legte sich zu Jenny ins Bett und schon hörte sie seinen ruhigen Atem.

Typisch Mann – sofort schläft er! Aber er war ein richtiger, verantwortungsvoller, zärtlicher, leidenschaftlicher Mann – ihr Freund Roman! Jenny kuschelte sich an ihn an und schlief ebenfalls sofort ein.

Sehr spät am nächsten Morgen wurde Jenny wach. Ihr Kopf dröhnte und sie dachte einen Moment, sie hätte alles nur geträumt. Es war schon elf Uhr. Und Roman? Roman lag nicht mehr im Bett. Stattdessen lag ein Zettel auf dem Kopfkissen:

„Guten Morgen, liebe Jenny! Ich war schon sehr früh wach – ungewohnte Umgebung! Ich melde mich! Liebe Grüße Roman".

Etwas mager der Brief. Aber Männer sollen Sex ja erheblich nüchterner sehen als Frauen. Er wird sich wohl hoffentlich bald melden. Jenny ließ sich wieder in ihr Kissen sinken. Sie döste bis zum frühen Abend vor sich hin, bis das Telefon schellte.

„Ja, hallo!"

„Ich bin's, Roman! Wollte mal anfragen, wie es dir so geht nach dem doppelten Rausch gestern Abend?"

„Inzwischen ganz gut. Es war toll gestern Nacht!"

„Ja! Ich wollte dich noch darum bitten, dass ...", Roman druckste etwas herum, „dass du die letzte Nacht für dich behälst."

„Also nur ein One-Night-Stand?" Jenny schnappte nach Luft, obwohl sie sich ohnehin nicht hatte vorstellen können, dass der vorhergehende Abend real gewesen sein soll. Roman hatte es nun wirklich nicht nötig, sich mit einer dicken Frau einzulassen.

„Man wird sehen!" Typisch unklare Antwort von Roman. „Ich habe schon einige Fälle gehört und auch erlebt, in denen bei innerbetrieblichen Affären die Frau die Stelle verlor. Also rate ich dir, es in der Firma nicht zu erzählen!"

„Werde ich tun!" Jenny war ihm dankbar, dass er sich so um die Folgen für sie sorgte – oder war es nur im eigenen Interesse? Wollte er nicht bekannt werden lassen, dass er mit einer dicken Frau geschlafen hatte. Angst vor Imageverlust?

„Bis Montag dann in der Firma!"

„Ja, bis Montag!" Der wunderschöne Traum ist somit schon leider zu Ende, dachte Jenny sehr traurig.

Nachdenklich kramte sie die Unterlagen der Abnahmegruppe im Krankenhaus heraus, vor der sie geflüchtet war. Beim Gang auf die Waage hatte sie stöhnend festgestellt, dass sie zwei Kilos zugenommen hatte. Nächste Woche wollte sie doch zu dieser Gruppe gehen und sich dieses Mal an die Regeln halte. Der Gedanke an ihr mal wieder neues Abnahmeprojekt tröstete sie über die Enttäuschung mit Roman hinweg und ließ neue Hoffnung in ihr aufflackern - wie so unzählige Male zuvor.

Stefanie saß am Sonntagabend auf ihrer Couch im Wohnzimmer und schaute durch das Fenster in den Himmel. Düstere Wolken und dauernder Regen - das war ihr erholsames Wochenende! Diesmal floss der Bach der Enttäuschung, des Ärgers und der Kraftlosigkeit der letzten Arbeitswoche auch am Wochenende weiter! Stefanie stellte etwas zu schwungvoll ihre Tasse auf den Wohnzimmertisch. Der Kaffeerest schwappte über und hinterließ mehrere braune Spritzer auf dem beige-braun-bestickten Läufer.

„Mist, das passt so richtig zu meinem Wochenende – und dabei gehen Kaffeeflecken so schwer heraus!", fluchte sie. Sie nahm das Tischtuch, ließ das Badezimmerbecken mit lauwarmem Wasser volllaufen und legte den Tischläufer hinein. „Dann lass dich mal einweichen", murmelte Stefanie. „Vielleicht brauche auch ich nur eine lange Einweichzeit, damit meine Blessuren der letzten Tage verblassen! Ich glaube, ich sollte mich mal etwas ablenken!"

Spontan griff sie zum Telefon und drückte hastig auf die Tasten. „Hallo Ute, hast du Lust, gleich noch auf eine Tasse Kaffee vorbeizukommen? Ich hoffe, dass ich die nicht auch noch verschütte!"

Ute lachte. „Du verschüttest Kaffee? Dann muss es dir aber schlecht gehen. Natürlich komme ich!"

Auch Jenny sagte zu. So saßen die Freundinnen eine halbe Stunde später bei neu aufgebrühtem Kaffee wieder im Wohnzimmer bei Stefanie.

„Das Wochenende mit Jochen war nicht so toll. Und morgen beginnt wieder die Arbeitswoche. Es wird noch einige Zeit dauern, bis ich mich mit meiner Degradierung abgefunden haben werde", stöhnte Stefanie.

„Was war denn mit Jochen? Gab's Ärger?"
Jenny hoffte, sich mit den Problemen anderer
von ihrer eigenen Unklarheit und ihrem
schlechten Nachgeschmack von der Nacht mit
Roman ablenken zu können. Zu gern hätte sie
über ihr Wochenende geredet und sich trösten
lassen. Aber sie befürchtete, dass die
Freundinnen die Wahrheit aussprachen und
das hätte sie noch mehr verletzt. Zudem hoffte
sie, bei einem ablenkenden Thema nicht mehr
dauernd auf die geöffnete Pralinenschachtel
auf dem Tisch starren zu müssen. Sie wollte ja
eigentlich ernsthaft eine Diät beginnen.

„Jochen war völlig unsensibel. Dauernd
wollte er mit mir ausgehen, mich angeblich
ablenken."

„Ist doch sehr rücksichtsvoll von ihm!"
Jenny wäre über solch einen Freund gerade
nach ihren ablehnenden Erfahrungen am
Wochenende sehr dankbar. Zum einen
verstand sie Stefanies Unzufriedenheit nicht,
aber zum anderen bewunderte sie, dass
Stefanie nicht nur dem Frieden wegen Jochen
nachgegeben hatte. Jenny bewunderte stets,
wenn andere Leute bereit waren, auch Ärger
auszuhalten.

„Andere Männer hätten nur an ihr Vergnügen gedacht", bestätigte auch Ute die Rücksichtnahme von Stefanies Freund.

„Als alles nichts half, hat er auch eine romantische Liebensnacht geplant – mit Rosen, Musik, Wein. Und gekocht hat er auch für uns."

„Hast du ein Glück", entfuhr es Jenny. Als Stefanie und Ute sie jedoch beide leicht verärgert anschauten, hielt auch sie diese unbedachte Bemerkung für unsensibel.

„Und du hast abgelehnt?" mutmaßte Ute, die ihre Freundinnen sehr gut kannte.

„Ja, natürlich. Sex ist für mich sowieso nur eine Pflichtübung, wie ihr wisst, und dann noch in dieser Situation."

„Männer können wohl an nichts anders denken", entfuhr es Jenny schon wieder. Dank Roman und der geöffneten Pralinenschachtel, die einen verführerisch süßen Schokoladenduft zu ihr herüberschickte, war sie heute nicht ganz bei der Sache. Diesmal erntete sie einen erstaunten Blick ihrer Freundinnen für diese Bemerkung.

„Jochen hat es vermutlich nur gut gemeint." Ute fand, dass Stefanie und Jochen gerade wegen ihrer Gegensätzlichkeiten, die die

Spitzen des anderen abrundeten, sehr gut zusammenpassten.

„Ich weiß ja, dass ich zurzeit alles andere als unterhaltsam und leicht zu handhaben bin." In Stefanie regte sich doch das Gefühl, sich Jochen gegenüber ein wenig unfair verhalten zu haben. „Aber ein wenig Verständnis und Rücksicht hätte ich von Jochen wohl vielleicht doch erwarten können." Die Verteidigung klang nun etwas halbherzig. „Nach meinen jahrelangen Fortbildungen und Bemühungen, um einen anspruchs- und verantwortungsvollen Job zu bekommen – solch eine Niederlage!"

Jenny und Ute schwiegen nur. Jeder Widerspruch hätte Stefanie weiter aufgebracht. Glücklicherweise schellte in diesem Moment der peinlichen Stille das Telefon.

„Ja, hallo? – Ja hallo Jochen, was gibt es?" Stefanies Stimme erschien nicht mehr ärgerlich. Die Freundinnen hatten ihr klargemacht, dass auch sie durch ihre schlechte Stimmung Schuld an diesem verpatzten Wochenende hatte.

„Nichts besonderes, ich wollte nur noch einmal deine Stimme hören!" Jochen bemerkte den positiven Stimmungswechsel und vermied es daher lieber, auf die Probleme am Wochenende anzusprechen.

„Schön – Jenny und Ute sind kurz hier vorbeigekommen. Das tat mir sehr gut."

„Das ist wahrscheinlich genau das, was du momentan brauchst", überlegte Jochen laut. „Dann will ich dich auch gar nicht mehr stören. Ich melde mich morgen dann wieder!"

„Schön – bis dann!"

„Und wie war das Wochenende so bei euch?", versuchte Stefanie ein wenig besser gelaunt abzulenken.

„Bei mir auch nicht besonders. Roland war nicht da. Er musste nochmals nach München, um seine restlichen Angelegenheiten zu klären."

„Seid ihr denn jetzt fest zusammen?", fragte Jenny

„Ja, schon."

„Aber?" Jenny war ungewohnt hartnäckig.

„Er ist manchmal ziemlich distanziert – und geschlafen haben wir auch noch nicht miteinander."

„Ist vielleicht vernünftig – danach kann's nur noch schlimmer werden." Jenny stöhnte.

„Du scheinst uns auch einiges zu erzählen zu haben", reagierte Ute. „Wie war die Feier? Und was ist mit Roman?"

„Erst hat sich Roman stundenlang mit einer schlanken, vorlauten Kollegin aus der Lohnbuchhaltung unterhalten. Dann war er spurlos verschwunden und tauchte plötzlich wieder auf."

„Mach's nicht so spannend – war das etwa alles?"

„Er fuhr mich nach Hause und blieb über Nacht – in meinem Bett. Er war toll!" So, nun war es doch raus.

„Warum strahlst du dann nicht? Und warum erzählst du uns das erst jetzt?"

„Morgens war er schon weg, als ich aufwachte. Heute meinte er am Telefon zu mir, er wisse nicht, ob es sich nur um einen One-Night-Stand handelte und ich sollte in meinem eigenen Interesse in der Firma nichts davon erzählen."

„Ich bin mir sicher – dann handelte es sich wohl wirklich nur um ein einmaliges Vergnügen zwischen euch. Sonst wäre er nicht das Risiko eingegangen, nach solch einer Bemerkung sich selber die Tür bei dir zuzuschlagen", stelle Ute schonungslos fest.

„Interesse an einer festen Beziehung hat er offensichtlich nicht", pflichtete auch Stefanie ihr bei.

„Und ich dachte, er liebt mich doch", schluchzte Jenny jetzt. Sie fühlte sich trotz der Ehrlichkeit von Roman hereingelegt und von seinem Uninteresse an einer festen Beziehung mit ihr zutiefst getroffen.

„Nach deinen Erzählungen hat Roman bisher nie mehr als eine sehr gute Kollegin in dir gesehen," Stefanie wunderte sich offensichtlich über Jennys rosarote, naive Brille der Verliebtheit.

Jenny schnappte nach Luft und wollte im ersten Moment ärgerlich und aufbrausend auf Stefanies Bemerkung reagieren. Jedoch dann musste sie doch ehrlich, aber resigniert zugeben: „Es stimmt schon, es hätte mir klar sein müssen, dass er nicht plötzlich die große Liebe zu mir entdeckt haben wird. Er hat mir auch nicht ein einziges Mal gesagt, dass er mich liebt!" Jenny schluchzte schon wieder.

„War der Sex mit ihm denn schön?"

„Es war perfekt. Er war rücksichtsvoll, feinfühlig, liebevoll und hat auch für die Vorsichtsmaßnahmen gesorgt."

„Dann hast du doch noch eines von den lohnenswerten Abenteuern erlebt. Freue dich doch darüber und lebe weiter wie bisher!" Schwang da nicht ein wenig Neid in Utes Stimme?

Jenny ignorierte jedoch nur ihre Bemerkung. „Ob es wohl an meinem Gewicht liegt?"

Während Jenny vor Selbstmitleid zerfloss holte ihr Stefanie ein Taschentuch aus dem Dielenschrank.

„Das, was ich von Männern gehört habe, ist, dass sie schlanke Frauen als gut präsentierbares Statussymbol empfinden. Daher ist eine schlanke Frau attraktiv für sie. Ein Mann mit einer schlanken, hübschen Freundin wird von seinen Geschlechtsgenossen höher angesehen. Im Inneren mögen einige Männer auch Frauen, die etwas mollig sind, also weibliche Rundungen haben."

„Danke für den Vortrag, Ute! Aber leider bin ich nicht nur ein bisschen mollig! Du glaubst also, Frauen mit Kleidergröße 50-54 haben keine Chancen bei Männern?"

Beide Freundinnen nickten nur.

„Ich will ja abnehmen, aber es ist so verdammt schwer. Wenn ich Hunger habe, fühle ich mich total kraftlos, ich habe schlechte Laune und nichts mehr macht mir Spaß. Ich denke dann nur noch an Diät und quäle mich den ganzen Tag durch meine Arbeit und den Abend. Das ist doch kein Leben!" Jenny schaute in die Runde und suchte inständig auf das Verständnis und Mitleid ihrer Freundinnen. Unvernünftigerweise hoffte sie zudem genauso inständig, wenigstens eine ihrer Freundinnen wüsste ein Rezept zur Wunderheilung ihres quälenden Herzschmerzes und eine Patentlösung für ihre Essprobleme. Leider bekam sie jedoch nur ein klein wenig Verständnis, das zudem auch noch in einer Rüge verpackt war.

„Ich weiß genau, wovon du redest." Ute nickte. „Aber eigentlich sollte man aus dem Grund auch darauf achten, dass man erst gar nicht so sehr zunimmt. Sonst wird die Gewichtsabnahme tatsächlich zu einer fürchterlichen Quälerei!"

Jenny fühlte sich bei diesem Verständnis zumindest von Ute doch schon erheblich besser und hörte mit dem Schluchzen auf. Nachdem die Kalorienzähl-Diät in der letzten Woche schon nicht funktioniert hatte, wollte sie Ute und Stefanie nun doch nichts von dieser Idee erzählen. Stattdessen sagte sie nur: „Ich werde mich jetzt ernsthaft darum kümmern, abzunehmen."

Stefanie verdrehte ein wenig die Augen. „Wie häufig haben wir das schon von dir gehört. Aber du hast recht, aufgeben sollte man nie. Und das werde ich mit meinen

Vorstellungen vom Traumjob auch nicht mehr tun."

„Das war das Wort zum Sonntagabend. Ich muss jetzt gehen – meine Augen fallen mir zu!" Ute stand auf und holte sich ihre Jacke. Auch Jenny war müde und verabschiedete sich. Stefanies Laune war wieder optimistisch. Sie hoffte nur, ihre Hoffnungen nicht gleich wieder zu verlieren, wenn sie morgen ihren alten, gedanklich längst abgehakten, Arbeitsplatz wieder einnehmen müsste.

„Weißt du schon, was am Freitagabend passiert ist?"

„Guten Morgen, Martina. Wird das jetzt immer deine Montagmorgen-Begrüßung?" Jenny überspielte gekonnt den Schrecken, dass Roman die Bettgeschichte doch noch rumerzählt und sie sogar noch lächerlich gemacht haben könnte. „Was gibt es denn heute?", fragte Jenny sehr eintönig. Sie interessierte sich zurzeit überhaupt nicht für irgendwelche Nachrichten von anderen.

„Am Freitagabend war ich noch mit Herrn Brauner in der Edelkneipe ‚Joy' – er hatte mich auf einen Drink eingeladen. Stell dir vor, der Geschäftsführer dieser Firma lädt mich schon wieder ein. Und diesmal sogar auf einen Drink in einer Kneipe."

Martina erinnerte Jenny an eine geschüttelte Mineralwasserflasche – sprudelnd, fast bis zum Überlaufen. „Wollte er was von dir?" Jenny wunderte sich ein wenig. Martina war zwar eine temperamentvolle, sehr angenehme Frau, entsprach aber eigentlich nicht der Vorstellung eines verführerischen sexy Vamps in den Augen eines Mannes. Dafür war sie zu offensichtlich zielstrebig, ehrlich und schlicht.

„Er wollte mich feierlich darüber informieren", und ihre klare, laute Stimme wurde zu einem Flüstern, „dass ich die Stelle als Nachfolgerin von Herrn Schulte, also als kaufmännische Leiterin, bekomme. Ist aber noch nicht offiziell, also bitte noch nicht den anderen verraten."

Jenny dachte an die enttäuschenden Erfahrungen von Stefanie. „Ja, bevor du den Vertrag nicht unterschrieben vorliegen hast, würde ich sowieso noch nichts sagen."

„Spielverderber – ich habe mich so gefreut darüber. Das ist meine Chance. Und ich werde auch ganz lieb zu euch sein."

„Dann wirst du aber eine ganz ungewöhnliche Chefin." Jenny hatte den Eindruck, ein Kind vor sich zu haben, das gerade das größte Osterei gefunden hat und es mit jedem teilen möchte.

Beide lachten herzlich, als gerade Roman zur Tür hereinkam. „Darf ich mitlachen? Um was geht es denn?", überbrückte er den peinlichen Augenblick zwischen Jenny und ihm.

„Nur für Insider!", konterte Jenny unwirsch und drehte sich ihrem Arbeitsplatz zu. Unkonzentriert sortierte sie den Berg eingegangener Lieferantenrechnungen auf ihrem Schreibtisch. Sie wollte der befürchteten Spannung zwischen Roman und ihr nach den Geschehnissen des Samstags umgehen.

„Wundert mich, dass ich inzwischen nicht langsam dazugehöre", Roman legte vertraulich die rechte Hand auf Jennys Schulter. Jenny wurde zu ihrem Schreck auch sofort rot.

Martina wollte Jenny zu Hilfe kommen. „Ein bisschen Flirten genügt nicht, da könnte ja jeder kommen. Wir verlangen schon etwas mehr Einsatz, nicht wahr Jenny?"

„Allerdings." Jenny war sehr erleichtert, als sie sah, dass Roman das Gespräch mit sehr viel Spaß verfolgte. Die von Jenny sehr gefürchtete verkrampfte Atmosphäre zwischen ihnen war erfolgreich umgangen worden.

Als Roman gegangen war, fragte Jenny sehr neugierig: „Ab wann muss ich dich denn jetzt siezen?"

„So weit kommt es noch – ich bleib doch dieselbe. Nur mit anderen Aufgaben. Aber ich beginne schon in drei Wochen mit der Einarbeitung."

„Und deine Arbeit hier?" Jenny ahnte schon Fürchterliches.

„Die soll auf euch arme Würmchen verteilt werden."

„Dann machst du dich gleich äußerst unbeliebt bei uns kleinen Würmchen!"

„Gehört dazu. Aber jetzt arbeite ich weiter, damit ihr nicht mehr als nötig übernehmen müsst."

Auch Roman war ziemlich erleichtert. Jennys Reaktion hatte ihm gefallen und auch, dass sie offensichtlich keinem von der Nacht erzählt hatte. Er hatte ein schlechtes Gewissen Jenny gegenüber, war aber fest davon überzeugt, dass eine feste Beziehung zwischen ihnen nicht funktionieren würde. Die Nacht war sehr schön mit ihr gewesen, vielleicht weil sie so weich und zurückhaltend abwartend war. Aber wie sollte er seinen Freunden nur sagen, dass er eine dicke und charakterschwache Freundin habe, die es allen recht machen will? Gerade er, der gerne und erfolgreich den revoltierenden Angeber spielt. Etwas bedauernd schloss Roman das Kapitel „Beziehung mit Jenny" ab und widmete sich wieder seinem Hobby, dem Computer.

Jochen konnte sich an diesem Morgen so gar nicht konzentrieren. Er saß an seinem Schreibtisch und versuchte, einen Arbeitsrechtsfall zu bearbeiten. Es handelte sich um einen eindeutigen Betrugsfall: E in Mitarbeiter war zwei Wochen vor der endgültigen Übernahme einer Firma eingestellt worden. Es war seit Wochen bekannt gewesen, dass der Käufer erhebliche Rationalisierungsmaßnahmen plante. Sein Klient hatte raffinierterweise in seiner kurzen Arbeitszeit in der Firma sehr viel Material und Beweise für diesen Betrug gesammelt, um vor Gericht eine gute Chance zu haben. Als zuletzt angestellter Arbeitnehmer, der sich noch am Anfang der Probezeit befand, wurde dieser Klient nach vier Wochen Einarbeitung von dem neuen Arbeitgeber gekündigt. Nun musste und wollte dieser Arbeitnehmer klagen, um Schadenersatz während der unerwarteten Arbeitslosigkeit zu erhalten und sein Arbeitslosengeld zu sichern. Ein relativ einfacher und klarer Fall also. Jochen, der sich auf das Fachgebiet Arbeitsrecht spezialisiert hatte, schüttelte jedoch den Kopf. Keine Chance, im Moment konnte er sich nicht auf ein Schreiben an den ehemaligen Arbeitgeber konzentrieren. Er klappte entschlossen die Akte zu.

Was sollte er bloß mit Stefanie machen? Sie war eine tolle Frau, aber mit ihrem übertriebenen Ehrgeiz machte sie ihn und vor allem sich irgendwann krank. Das Wochenende war katastrophal gewesen. Wie konnte er bloß vermeiden, dass sich solch eine Ärger am nächsten Wochenende wiederholen würde?

Jochen nahm einen Schluck von dem kalten Kaffee. Er trank seinen Kaffee meistens kalt. Er goss ihn sich zwar im heißen Zustand in die Tasse, vergaß ihn aber regelmäßig, wenn er mit irgendeinem Fall beschäftigt war. Langsam mochte er ihn sogar nur noch kalt. Während Jochen nachdachte, drehte er sich in seinem Bürostuhl hin und her. Sein Büro war mit schwarz-furnierten Holzmöbeln eingerichtet. Die Griffe bestanden aus Chrom. In der Mitte stand ein großer Schreibtisch aus dunkler Eiche und sein Bürostuhl erinnerte an den

Sessel eines Bosses. Dieses Büro hatte Stefanie auf Anhieb gefallen. Sein Büro war immer peinlichst aufgeräumt und die Akten bearbeitete er so schnell wie möglich.

Obwohl er eine Kanzlei mit zwei netten, zuverlässigen Partnern hatte und ein fürstliches, sicheres Einkommen aufweisen konnte, war Stefanie mit ihm immer noch nicht zufrieden. So langsam konnte er sie überhaupt nicht mehr verstehen. Wenn es nach ihr ginge, müsste er sich dauernd weiterbilden, damit er auch noch Fachanwalt für andere Bereiche werden würde. Wozu so aufreiben? Es gab doch auch noch andere Werte im Leben als Arbeit, Geld und Ansehen. Er hätte so gern eine stabile, normale Familie und ein oder mehrere Kinder gehabt.

Jochen geriet langsam in Wut. Das Geld war doch mehr als genug. Sein Fachgebiet Arbeitsrecht gewann zunehmend mehr an Bedeutung in diesen wirtschaftlich schweren Zeiten. Zudem hatte er auch einen guten Ruf und so viele Klienten, dass er sogar noch einige vor Kurzem ablehnen musste. Das Zurückweisen der Klienten hat ihm Stefanie vermutlich bis jetzt noch nicht verziehen. Mit viel Schwung drehte er sich in seinem Bürostuhl. Was machte er hier eigentlich – er brauche sich doch weder vor ihr noch vor sich zu rechtfertigen. Jochen dachte an das Telefongespräch am Sonntagabend und mußte feststellen, dass ihre Freundinnen es besser zu verstehen schienen, sie zu beruhigen. Da kam ihm eine Idee. Er würde nächsten Samstagabend ihre Freundinnen mit Partnern natürlich zu sich nach Hause einladen. Eine kleine Party, mit der Stefanie noch nicht einmal Arbeit haben würde, würde ihr und ihm ganz gut tun. Somit würden sie auch gleichzeitig ihren vorprogrammierten nächsten Wochenendärger überbrücken. Er wollte gleich den Partyservice anrufen und am Abend versuchen, ihre Freundinnen zu erreichen. Erleichtert nahm sich Jochen wieder die Akte vor und hatten den Brief kurze Zeit später vollständig auf das Band diktiert, das er sofort seine Renogehilfin überreichte.

Jochen hatte Glück, Jenny und Ute sagten beide erfreut für seine Party zu. Ob die Partner allerdings auch kämen, würde sich noch herausstellen. Jochen wünschte sich sehr, alle würden die Einladung annehmen, denn er fühlte sich mit den drei Freundinnen als einziger Mann fehl am Platze. Er wunderte sich allerdings darüber, warum Jenny gesagt hatte: „Ich muss mal fragen, ob ich einen

Partner habe." Jochen schüttelte den Kopf. Frauen waren manchmal schwer zu begreifen.

Nun musste er nur noch Stefanie anrufen und sie unter einem fadenscheinigen Grund für Samstag einladen. Mit einem komischen Gefühl wählte er am Abend Stefanies Telefonnummer.

„Hallo!" Ihre Stimme erinnerte ihn unangenehm an den dauernden, sinnlosen Ärger am Wochenende zwischen ihnen.

„Hei – hier Jochen. Wie geht es dir?"

„Ich bin müde!"

„Ich wollte nur noch mal fragen, ob du nächstes Wochenende bei mir bleiben willst. Ich verwöhne dich dann – kein Aufräumen, kein Spülen und kein Kochen! Kommst du?"

„Warum fragst du mich denn schon am Montag nach den Planungen des nächsten Wochenendes?" Stefanie wich offensichtlich einer konkreten Antwort aus.

„Ja weißt du – ich müsste noch ein wenig vorbereiten – aufräumen, Lebensmittel kaufen und so. Donnerstag und Freitag habe ich recht spät noch Mandanten!"

Jochen war nicht ganz wohl bei dieser Lüge. Er wusste jedoch, dass die strebsame, ordentliche Stefanie diese Begründung akzeptieren würde.

„Aber doch bitte keinen Abend mit deinen Freunden. Ein feuchtfröhlicher Abend ohne Ende mit fremden, angeberischen Leuten ist momentan für mich unerträglich." Jochen schluckte.

„Keine Angst, MEINE Freunde kommen bestimmt nicht." Stimmte ja auch. „Aber was hast du eigentlich plötzlich gegen meine Freunde und deren Partnerinnen? Du hast doch immer gesagt, ich könnte eine Menge von ihnen lernen?"

„Stimmt, aber im Moment sind sie mir einfach zu anstrengend!" Ihr Verhalten fand Jochen langsam besorgniserregend.

„Also kommst du?", vergewisserte sich Jochen.

„Ja, ist in Ordnung", willigte Stefanie recht uninteressiert ein.

„Ja, prima, dann störe ich dich auch nicht weiter. Wir hören sicher noch voneinander die nächsten Tage." Jochen legte erleichtert den Hörer wieder auf die Feststation.

Auch Jenny stand an diesem Abend vor dem Telefon. Soll sie nun Roman anrufen und ihn fragen, ob er am Samstag als ihre Begleitung mitkommt oder sollte sie es lieber lassen? Unruhig und hin- und hergerissen lief sie durch die Wohnung. Sie schwitzte. Plötzlich blieb sie stehen, richtete sich auf und sagte halblaut zu sich: „Wenn du nicht anrufst, wirst du nie wissen, was er gesagt hätte. Riskier doch auch mal etwas! Verlieren kannst du doch jetzt kaum noch etwas bei ihm!"

Ehe sie es sich noch einmal überlegen konnte, hatte sie schon Romans Nummer gewählt, die sie sich erstaunlich schnell gemerkt hatte.

„Ja hallo!" Romans klare, aber diesmal kalte Stimme.

„Ja, hier Jenny!" Jenny hätte am liebsten aufgelegt. Sie tat es nicht, sonst hätte sie sich für ihre Feigheit geschämt.

„Was gibt es!" Roman klang verkrampft.

„Ich bin am Samstagabend zu einem gemütlichen Abend mit meinen Freundinnen und deren Partnern eingeladen. Hast du Lust als mein Begleiter mitzukommen?"

Jenny musste sich völlig auf ihre Stimme konzentrieren, da sie drohte zu versagen.

„Ja, warum nicht? Ich begleite gerne eine nette Arbeitskollegin", ergänzte er noch, um die Situation nochmals zu verdeutlichen.

Jenny war erstaunt, wie – geradezu selbstverständlich – Roman diese Einladung annahm. Sie ahnte nicht, welche Folgen Romans Zusage für sie haben würde.

„Dann hole ich dich um 19.00 Uhr ab, Jenny. Ist das in Ordnung?"

„Sehr gut. Bis morgen in der Firma!"

„Bis morgen. Tschüss!"

Jenny hoffte nur einen Moment auf eine Wiederholung des letzten Wochenendes, aber ihr war klar, dass damit in der nächsten Zeit nicht zu rechnen war.

Sie schaute auf ihre Armbanduhr und stöhnte auf. Nun hatte sie auch noch die nächste Diät-Gruppenstunde verpasst. Und sie wollte doch einen Neuanfang der Gewichtsabnahme starten!

Frustriert öffnete sie den Kühlschrank, um sich einen Joghurt herauszuholen, entschied sich dann jedoch kurzerhand für ein großes Stück der leckeren, fetten Fleischwurst.

Auch Roland sagte spontan zu, als Ute ihm von der Einladung erzählte. So erschienen pünktlich um 19.00 Uhr Ute mit Roland und Jenny mit Roman zu der Einladung von Jochen. Stefanie sollte erst etwas später kommen, da es sich ja um eine Überraschungsparty handelte.

Jochen hatte sich viel Mühe gegeben. Über den Partyservice hatte er zwei große Schüsseln Nudel- und Reissalat, Frikadellen, Käsehäppchen und belegte Brötchen bestellt, die er auf seinen Küchentisch mit weißer Tischdecke als Buffett gestellt hatte. Knabbersachen und Pralinen standen in großen Mengen auf dem Wohnzimmertisch. Sein Getränkeangebot reichte von Sekt, über Wein, Likör, Apfelschorle, Cola, Fanta, Sprite, Bitter Lemon bis zu einer Waldmeisterbowle. Das Wohnzimmer war nur durch Kerzen beleuchtet, die eine gemütliche, fast kuschelige Atmosphäre verbreiteten.

Jenny und Roman saßen in einem angemessenen Abstand auf dem Dreisitzer-Sofa. Ute und Roland hatten es sich auf dem Zweisitzer bequem gemacht. Die Stimmung war etwas angespannt und ein Gespräch wollte nicht so recht zustande kommen.

„Also Sie sind der EDV-Fachmann in Jennys Firma!" Ute fühlte sich persönlich verpflichtet, die Atmosphäre bis zu Stefanies Ankunft in einer halben Stunde aufzulockern.

„Wenn es Ihnen recht ist, ich bin der Roman." Zu Jennys blankem Entsetzen zwinkerte Roman Ute offensichtlich zu.

„Gerne. Ich bin die Ute. Ich gehe jetzt einfach mal davon aus, dass hier keiner gegen das ‚du‘ etwas einzuwenden hat." Ute schaute sich um, alle schüttelten den Kopf.

„Also Roman, du arbeitest also mit Jenny zusammen?"

„Nicht in einer Abteilung, aber da ich für die EDV zuständig bin und Computer oft recht störrisch sind, habe ich häufiger und gerne mit Jenny zu tun."

Ute schaute Jenny an, die offensichtlich über diese lockere Beschreibung der Beziehung zu Jenny sehr enttäuscht, geradezu getroffen war. Es tat Jenny nicht nur sehr weh, sondern sie fühlte sich zudem in aller Öffentlichkeit gedemütigt. Schließlich wussten ihre Freundinnen, welche tiefen Gefühle sie für Roman empfand.

„Was machst du denn so beruflich, Ute?" fragte Roman ein wenig zu interessiert.

„Ich bin im Verkauf, Kundenbetreuung und so!"

„Jetzt sei doch nicht so bescheiden – Ute ist Gruppenleiterin." Roland wollte offensichtlich seine Freundin im strahlenden Licht darstellen.

„Sieh an!" Roman schien beeindruckt. Er musterte Ute sehr aufmerksam und Ute wurde verlegen. In Jenny brannten die Minderwertigkeitsgefühle ein Loch in ihr bereits schmerzendes Herz, wie eine vergessene ausglühende Zigarette.

„Was wollt ihr trinken?" Jochen spielte den Gastgeber. Jeder bestellte ein Glas Bowle.

„Bowle habe ich schon ewig nicht mehr getrunken und Waldmeister ist mein Lieblingsgeschmack!", schwärmte Ute.

„Dann mal auf einen gelungen Überraschungsabend mit Stefanie!", prostete Roland gekonnt und stieß zuerst mit Ute an.

Die Türglocke klingelte. Jochen war sehr nervös und sprang hektisch auf.

„Ich bin's doch nur? Mit wem hast du denn gerechnet, dass du so außer Atem bist?" Stefanies Stimme klang recht gutgelaunt aus der Diele herein.

„Ja, komm doch bitte rein. Ich habe eine Überraschung für dich!"

„Überraschung?"

Das war das Stichwort. „Überraschungsparty!" riefen die geladenen Gäste im Chor.

Roland holte ein Glas Bowle und hielt es der völlig überrumpelten Stefanie hin.

„Hallo, ihr! Nein danke, bitte keinen Alkohol!" Jochen besorgte schnell ein Glas Bitter Lemon, Stefanies Lieblingsgetränk.

„Uns kennst du ja schon. Das ist Roland und das Roman, wir haben einstimmig beschlossen, bei dem ‚du' zu bleiben!", erklärte Ute.

Aus Stefanies Gesichtsausdruck war nicht zu erkennen, ob sie sich freute oder geschockt über dieser Überraschungsparty war. Sie stand noch immer wie angewurzelt in der Diele.

„Ja nun komm schon rein, ein Sessel ist noch frei." Jenny legte den Arm um sie und zog sie ins Wohnzimmer.

Endlich hatte Stefanie ihre Sprache wiedergefunden. „Dann bedanke ich mich beim Gastgeber, Jochen, und bei euch, dass ihr alle gekommen seid. Irgendein Anlass, von dem ich noch nichts weiß, gibt es wohl nicht?"

„Nein", beeilte sich Jochen zu sagen. „Nur ein klein wenig Ablenkung von deinem Pech in letzter Zeit."

Stefanie sagte nichts darauf. Sie setzte sich in ihren Sessel und trank das Glas Bitter Lemon mit einem Schluck aus. Ute und Jenny sahen sich erstaunt an. Die Kommentarlosigkeit entsprach gar nicht Stefanies Art.

„Jenny erzählte mir, du magst Heavy Metal?" Romans Frage war an Ute gerichtet.

Ute schaute wieder zu Jenny herüber, diesmal etwas verlegen. „Ja, manchmal. Freunde von mir mögen diese Musik und dann hört man sich irgendwann einmal rein", versuchte sie das Thema zu umgehen.

„Ich glaube, ich besorge noch mal Bowle für uns. Stefanie, willst du noch mal Bitter Lemon?"

„Ja, danke!"

Jenny räumte sehr geschäftig die Gläser zusammen, spülte sie kurz durch und füllte sie wieder mit Bowle. Roland kam in die Küche.

„Kann ich helfen?"

„Gerne, so viele Gläser kann ich nicht auf einmal tragen!"

„Ist Stefanie immer so ruhig? Nach Utes Erzählungen wirkte sie so ganz anders – selbstsicher, kampflustig, nie um eine Antwort verlegen?"

„Sie ist normalerweise auch anders. Ich kann ihre Reaktion heute auch nicht so ganz verstehen. Hoffentlich ist sie nicht verärgert über diese Überraschungsparty."

Jenny drückte Roland die Gläser in die Hand und ging ins Wohnzimmer. Sie glaubte ihren Augen nicht zu trauen. Rolands Platz neben

Ute hatte Roman eingenommen. Roman und Ute unterhielten sehr angeregt und er hatte den Arm auf die Sofalehne hinter ihr gelegt. Immer wieder schaute er frech in ihr weit ausgeschnittenes Dekolleté. Beide schienen in ihre Zweierwelt versunken.

Jenny überlegte einen Moment, ob sie offensichtlich verärgert reagieren sollte. Ute wusste doch, wie sehr sie Roman liebte. Warum tat sie ihr das bloß an. Über Romans Verhalten war sie dagegen kaum überrascht – irgendwie war das typisch für ihn. Plötzlich kam sie sich wie ein hässliches, dickes, kleines Entlein vor. Sie stand in der Tür und starrt die beiden an.

„Du musst Haltung bewahren. Roman und du passen ohnehin nicht wirklich zueinander!"

Jenny schaute sich überrascht um und sah Roland hinter sich.

„Und wie geht es dir dabei?", fragte sie ihn sehr erstaunt.

„Ute ist halt ein leichtlebiger Typ. Daher konnte ich mich bisher auf keine wirklich feste Beziehung mit ihr einlassen. Das ist nicht mein Lebensstil!" Er deutete auf die beiden.

Jenny schaute ihn überrascht an. „So, jetzt setzen wir uns zusammen und machen uns einen möglichst schönen Abend mit Stefanie und Jochen. Okay?"

„Okay, und vielen Dank!" Roland nahm ihre Hand und führte sie zum Sofa.

Stefanie, die auf dem Sessel neben dem Sofa saß, beugte sich zu Jenny hinüber und sagte: „Tut mir leid, Jenny!"

„Vielleicht tut mir das ganz gut. Nur Ute kann ich nicht verstehen", entgegnete Jenny betont laut mit einem Blick auf Ute. Aber sie und Roman bekamen in ihrem Flirt nichts mehr von ihrer Umgebung mit.

Jochen setzte sich bei Stefanie auf die Armlehne und sie begannen eine lebhafte Diskussion über Arbeit, Chefs und Politik. Nach weiteren drei Gläsern Bowle, die Jochen pflichtbewusst besorgte, wurde in diesem Vierergrüppchen viel gelacht. Sie hatten Ute und Roman fast vergessen.

„Hallo Jenny. Tut mir leid, ich habe mich mit Ute verquatscht." Roman stand plötzlich neben Jenny. „Ich würde jetzt gerne nach Hause gehen. Soll ich dich mitnehmen?"

„Nein danke!" Diese Entwicklung erinnerte sie spontan an das Geschehen in der letzten Woche. Sie wünschte sich so sehr eine Wiederholung, die Nähe zu Roman, war aber zu stark getroffen. „Ich bleib noch ein wenig.

Wir sehen uns dann ja wieder am Montag in der Firma."

Roman war ein wenig erstaunt. „Ja, gut Jenny."

„Ich habe wohl zu viel getrunken. Mir ist ziemlich schschlllecht. Ich muss wohl auch lieb-ba nach Hause", lallte Ute ziemlich extrem.

„Bring doch Ute nach Hause!" Jenny wirkte richtig kalt.

„Ich f-f-finde den Weg schon allein!" Ute hatte ein komisches Gefühl.

„Keine Diskussion – ich bringe dich nach Hause. Warum sollst du laufen, wenn ich ein Auto habe!" Roman war wieder voll der Gentleman.

„Tschüss Jenny, Stefanie, Jochen, Roland – ich ruf dich morgen an!" Ute hatte Roland anscheinend heute Abend vergessen.

„Wenn du irgendwann wieder klar denken kannst", foppte sie Roland kalt.

Mit „Tut mir leid" verschwanden Ute und Roman aus der Tür.

Stefanie nahm Jenny in den Arm. „Du hast dich sehr stark verhalten. Vergiss ihn. Das tut kein echter Freund!"

Jenny fühlte sich hundeelend. Das war vielleicht ihre letzte Chance gewesen, Roman wieder näher zu kommen. Diese vertane Chance würde sie vermutlich ihr Leben lang bedauern.

„Du bist nicht der Typ für eine Affäre", Roland schien zu sehen, was sie dachte. „Er tut dir offensichtlich nicht gut."

Jenny holte sich wortlos ein weiteres Glas Bowle. Die ausgelassene Stimmung kehrte zwar nicht mehr zurück, aber der Abend wurde dennoch sehr unterhaltsam. Zwei Stunden später saßen Jenny und Roland in einem Taxi.

Vor Jennys Tür sagte Roland: „Soll ich dich nach oben begleiten?"

„Nein danke. Ich schaff es schon. Bis bald mal!"

„Darf ich dich morgen anrufen?"

„Warum nicht?" Jenny zuckte zusammen. Waren das nicht Romans Worte bei der Annahme der verflixten Einladung gewesen. Vielleicht hätte sie ihn doch nicht zur Überraschungsfeier einladen sollen – oder vielleicht brauchte sie gerade diese deutliche Abfuhr, um auf den Boden der Tatsachen zurückzukommen.

„Telefonnummer steht im Telefonbuch – Jenny Schneider."

„Bis morgen also." Zum Abschied gab Roland ihr einen sanften Kuss. Er kam Jenny vor wie ein Mitleidskuss. Er berührte sie nicht. Der Alkohol und die Enttäuschung von Roman ließen sie nichts anderes mehr fühlen.

Roman hatte Ute bis vor die Haustür gefahren.

„Danke", sagte Ute, der sehr schlecht war und die versuchte, möglichst schnell auszusteigen. Kaum war sie aus dem Auto, musste sie sich schon übergeben.

„So kannst du nicht alleine nach oben gehen!"

„Lass mich, ich schaffe es schon", sagte Ute und schüttelte seinen Arm ab, den er stützend um sie gelegt hatte.

„Keine Widerrede. Ich bring dich noch nach oben!"

Sie hatte ein fürchterlich schlechtes Gewissen Jenny gegenüber und befürchtete, die jahrelange Freundschaft ernsthaft damit aufs Spiel zu setzen. Andererseits ging es ihr so schlecht, dass sie zu keiner Widerrede imstande war: Alles drehte sich, es war ihr fürchterlich übel. „Okay", sagte sie daher widerstrebend.

Roman führte sie nach oben und legte sie aufs Bett. In ihrem Rausch schlief sie sofort ein. Als sie wieder zu sich kam, spürte sie ein sanftes Streicheln über ihre Brüste. „Roland?"

„Nein, nicht dein Liebhaber. Ich bin's – Roman!"

„Roland ist nicht mein Liebhaber – nie gewesen."

„Umso besser!"

„Wie spät ist es?"

„Ungefähr drei Uhr nachts."

„Dann habe ich ja vier Stunden geschlafen!"

„Ja!"

„Und du warst bei mir?"

„Sollte ich dich in diesem Zustand alleine lassen?"

„Das ist mir aber peinlich!"

„Geht es dir besser?" Roman lachte.

„Ja, sehr viel besser!"

„Okay!" Roman fing wieder an, sie zu streicheln.

Ute fiel Jenny und die Erzählung des letzten Wochenendes mit Roman wieder ein. Sie unterdrückte ihre immense Erregung und sagte: „Wieder ein One-Night-Stand?"

„Nein, Ute. Jenny und ich leben in verschiedenen Welten. Wir beide nicht. Mit uns könnte es etwas werden."

„Hast du das Jenny auch so gesagt davor?"

„Nein, ich habe mich bemüht, jederzeit ehrlich zu Jenny zu sein!"

Ute konnte nichts mehr sagen. Roman schob ihren kurzen Rock hoch, den sie heute eigentlich wegen Roland angezogen hatte. Sie konnte ihrer Lust nicht mehr widerstehen. Er hatte auch auf Ute eine unwiderstehliche Anziehungskraft. Die Welt verschwamm um sie herum, bis der Höhepunkt sie ruckartig wieder auf den Boden zurückholte.

„Verdammt, was soll ich nur Jenny sagen", sagte Ute kurze Zeit später auf der Bettkante sitzend. Roman kam gerade zur Tür herein, nachdem er in der Toilette das Kondom versenkt hatte.

„Dass wir jetzt zusammen sind", reagierte Roman sachlich. „Oder nicht?" Roman begann schon wieder, sie zu streicheln.

„Lass das. Ich muss erst einmal einen klaren Kopf bekommen!"

„War es für dich nur ein One-Night-Stand?" Roman schaute sie erstaunt an.

„Nein – ich glaube nicht!"

„Und Roland?"

„Er wird's sicher verkraften. Es war nicht wirklich etwas Ernstes zwischen uns, er ging mir irgendwie aus dem Weg!"

„Also war ich die Rache?"

„Nein – irgendwie passte Roland nicht so richtig zu mir. Nicht so wie du!"

„Hatte ich nicht vorhin auch so etwas gesagt?" Zufrieden legte sich Roman neben Ute und schlief sofort ein.

Am nächsten Tag, Sonntag, erwachte Roman wieder sehr früh. Er stand auf und sah sich unschlüssig in Utes Wohnung um. Es war alles sehr verspielt eingerichtet: leichte, moderne helle Möbel, viele kleine und große Bilder an den Wänden, überall Nippesfiguren und Dekorationen. Alles war blitzsauber. Er öffnete den Kühlschrank, um sich selber etwas zu trinken zu besorgen, da er Ute schlafen lassen wollte. Er war erstaunt, als er nur fettarme Joghurts, Obst, Gemüse und Buttermilch im Kühlschrank fand. Wenn Jenny nur ein wenig davon hätte, stöhnte Roman. Er hatte ein schlechtes Gewissen Jenny gegenüber und befürchtete nun doch eine Feindschaft in der Arbeitsstelle. Ute war so ganz anders: lebhaft, forsch, erfahren und er musste sich bei seinen Freunden nicht schämen, sie vorzuzeigen. Mit Ute könnte er sich eine feste Beziehung vorstellen. Roman schüttelte den Kopf. Wie sollte er das bloß Jenny verständlich erklären, ohne ihr weh zu tun? Er wollte sie als nette, verständnisvolle Kollegin einfach nicht verlieren!

Roman nahm sich ein Glas Wasser und anschließend einen Zettel aus dem Zettelkasten am Telefon und schrieb: Liebe Ute, ich möchte dich nicht stören. Daher fahre ich jetzt nach Hause und mach mich dort frisch. Ruf mich bitte an, wenn du wach wirst. Ich besorge für uns dann das Mittagessen (Tel. 69348).

Er sah Ute nochmals an, wie sie so nackt halb aufgedeckt im Bett lag. Ihre blonden Haare lagen verwuschelt um ihr Gesicht. Sie war sehr schmal, ihre Haut fest. Ihr Gesichtsausdruck zeigte Stärke und Willenskraft. Sie hatte ihn gestern Abend sehr erregt und er hätte gerne ein zweites Mal mit ihr geschlafen. Sie war die Richtige!

Jenny hatte die ganze Nacht nicht schlafen können. Die sonst so ruhige Jenny, die jedem Ärger aus dem Weg ging hatte eine Mordswut auf Roman und vor allem auf Ute. Es kam ihr vor, als wäre sie zum ersten Mal in ihrem Leben rasend wütend. Wenn die meinen, sie würde ihnen das verzeihen, dann hatten sie sich getäuscht! Ihr war ziemlich klar, wie der Abend weitergegangen war. Sie rannte wie ein aufgescheuchtes Huhn durch die Wohnung und drehte ihre Runden. Gegen Morgen, als sie die Gefühle der Enttäuschung, der Wut, der Trauer und der Eifersucht ein wenig in den Griff bekommen hatte, setzte sie sich ruhig auf ihr Sofa. Es gab nur eine Lösung, zukünftig mit solchen Gefühlen besser umzugehen. Sie musste um mehr Selbstbewusstsein kämpfen. Und das bekam sie vermutlich nur, wenn sie tatsächlich eine normale Figur und ein vorzeigbares Äußeres aufweisen würde. Das war doch letztlich der Knackpunkt in ihrem Selbstbewusstsein!

Sie schaute in den Spiegel und rief ihrem Ebenbild kämpferisch zu. „Pah, du redest dir selber ein, du hättest bisher keine Nachteile gespürt, dass du so dick bist. Weißt du eigentlich, wie es für dich betrieblich und privat gelaufen wäre, wenn du schlank wärst – wenn du auch mal attraktive Kleidung hättest tragen können? Vermutlich würdest du auch selbstbewusster auftreten und nicht so wie ein kleines, graues, unscheinbares Mäuschen um die berufliche Anerkennung bei deinem Chef mit Überstunden und Loyalität kämpfen!"

Entschlossen kramte sie ihre Kalorientabelle heraus. Zum ersten Mal las sie die Informationen ganz genau durch und überlegte ernsthaft, wie sie ihren Tag mit der Kalorienbegrenzung gestalten könnte. Diese ernsthaften Planungen lenkten sie von ihrem Schmerz ab. Erst gegen acht Uhr am Sonntagmorgen legte sie sich erschöpft, aber mit hoffnungsvollen Gedanken ins Bett und schlief diesmal sehr schnell ein.

Stefanie erwachte recht früh an diesem Sonntagmorgen in ihrem eigenen Bett in ihrer eigenen Wohnung. Ihr war schlecht, obwohl Sie doch keinen Alkohol am vorigen Abend getrunken hatte. Aber dann fiel es ihr wieder ein. Sie schüttelte sich und lies den gestrigen Abend noch einmal Revue passieren. Sie hatte die Party trotz des Lächelns und der Scherze als sehr misslungen angesehen. Roman hatte Jenny sehr gekränkt und sich an die beste Freundin herangemacht. Ute hatte ihren Freund Roland eiskalt vergessen. Jenny und Roland hatten Stefanie zuliebe gute Miene zum bösen Spiel vorgeführt, obwohl jeder wusste, dass dieser Abend mit seinen Geschehnissen die Freundschaften sehr auf die Probe stellen würde. Als alle gegangen waren, hatte Stefanie Jochen gerufen. „Jochen, kommst du mal bitte her! Aufräumen kannst du noch später. Es wird nicht lange dauern!"

Jochen ahnte Böses bei dieser formellen kalten Einleitung des kommenden Gesprächs. „Was gibt's denn Schatz!"

„Vielleicht hast du es tatsächlich nur gut gemeint, aber ich mag es nicht, dass man über meinen Kopf hinweg entscheidet. Zudem habe ich dir doch ausdrücklich gesagt, dass mir momentan nicht nach einem feucht-fröhlichen Abend ist. Ich hätte doch mit mehr Verständnis von dir gerechnet!"

„Stefanie, wir führen doch eine Beziehung und ich habe versucht, dich mit dieser Party ein wenig abzulenken. Ich hatte während unseres Telefonats am letzten Sonntag den Eindruck, dass dich die Freundinnen gut ablenken können und dir helfen!"

„Solange die Männer nicht alles zerstören. Roman hat mit seiner Flirterei sehr viel Unheil gestiftet!"

„Hat Ute nicht auch mitgemacht und Roland sogar im Stich gelassen?"

„Hättest du dich nicht eingemischt und vor allem die Partner nicht noch dazu eingeladen, wären Ute, Jenny und ich immer noch befreundet. So bleibt nur zu hoffen, dass dieser Mann und diese Party nicht unsere Freundschaft gesprengt hat!"

„Roman hat sich nicht einwandfrei verhalten – das ist unbestreitbar. Aber das verletzende und vielleicht zerstörende Fehlverhalten ist doch wohl vor allem eurer Freundin Ute anzulasten. Sie hätte sich zurückziehen müssen."

„Männer sind egoistisch, völlig unsensibel und nur auf ihren Vorteil und das Ausleben ihrer sexuellen Triebe aus." Stefanies Stimme wurde schrill.

„Ich verstehe nicht ganz, warum du mich jetzt versuchst, zu beleidigen. Ich habe mich meines Wissens korrekt verhalten."

„Aber diese blöde Einladung kam von dir!" Stefanie verhielt sich merkwürdigerweise wie ein bockiges Kind. Gerade die sonst so ernsthafte, vernünftige und verstandesgesteuerte Stefanie!

„Ich habe keine Lust mehr auf solch einen endlosen Ärger!" Jochen reichte es jetzt langsam. Er fühlte sich sehr ungerecht behandelt. „Ich habe es tatsächlich nur gut gemeint und ich bedauere, dass der Abend dank deiner Freundin und Roman so aus dem Ruder gelaufen ist. Aber ich habe mein Möglichstes getan, damit die Party gelingt."

„Und dass ich eventuell keine Lust auf eine Party haben wollte, ist dir nicht in den Sinn gekommen. Wenn ich meine Freundinnen treffen will, möchte ich das eigentlich auch ganz gerne auch allein, ohne störende Männer!" Stefanie ließ nicht locker. Ihre Gefühle schwappten über und sie konnte sich nicht beruhigen.

„Wenn du uns Männer so empfindest, wundere ich mich, dass du immer noch mit mir zusammen bist. Oder diene ich nur als Statussymbol?"

Stefanie zuckte zusammen. Er hatte den Punkt getroffen. „Brauchen die Männer nicht auch die Frauen als Statussymbole. Vielleicht hätte es sonst mit Jenny und Roman funktioniert. Aber Ute ist natürlich mit ihren blonden Haaren und ihrer Superfigur wesentlich vorzeigbarer!"

„Nun hör doch mal mit Roman, Jenny und Ute auf. Es geht jetzt doch um uns!"

„Wie meinst du das?"

„Ich frage mich ernsthaft, ob du dich von mir trennen willst?" Jochen schaute Stefanie fragend an.

Stefanie schluckte. Mit diesen ernsten, etwas traurigen Augen mochte sie ihn besonders gerne. Aber sie schätzte ihn und seine Lebensweise nicht. Eigentlich war er ihr momentan eher völlig egal. Sie war einfach noch zu sehr mit ihren beruflichen Problemen beschäftigt. Stefanie war so durcheinander, dass sie nicht antworten konnte.

„Weißt du was? Ich als Mann bin jetzt tatsächlich mal ganz unsensibel. Ich gönne mir und dir eine Auszeit und wünsche die Trennung auf Zeit. Das muss nicht endgültig sein, sollte uns beiden aber helfen, wieder zu uns selber zu finden."

„Soll ich jetzt also gehen?" Stefanie konnte ihre Gedanken einfach nicht genug ordnen, um angemessen reagieren zu können.

„Nach Hause fahren kann ich dich leider nicht mehr – ich habe Alkohol getrunken. Aber ich werde dir ein Taxi bestellen, das ich selbstverständlich auch zahlen werde."

So kam es, dass Stefanie in ihrem eigenen Bett aufwachte und die Übelkeit auf die Geschehnisse des letzten Abends zurückführte. Zum einen war sie erleichtert, dass sie Jochen jetzt länger nicht sehen musste, zum andern hatte sie den Eindruck, dass ihre Welt, ihre Planungen, ihre Stützen nach und nach zerbröckelten. Sie hatte sich vor ein paar Wochen noch eingebildet, dass sie ihr Leben fest im Griff hatte, aber jetzt hatte es sich irgendwie verselbständigt.

Sie stand auf und aß einen Zwieback. Die Übelkeit verschwand. Entschlossen kramte sie in ihrer Handtasche. Schließlich konnte sie nun endlich die Antibabypille absetzen. Gesund war sie auf Dauer ohnehin nicht und teuer dazu! Endlich hatte sie die fast leere Packung aus ihrer Handtasche herausgekramt. Diese Packung musste sie ja leider noch zu Ende nehmen. Wie lange war das denn noch? Und danach brauchte ihr Jochen auch nicht mehr mit einer Versöhnung zu kommen. – Sie hatte noch Tabletten für Freitag, Samstag, Sonntag, Montag und Dienstag. Für Freitag und Samstag?

Stefanies Herz fing an laut zu schlagen. Es war bereits Sonntag. Dann hatte sie in diesem Zyklus sogar zwei Mal vergessen, die Pille zu nehmen. Sie verstand das gar nicht, war sie doch sonst so zuverlässig. Seit ihrer Rückweisung in der Firma hatte sie mit Jochen nicht mehr geschlafen. Vermutlich hatte sie sie in diesem Stress und der Enttäuschung auch dann erst vergessen zu nehmen. Oder hatte sie sie schon vorher vergessen? Da wird schon nichts passiert sein, versuchte sie sich beruhigen. Stefanie war froh, zukünftig nicht mehr ständig unruhig zu werden, wenn die Regel sich mal verspätete.

Am Montagmorgen war Jenny immer noch wütend, als sie in die Firma kam. Die Diätvorbereitungen hatten sie kaum mehr abgelenkt. Zudem hatte auch Roland nicht angerufen. „Selbst für den betrogenen Roland bin ich noch zu unwichtig", murmelte sie. Allerdings gab ihr die Wut auch sehr viel Kraft.

„Einen wunderschönen Morgen, Martina!" Jennys Stimme klang allerdings eher so, als wäre das der Abschiedsgruß vor dem Töten der Beute.

„Guten Morgen, Jenny. Ab heute ist Herr Schulte schon nicht mehr hier und ich soll sofort in das Büro des kaufmännischen Geschäftsführers umziehen. Aber kann ich dich in dieser Laune auch alleine lassen?"

„Bestens. Wer mir blöd kommt, spürt meine Krallen!" Jenny musste nun doch lachen.

„Was ist denn los?"

„Roman hat eine Affäre mit einer meiner besten Freundin", Jenny stockte. Martina wusste ja gar nichts von ihrer Nacht mit Roman, die diese Tatsache noch schlimmer machte.

„Muss dir ganz schön weh tun!"

„Ja! Vor allem bin ich jedoch unglaublich wütend!"

„Auf Roman?"

„Auf Roman und auf Ute, dieser angeblich guten Freundin! Natürlich wusste sie, wie ich zu Roman stehe."

„So ein Pech. Gleich kommt Roman und muss meinen PC hier abstöpseln und im anderen Raum einstöpseln. Du kannst ihm heute also nicht aus dem Wege gehen!"

„Das war auch nicht meine Absicht. Er soll ruhig kommen!" Wie auf Kommando öffnete sich Tür. Sehr verlegen kam Roman herein.

„Guten Morgen, Martina und Jenny. Kann ich jetzt hier loslegen?"

„Guten Morgen, Roman. Nach diesem anregenden Wochenende wirst du so ein bisschen Arbeit doch sicher mit links erledigen!" Jenny wurde äußerst bissig. Romans Befürchtungen hatten sich bewahrheitet. Zudem schien Jenny zu sehr verletzt, um wie sonst lieber einem Ärger aus dem Wege zu gehen. Schlimmer konnte es für sie momentan nicht mehr kommen.

„Jenny, hast du Lust, in der Mittagspause mit mir Essen zu gehen?"

„Die Idee ist gar nicht so schlecht", warf Martina ein, die den offen zur Schau getragenen Ärger von Jenny nicht ganz verstand. Sie verstand nicht, warum Jenny offensichtlich Besitzansprüche an ihren eigentlich nur guten Kollegen stellte.

„Nein danke Roman, damit ich noch dicker werde? Ich glaube, ich sollte mich zukünftig lieber auf mich konzentrieren und nicht auf untreue Ex-Freunde und Ex-Freundinnen."

Erschrocken sah Roman Martina an, die plötzlich durchschaute, was geschehen war. „Aber …" Roman wollte Jenny unauffällig daran erinnern, dass sie doch eigentlich nichts erzählen sollte, aber Jenny fiel ihm schon ins Wort.

„Ich weiß, was du sagen willst Roman. Aber vor Martina brauche ich keine Geheimnisse zu haben. Oder ist es dir etwa peinlich, was passiert ist?"

Roman musste zugeben, dass Jenny mit ihrem offenen Angriff sehr viel Achtung in ihm hervorrief. So sagte er nur: „Es tut mir aufrichtig leid. Du wusstest schon vorher, dass das zwischen uns schon allein aus betrieblichen Gründen nichts Ernsthaftes werden konnte. Ich hatte sehr gehofft, wir würden gute Kollegen bleiben. Aber die Entscheidung liegt natürlich bei dir!" Er wandte sich damit dem Computer von Martina zu.

Auch Jenny entgegnete nichts mehr. Sie wollte die Sache nicht auf die Spitze treiben, zumal Martina eigentlich nun nicht mehr als ihre Kollegin, sondern als ihre Chefin im Raum stand.

Als Jenny nach diesem zermürbenden Arbeitstag, an dem sie sich auf die Arbeit nicht konzentrieren konnte, nach Hause kam, wartete Ute schon vor ihrer Tür.

„Hallo Jenny!" sagte sie unsicher.

„Hallo Ute. Das lange Warten hat sich vermutlich für dich nicht gelohnt", entgegnete Jenny eiskalt.

„Lass uns doch bitte reden!"

„Komisch, heute wollen plötzlich alle mit mir reden! Am Samstag sah das noch ganz anders aus!"

„Das mit Roman war nicht so geplant. Es passierte einfach!"

„Lass uns erst einmal reingehen. Es muss ja nicht jeder Nachbar gleich wissen, wie übel mir mitgespielt wurde!"

Ute setzte sich auf die Couch und Jenny auf den Sessel. Feindselig blickte sie Ute an. „Dann schieß mal los!"

„Zuerst wollte ich dich als erste informieren, dass Roman und ich fest zusammen sind!"

„Ja toll. Noch weitere angenehme Nachrichten?"

„Ich habe mir gedacht, ihr seid auseinander. Und – ach Mist. Ich gebe zu, ich habe gar nichts gedacht. Ich war betrunken und Roman verstand es, mich zu verführen. Die Gespräche waren sehr anregend und er hat tatsächlich etwas sehr Anziehendes. Auch ich habe mich in Roman Hals über Kopf verliebt und ich glaube, von der Lebensweise und den Ansichten passen wir recht gut zusammen. Es tut mir leid für dich, aber vermutlich würdest du ihn auch nicht bekommen, wenn ich die Beziehung nie begonnen hätte", sprudelte Ute fast ohne Luft zu holen.

Jenny sah in ihren Augen eine große Unsicherheit und auch noch Schuldgefühle. Das besänftigte sie ein wenig. „Ich weiß, dass er mich zum jetzigen Zeitpunkt nicht als Freundin will", stimmte Jenny widerwillig zu. „Dennoch muss ich den Abend, an dem ihr beide mich vollkommen vergessen habt und zudem auf meinen Gefühlen herumgetrampelt seid, erst einmal verarbeiten!"

„Es wäre doch total schade, wenn unsere Freundschaft an einem Mann zerbrechen würde, der ohnehin nichts von dir wollte", bohrte Ute unbedacht weiter in Jennys tiefen Wunden.

„Roman soll es tatsächlich nicht noch schaffen, mir die Freundinnen zu nehmen", überlegte Jenny laut. „Das ist er doch nicht Wert!" Dennoch tobte in ihr die hilflose Wut.

„Na also!" Ute lehnte sich entspannt zurück. Ein erleichtertes Lächeln huschte über ihr Gesicht. Jenny registriertes es wortlos, da sie noch viel zu sehr damit beschäftigt war, ihre vor Wut zitternde Stimme unter Kontrolle zu halten. Sie hatte Angst, auch noch ihre Freundinnen zu verlieren, wenn sie der Wut freien Lauf ließe.

„Etwas verlange ich jedoch von dir, wenn wir uns weiter treffen sollen", warf Jenny daher nur ruhig ein.

„Was denn?"

„Ich möchte nicht, dass du Roman vorerst auf irgendwelche Treffen mitbringst, bei denen ich auch bin."

„Das ist fair und vielen Dank für dein Verständnis."

„Sauer und getroffen bin ich immer noch. Aber das war ich eigentlich auch schon, bevor es zwischen euch losging."

Innerlich ärgerte sich Jenny noch immer über Ute. Sie hasste sie geradezu für ihr ständig mädchenhaftes Getue, wenn Männer in der Nähe waren. Jenny sah wütend auf ihre gepflegten, langen, blonden Haare, ihre Idealfigur, den großen Ausschnitt ihrer hautengen, weißen Bluse und die schwarz geschminkten Augen. Ute hatte ihren Roman eingewickelt, wie die Spinne ihr ahnungsloses Opfer und Jennys letztes bisschen Hoffnung auf eine spätere Beziehung mit ihm herausgesaugt. Jennys schlimmster Albtraum war leider schneller Realität geworden, als sie befürchtet hatte. Roman hatte eine feste Freundin, die er zu behalten wollen schien. Und das hatte natürlich gravierende Auswirkungen auf die Dreierfreundschaft. Hoffentlich würde ihr Ute dann nicht noch dauernd erzählen, dass die Freundschaft mit Roman super läuft, befürchtete Jenny. Aus Angst, mit dieser Einstellung auch noch ihre Freundinnen zu verlieren, schwieg sie jedoch Ute gegenüber. Im Grunde hatte Jenny panische Angst vor Auseinandersetzungen und noch mehr vor endgültigen Entscheidungen.

Zum Glück unterbrach das Klingeln des Telefons die bedrückende Stille zwischen Ute und Jenny.

„Ja hallo?", meldete sich Jenny noch mit belegter Stimme.

„Hier ist Roland!" Seine sonst so männliche und selbstsichere Stimme klang schuldbewusst.

„Was gibt es denn?" Jenny blieb kühl.

„Ich wollte mich eigentlich gestern nach deinem Befinden erkundigen, aber es kam leider etwas dazwischen."

„Habe ich gar nicht gemerkt!" Jennys Ironie war eiskalt. Ihre aufgestaute Wut und Enttäuschung entlud sich nun bei Roland, der ihr gleichgültig war.

„Ich habe mich entschieden, wieder nach München zu gehen", platzte Roland heraus.

„Warum sagst du das denn mir? Sag es doch lieber Ute!"

„Ich denke, das mit Ute hat sich erledigt, seit sie Roman kennt. Oh, Entschuldigung. Das muss dich ja auch ziemlich treffen!"

„Warum gehst du zurück?" Jenny völliges Desinteresse war aus jedem ihrer Wörter deutlich herauszuhören.

„Die Stelle sagt mir überhaupt nicht zu. Zudem sind mir das Ruhrgebiet und die Leute hier in ihrer Art ziemlich fremd."

„Die Westfalen gelten als stur und das Ruhrgebiet ist eine einzige, große, stinkende und dreckige Stadt. In München sind die Menschen dagegen aufgeschlossen, gerade heraus und herzlich. Ja, ja, diese Klischees sind mir schon lange bekannt. Mich wundert nur, dass ein erwachsener Mann wie du sich nicht vor Annahme des Stellenangebotes darüber Gedanken gemacht hat, wenn ihn das so stört. Aber du wollest sicher so clever sein und Vorurteilen keine Chance geben, nicht war? Oder hast du gehofft, dass dich der hohe Posten des Geschäftsführers über die Charakterschwächen der Ruhrgebietler hinwegtrösten wird?"

„Was hast du? Ich dachte, gerade mit dir könnte ich darüber reden!"

„Ich als Kummermütterchen. Wo war denn dein Verständnis für mich gestern?" Ohne eine der fadenscheinigen Entschuldigungen abzuwarten, legte Jenny den Hörer einfach wütend auf. Ute schaute sie äußerst erstaunt an. „Stimmt doch! Ich werde nur noch zur Kenntnis genommen, wenn man mich als Zuhörerin braucht."

„Vielleicht hat Roman dich tatsächlich etwas aufgeweckt?" Ute war dieser Kommentar einfach herausgerutscht. Erschrocken schaute sie Jenny an.

„Vermutlich hast du Recht!" Jenny lächelte sogar etwas, aber es war ein sehr schmerzhaftes Lächeln.

Sobald Ute die Haustür hinter sich geschlossen hatte, wurde Jennys Miene wieder sehr kalt. Wütend warf sie ein Buch vor die Wohnzimmerwand, das vor die weiße Raufasertapete knallte und mit einem dumpfen Geräusch auf den Teppich fiel. Sehr zufrieden sah Jenny den dunklen Streifen an der Tapete. Voller Stolz nahm sie das Buch hoch, dessen rechte untere Kante abgebrochen war. Sie schaute auf den Titel. „Das freundliche ‚Nein'". Sie lachte höhnisch. Trotz der vielen psychologischen und sozialen Ratgeber hatte sie es bis heute dennoch nicht geschafft, ‚Nein' zu sagen. Weder freundlich noch unhöflich. Sie wollte immer akzeptiert werden und suchte daher den bequemen Weg des ‚lieben Mädchens'. Sie setzte sich auf das Sofa und stand wieder auf, atmete durch, schüttelte den Kopf und brüllte: „Ihr glaubt wohl, mit mir könne man alles machen. Aber ihr sollt euch auch noch sehr wundern. Roman ist verloren, Ute ist für mich gestorben und ich – ich habe durch meine Wut nun die Kraft, mein Leben zu verändern." Sie setzte sich hin. „Na, hoffentlich schaffe ich es auch!"

Noch am selben Tag zog sich Jenny ihr beste Hose und Bluse an und ging nochmals, diesmal wild entschlossen, zur Abnahmegruppe ins Krankenhaus. Nach der Gruppenstunde, der sie diesmal mit sehr viel Interesse und Faszination folgte, ging sie noch einkaufen: ausschließlich fettarme Produkte und keine Pralinen mehr.

Mit sehr gemischten Gefühlen schloss Jenny nach ihrem Einkauf die Wohnungstür auf. Sie spürte förmlich, wie ihr ein Hauch von modriger Vergangenheit, Wut, Tränen, aber auch Euphorie entgegenströmte. Sie stellte kurzerhand die Einkaufstüten auf den Küchentisch, warf den Schlüssel auf den Dielenschrank, riss alle Fenster auf und rannte mit Jacke im Wohnzimmer auf und ab. Dabei redete sie vor sich hin: „Es ist einfach unfassbar! Ich dumme Kuh! Habe mir bisher immer alles gefallen lassen! Ja klar – liebes Mädchen. Loyale, übereifrige Untergebene. Verträgliche, bequeme Freundin. Schluss damit. Auch ich bin ein Mensch und habe meine Wünsche!" Sie redete sich in Eifer, während sie weiter ihre Runden auf dem Wohnzimmerteppich drehte. Sie fühlte sich wie eine starke Löwin im engen Zookäfig. Wohin mit ihrer plötzlichen und ungewohnten Energie?

Kurz entschlossen packte sie ihre Handtasche, knöpfte ihre Jacke zu und verließ die Wohnung. Richtungslos lief sie über eine Stunde durch die Straßen in ihrer Umgebung, die sich in diesen Abendstunden so langsam leerten. Es war ein Arbeitstag, ein Montag, und es musste schon später als 21.00 Uhr sein. So langsam fing es auch schon an zu dämmern.

Gut, dass es August ist, sonst wäre schon alles dunkel, dachte Jenny, verspürte jedoch bei diesem Gedanken keine Furcht. Sonst vermied sie es ängstlich, auch nur ein paar Meter zu ihrem Auto zu laufen, wenn es bereits dunkel war. Aber Jenny musste diese nach schmerzhafter Vergangenheit riechende Wohnung einfach für eine Zeit lang verlassen.

Sie steuerte eine Kneipe an, die in der Nähe ihrer Wohnung lag und vorwiegend von Studenten besucht wurde. Studenten haben eine Aura der Kraft und Hoffnung um sich. Und außerdem brauchen sie keine Rücksicht darauf zu nehmen, ob am nächsten Tag ein

Werktag ist oder nicht, dachte Jenny ein wenig neidisch. Sie hoffte, dass diese lockere Einstellung an diesem Abend etwas auf sie überschwappen würde und ihr den Schmerz nehmen könnte.

Jenny hörte schon von draußen das bunte Stimmengewirr, das darauf deuten ließ, dass diese Studentenstammkneipe auch heute am Montag sehr gut besucht war. Als sie die Tür öffnete, kamen ihr Rauchschwaden entgegen, was sie als sehr einladend und gemütlich empfand. Männer und Frauen zwischen 20 und 40 Jahren standen in Grüppchen am Tresen, im Raum oder unterhielten sich sehr angeregt an den runden, groben Holztischen. Diese Kneipe verströmte eine Atmosphäre der Natürlichkeit und des Intellektes. Jenny musste etwas lächeln, als sie sah, dass ausnahmslos alle Jeans trugen. Wie eine Uniform, ging es ihr spontan durch den Kopf. Nun, dann würde sie halt die einzige ohne Jeans sein. Die Grüppchen waren so intensiv in ihre Gespräche vertieft, dass sie Jenny gar nicht beachteten.

Nachdem sich Jenny sehr mühsam bis zum Tresen vorgearbeitet hatte, bestellte sie sich ein Altbier. Erstaunlich schnell schob ihr der Kellner das Bier mit einem freundlichen

Zwinkern entgegen. Etwas verlegen nahm Jenny das Glas hoch und wollte einen Schluck trinken, als jemand gegen ihren Ellbogen stieß. Das Bier ergoss sich über den Ärmel ihrer feinen Bluse.

„Oh, Mist", entfuhr es Jenny.

„Es tut mir sehr leid", hörte sie hinter sich eine dunkle männliche Stimme. „Du solltest versuchen, die Flecken wenigstens notdürftig sofort herauszuwaschen."

Jenny drehte sich neugierig um und sah in die warmen braunen Augen eines Anfang 30-Jährigen, schätzungsweise 1,90 Meter großen Mannes. Seine Haare waren voll, etwas länger und herrlich mittelbraun. Jenny war auf Anhieb fasziniert von diesem Mann. Sein Gesicht wurde durch einen Dreitagebart geschmückt, was Jenny sehr anziehend fand. Er war schlank, aber seine trainierten Muskeln waren durch dass dünne Shirt klar zu erkennen. Automatisch zog sie ihren Bauch ein.

Da Jenny nun gar keine Lust hatte, diesen attraktiven Mann sofort zu verlassen, entgegnete sie: „Das kann in diesem Gedränge leicht passieren, dass man sich so nahe kommt."

„Wenn du nicht gerade das Glas in der Hand gehabt hättest, wäre die Nähe doch auch gar nicht unangenehm gewesen. Im Übrigen heiße ich Thomas." Thomas zwinkerte Jenny zu.

„Ich bin die Jenny." Mehr fiel Jenny mit ihrem plötzlich hirnlosen Kopf nicht ein.

„Dann darf ich dich doch sicher auf ein Ersatzbier einladen?"

„Ja, gerne!" Thomas bestellte souverän noch zwei große Bier.

„Was studierst du denn, Jenny? Nein, lass mich raten. Pädagogik oder Sprachen?"

„Danke für das Kompliment. Aber ich habe mich hierhin nur verirrt. Ich bin nur berufstätig."

„Was heißt denn ‚nur'? Wenn ihr fleißigen Mitbürger nicht wärt, könnten nur sehr wenige studieren – mich eingeschlossen. Durch eure und deine Steuergelder werden die Universitäten, die Lehrmittel, die Profis, die Studentenwohnheime und nicht zuletzt das Bafög bezahlt, von dem die meisten Studenten profitieren. Vielen Dank, kleine Jenny."

Jenny störte das ‚kleine' ein wenig. Es erinnerte sie zu sehr daran, dass sie sich so sehr klein gemacht hatte in den letzten Jahren. Da Thomas es aber so liebevoll gesagte hatte, erhob sie keinen Einspruch und schob diese

Bezeichnung auf den offensichtlichen Größenunterschied zwischen ihnen beiden.

„Darf ich fragen, als was du arbeitest?", fragte Thomas weiter.

„Als Buchhalterin!"

„Mit Bilanzbuchhalterinnenabschluss?"

„Nein, daran habe ich eigentlich noch gar nicht gedacht!" Jenny schüttelte erstaunt den Kopf über sich selber. Nun hatte sie eine Freundin wie Stefanie, die sich ständig weiterbildete und war selber auf solch eine Möglichkeit überhaupt noch nicht gekommen.

„Studierst du?", fragte Jenny.

„Ja, Wirtschaftswissenschaften!"

„Hört sich schlimm an. Wirtschaftswissenschaften stelle ich mir ähnlich wie Psychologie vor!"

Thomas lachte auf. „Wieso denn das? Auf die Idee, Psychologie zu studieren, wäre ich allerdings auch nie gekommen."

„Beide Studien drehen sich um die Vorhersagen und die Analysen des Verhaltens von Menschen in bestimmten von außen gegebenen Situationen."

Thomas dachte nach. „So verkehrt ist das eigentlich nicht. Die Psychologie beschäftigt sich jedoch mehr mit den Ursachen einer komplexen und zumeist unangepassten oder gestörten Verhaltensweise einer einzelnen Person. Die Wirtschaftswissenschaft durchleuchtet nur die Ursache-Wirkungszusammenhänge in Bezug auf das wirtschaftliche Verhalten von Personen und Personengruppen sowie Firmen. Zudem soll die Psychologie einen Menschen heilen oder verändern. Bei der Wirtschaftswissenschaft geht es allein um die Analyse und Optimierung von wirtschaftlichen Zuständen und Verhaltenmustern."

Jenny verfolgte jedes Wort von Thomas. Ihr nur auf Buchhaltungsvorgänge spezialisiertes Gehirn konnte seinen Ausführungen nicht ganz folgen. Dennoch hörten sich solche Gespräche nach einer weiten, interessanten Welt an, die mehr Spannendes zu bieten hatte, als monatlich wiederkehrende Buchungsvorgänge. Jenny hing förmlich an Thomas Lippen.

Thomas lachte. „Nun nagele mich bloß nicht auf diese Definitionen fest. Sie sind rein aus meinem Bauch heraus entstanden, denn von Psychologie habe ich keinerlei Ahnung. Und in der Meinung meiner Profs sind meine Kenntnisse über Wirtschaftswissenschaften auch nicht viel größer."

„Findest du das Studium interessant oder ist es mehr ein Zweck, um später gut zu verdienen?" Jenny hatte den Eindruck mit einem kleinen Fernrohr in eine große, bunte, interessante Welt außerhalb ihrer eigenen Umgebung zu schauen. Das Tor ihrer eigenen begrenzten Welt war für sie plötzlich geöffnet worden.

„Natürlich studiert man auch, um später vor allem einen interessanten Job zu bekommen und nicht nur Routinearbeiten tagein tagaus erledigen zu müssen. Die geldlichen Gesichtspunkte sind allerdings das Sahnehäubchen, doch in der heutigen Zeit ist mir schon bewusst, dass nur für hervorragende Studenten die wirklich gutbezahlten Jobs reserviert sind. Und natürlich für die Studenten, die gute Beziehungen, das so genannte Vitamin B haben. In erster Linie finde ich faszinierend, nach und nach auch die komplexen Zusammenhänge zu begreifen und immer mehr Wissen in meinem Fachgebiet zu erlangen. Ich begreife die Wirtschaftsnachrichten nun und bin sogar in der Lage, eigene Prognosen zu erstellen. Die Kommilitonen, die Mitstundenten also, sind sehr enthusiastisch und äußerst motiviert, da wir uns jetzt gerade unsere eigene erfolgreiche Zukunft aufbauen. Schön finde ich, dass der soziale Umgang sehr kollegial und freundschaftlich ist. Dadurch, dass wir Studenten unsere Zeit selber einteilen können, kennen wir diesen Zeitstress nicht so. Zeit für einen Kaffee oder Tee mit einem Kommilitonen findet sich immer. Und vor den harten Klausuren sind die Telefonrechnungen immer besonders hoch, da man sich gegenseitig immer wieder aufbauen muss. Irgendwie eine herrliche Zeit."

Jenny spürte ein starkes Gefühl der Freiheit und auch ein wenig des Neides. Die Begeisterung, von der Thomas über das Studium und das Studentenleben erzählte, gab ihr Kraft, an positive Veränderungen zu glauben und sie womöglich selber herbeizuführen. Der Enthusiasmus wirkte auf sie ansteckend.

Thomas schien es zu bemerken. Er bestellte noch zwei Glas Bier und fragte dann: „Ein Wirtschaftsstudium wäre für dich eigentlich auch nicht verkehrt."

„Ich habe eine eigene Wohnung und finanzielle Verpflichtungen. Zudem möchte ich meinen sicheren Job nicht aufgeben in der heutigen Zeit." So verlockend es auch klang, ein Studium war für Jenny nicht mehr möglich. Das berufliche und geldliche Risiko war ihr zu groß. Zumal Jenny noch nicht einmal abschätzen konnte, ob sie in der Lage war, es überhaupt zu schaffen.

„Prost Jenny! Wie wäre es dann mit einer Alternative?"

„Welche Alternative gibt's denn da noch?"

„Den Bilanzbuchhalter. Der von der IHK geprüft wird. Den hat mal eine Ex-Freundin von mir gemacht. Die Prüfung ist nicht leicht und umfasst locker ein halbes Betriebswirtschaftsstudium. Am Ende hast du zwar kein Diplom, aber super Chancen in der Berufswelt."

Jenny nahm nachdenklich einen großen Schluck aus ihrem Glas.

„Tschuldigung, ich muss mal kurz wohin." Thomas stellte sein Glas ab und verschwand.

Jenny horchte auf das Stimmengewirr um sie herum. Sie schnappte Wortfetzen wie „Klausur", „Prof", „Projektarbeit" und heiße Diskussionen über Politik und Studiumsthemen auf. Eigentlich hätte auch sie Lust, aus der Eintönigkeit des Alltags ein wenig zu entfliehen. Und wenn es auch nur durch einen Abendkurs und die damit verbundene Hoffnung auf spätere berufliche

Veränderungen wäre. Was würde Roman wohl zu so einem Lehrgang sagen? Er hatte schließlich auch studiert, dachte Jenny nachdenklich und zuckte sofort zusammen, als hätte sie einen Elektrozaun berührt. Sie konnte mit ihm jetzt nicht mehr sprechen. Er war verloren. Oder doch noch nicht so ganz?

„Da bin ich wieder!" Thomas dunkle Stimme rüttelte sie glücklicherweise aus ihren Überlegungen.

Jenny trank das Glas leer. „Ich muss jetzt leider gehen!" Sie wollte gerne ich Ruhe über ihre neuen Informationen nachdenken.

„Ich hoffe, wir treffen uns mal wieder. Hier ist ein Kärtchen mit meiner Telefonnummer. Melde dich doch einfach mal. Würde mich freuen!"

„Mache ich! Schönen Abend noch. Tschüß."

Jenny kämpfte sich aus dem Lokal heraus. Draußen hatte es inzwischen geregnet, so dass die Luft feucht und kühl war. Langsam ging sie nach Hause. Sie konnte es nicht fassen. So viel Veränderung an einem Tag – und so viel neue Perspektiven. Als wollte sie jetzt jemand mit aller Macht auf den rechten Weg schubsen. Beim Einschafen murmelte sie noch: „Morgen kümmere ich mich um eine Fortbildung zur Bilanzbuchhalterin."

Drei Wochen später

„Frau Stefanie Marcher, bitte!" Das endlose Warten hatte ein Ende. Inzwischen hatte Stefanie fast zwei Stunden in der Praxis der Frauenärztin gewartet, es war bereits elf Uhr. Ursprünglich hatten Jenny und Stefanie einen schönen Vormittag miteinander verbringen wollen. Beide hatten sich für den Vormittag frei genommen, um ausgiebig miteinander zu frühstücken und dann in aller Gemütlichkeit bummeln zu gehen. Der Stress und die Probleme der vergangenen Zeit hatten an ihnen gezehrt und sie wollten ihre Freundschaft wieder aufleben lassen. Jenny hatte sich sehr darauf gefreut, Stefanie diesmal ohne Ute zu treffen und mit ihr so locker wie früher zu reden. Leider hatte Stefanie nur in ihren beruflichen und privaten Kämpfen ihren Frauenarzttermin an diesem Vormittag völlig vergessen. Erst als Jenny und sie schon ihren Urlaub für diesen Vormittag beantragt hatten, stolperte sie über die Termineintragung in ihrem Schreibtischkalender. So hatten sie entschlossen, diesen Termin zusammen kurz abzuhandeln und dann den Stadtbummel wie geplant anzuhängen.

Da Jenny an diesem Vormittag gerne noch offen mit Stefanie reden wollte, wurde sie bereits zunehmend nervöser. Hinzu kamen die vielen Patientinnen, die im Wartezimmer und in dem engen Eingangsflur unruhig warteten. Kleine Kinder liefen gelangweilt und jammernd hin und her und warfen immer wieder geräuschvoll die Bauklötze in der Spielecke herum. Der Boden war übersäht mit tragbaren Autokindersitzen, in denen Babys friedlich schlummerten. Die Mütter wachten darüber, dass ihnen auch nicht der Schnuller aus dem Mund fiel und stürzten beim ersten Schrei sofort hektisch mit der Milchflasche zu ihrem Kind.

„Arme Mütter", sagte Jenny. Und auch Stefanie konnte sich nicht vorstellen, dass jemand sich freiwillig so eine undankbare Arbeit aufhalste.

„Aber diese Frauen können es sicher auch nicht verstehen, wie jemand gerne Tag für Tag für eine Firma schuftet, die einem nicht einmal gehört", wandte Stefanie ein. Noch halb in solchen Gedanken gefangen, setzte sich Stefanie in das Sprech- und zugleich Untersuchungszimmer und wartete sehnsüchtig auf die Ärztin. Sie wollte endlich diese trostlose Umgebung hinter sich lassen.

„Guten Morgen, Frau Marchner!" Endlich kam ihre Ärztin, Frau Dr. Berger, freundlich und gutgelaunt wie gewöhnlich zur Tür herein. Frau Dr. Berger war eine ungewöhnlich freundliche und verantwortungsvolle Ärztin, die auch sehr aufmerksam zuhören konnte. Sie schaute in die Karteikarte. „Also nur eine Routineuntersuchung heute und neues Rezept für die Antibaby-Tablette!"

„Untersuchung ja, Pille nein!"

„Wollen Sie und ihr Partner jetzt ein Kind?"

„Nein, wir haben uns getrennt!"

„Wollen Sie wirklich mit der Pille aufhören? Es wäre nicht gut für ihren Körper, wenn Sie sie dann in ein paar Monaten wieder nehmen würden. Ihre Hormone geraten dann ziemlich durcheinander!"

„Das habe ich nicht vor. Mir bedeutet Sex sowieso nichts und das Singletum hat enorme Vorteile."

Frau Dr. Berger sah sie ungläubig an, entgegnete aber nichts. Sie nahm einen Stift und machte ein paar Notizen in die Karteikarte. „Alles sonst soweit in Ordnung?"

„Ja, wie immer!"

„Wann war Ihre letzte Regelblutung?"

„Oh!" Stefanie überlegte. „Das müsste so in etwa 7 bis 8 Wochen her sein", wunderte sich Stefanie selber.

Frau Dr. Berger lehnte sich im Stuhl zurück. „Immer wenn eine Packung Antibaby-Tabletten zu Ende ist, müsste ein paar Tage später die Regel einsetzen. Das ist wohl diesmal nicht geschehen?"

„Nein, die Packung war bereits vor zweieinhalb Wochen zu Ende. Vermutlich ist das der Stress, berufliche Probleme, private Trennung – der Körper reagiert doch auf alles?"

„Sie wissen vermutlich, dass auch die Pille nicht einen unbedingt 100%igen Schutz vor Schwangerschaft bietet?"

„Ich habe auch bei der letzten Packung durch den Stress zwei Tabletten vergessen", erinnerte sich Stefanie noch.

„War das vor oder nach der Trennung von Ihrem Partner?"

„Ich glaube – danach!"

„Ach, Sie glauben?"

„Sicher sind Sie sich leider nicht?"

„Nein!" Stefanie wurde unruhig.

Die Ärztin rief die Sprechstundengehilfin von einer Gegensprechanlage auf ihrem

Schreibtisch an. „Machen Sie bitte einen Schwangerschaftstest bei Frau Marchner!"

Stefanies Gesicht glühte plötzlich.

„Nur zur Sicherheit", beruhigte sie Frau Dr. Berger.

Während Stefanie im Behandlungszimmer wartete, wurde der Test ausgewertet. Eine halbe Stunde später kam die Sprechstundengehilfin wieder.

„Und?", fragte Stefanie aufgeregt.

„Herzlichen Glückwunsch!"

„Gott sei Dank! Ich bin nicht schwanger!" Stefanie atmete tief auf. Sie war unsagbar erleichtert.

„Entschuldigung, Sie haben mich wohl falsch verstanden", sagte die Gehilfin verwirrt. „Sie sind eindeutig schwanger!"

Stefanie wurde schwarz vor Augen. Krampfhaft hielt sie sich an den Armlehnen fest. „Das fehlte mir gerade noch!", stieß sie hervor.

Frau Dr. Berger kam in den Raum. „Viele Mütter sind überrascht und geschockt über die Nachricht, dass sie ein Kind erwarten. Meistens kommt es völlig unerwartet. Aber glauben Sie mir, wenn Sie Ihr Leben entsprechend geordnet und eingerichtet haben, werden Sie sich sehr darüber freuen."

„Das glaube ich kaum!"

„Ich müsste Sie allerdings jetzt genau untersuchen!"

Mechanisch legte sich Stefanie auf den Untersuchungsstuhl. Frau Dr. Berger machte eine Ultraschallaufnahme von dem Baby und druckte es aus. „Ihr erstes Bild!"

Stefanie konnte nichts erkennen. „Da sehe ich nur Schwarz und Weiß – wie Nebel."

„Sehen Sie, das ist das Kind. Es ist zwar erst ungefähr ein Zentimeter groß, aber es lebt schon!"

Einen Moment fühlte Stefanie ein starkes Glücksgefühl in ihr hochsteigen, das sofort von betäubender Ratlosigkeit verdrängt wurde.

Frau. Dr. Berger sah diese Verwirrtheit und sagte beruhigend: „Ich schreibe Sie erst einmal für ein paar Tage krank. Sie sollten sich jetzt schonen, denn Sie tragen ab jetzt auch Verantwortung für Ihr Kind. Ich gebe Ihnen Broschüren über das Verhalten in der Schwangerschaft mit und Sie verdauen die Nachricht erst einmal. Morgen früh reden wir noch einmal über alles. Lassen Sie sich am besten einen Termin für morgen geben. Einverstanden?"

„Ja, das wird wohl im Moment das Beste sein. Danke!" Als Stefanie durch den

Eingangsflur ging, sah sie die Mütter mit den Kindern mit ganz anderen Augen. Plötzlich gehörte sie irgendwie dazu.

Jenny kam ihr erfreut entgegen: „Endlich kommst du. Musstest du im Untersuchungszimmer auch noch so lange warten?"

Stefanie rollten die Tränen der Ratlosigkeit über die Wange. Sie schluchzte. „Innerhalb weniger Wochen ist mein so sorgfältig und akribisch geplantes Leben vollständig durcheinandergeraten", flüsterte sie.

Jenny legte Stefanie fassungslos die Hand auf den rechten Arm. „Was ist denn los? Bist du krank?" Sie hatte plötzlich große Angst um Stefanie. Sie wollte nicht auch noch Stefanie, ihre letzte beste Freundin verlieren, schoss es ihr egoistisch durch den Kopf.

„Ich – ich bin schwanger", Stefanies Stimme drohte jetzt, zu versagen.

„Gott sei Dank!" Jenny war unsagbar erleichtert. Noch immer standen die beiden Freundinnen im Eingangsbereich und wurden von den dort noch wartenden Patientinnen neugierig beobachtet.

„Was soll das heißen: Gott sei Dank! Ein Kind kann ich zurzeit gar nicht gebrauchen", brüllte Stefanie wütend. Danach begann sie wieder zu weinen: „Jochen hat auch noch unsere Freundschaft beendet!"

„Jochen hat was?", selbst die schüchterne Jenny sprach so laut, dass die umherstehenden Patientinnen an diesem Gespräch teilhaben konnten.

„Lass uns lieber gehen", Stefanie hatte gemerkt, dass sie bedeutend zur Unterhaltung der noch wartenden Patientinnen beitrugen. Sie schob Jenny heraus, die noch immer Stefanie sprachlos anschaute.

„Den Leuten in der Praxis gönne ich gerne etwas Ablenkung, aber jetzt reicht es auch", sagte Stefanie sarkastisch. „Jenny, entschuldige. Aber ich möchte jetzt lieber alleine zu Hause sein!"

„Wirklich? Soll ich nicht mitkommen und dir Gesellschaft leisten?"

„Danke, aber ich muss mich jetzt sammeln!"

„Na gut", sagte Jenny. Sie hatte kein gutes Gefühl, Stefanie jetzt alleine zu lassen. Aber wenn jemand diese Neuigkeit verstandesmäßig angehen würde, dann war es Stefanie, beruhigte Jenny sich, drückte Stefanie noch kurz zum Abschied und ließ sie alleine. Während Jenny langsam nach Hause schlenderte, stöhnt sie plötzlich auf: „Was habe ich ein Glück, dass Roman so vorsichtig und verantwortungsbewusst aufgepasst hat. Mein Roman!" Und sie vergaß dabei vollkommen, dass er bereits zu Ute gehörte!

Stefanie fuhr sofort nach Hause. Sogar ihre Wohnung kam ihr völlig fremd vor. Orientierungslos rannte sie herum und sah gedanklich in allen Ecken Bauklötzchen, Babybett, Stofftier, Schnuller und Pampas. Schließlich nahm sie ein Buch und ging ins Bett. Nachdem sie den ersten Absatz fünf Mal gelesen hatte, ohne den Inhalt erfasst zu haben, klappte sie das Buch zu und legte sich zum Schlafen hin. Etwas später klingelte das Telefon. „Ja?", meldete sich Stefanie verschlafen.

„Hier Herr Sieberg. Ich hatte Sie eigentlich so verstanden, dass Sie heute noch ins Büro kommen wollten. Ist irgendetwas geschehen?"

„Ach, Herr Sieberg, Entschuldigung. Ich habe heute erfahren, dass ich schwanger bin und war leider so durcheinander, dass ich vergessen habe, bei Ihnen anzurufen. Ich bin bis nächste Woche Freitag krankgeschrieben!"

„Ich verstehe sehr gut, dass Sie das erst einmal verkraften müssen. Auch der Körper leidet bei dieser Umstellung. Lassen Sie sich nur Zeit und denken Sie nicht an uns, sondern nur an sich und ihr Baby!"

Stefanie war erstaunt über die freundliche Aufnahme dieser Nachricht bei Herrn Sieberg, die ihm eine Menge Mehrarbeit und eine nicht mehr einplanbare Sekretärin bescherte. Zum ersten Mal seit Wochen war Stefanie sehr froh, die Stelle bei Herrn Schormer nicht erhalten zu haben. Vermutlich hätte er ihr jetzt das Leben zur Hölle gemacht.

Vielleicht hatte Jochen doch nicht so ganz unrecht, ging es Stefanie durch den Kopf, was sie aber gleich wieder verdrängte. Jochen hatte ihrer Meinung nach kein Verständnis für sie und begriff einfach nicht, was für sie wichtig war. Da half es auch nichts, wenn er mal Recht hatte. Außerdem hatte er die Beziehung beendet! Stefanie schüttelte plötzlich den Kopf, als wollte sie eine lästige Fliege verscheuchen. Sie hätte es kaum für möglich gehalten, aber irgendwie vermisste sie Jochen doch. Der Streit und Ärger mit Jochen war nervig, ohne ihn war es jedoch auch nicht das Wahre. Stefanie musste etwas lächeln. Männer waren doch wie ein Magnet: Einerseits wurde man angezogen, andererseits abgestoßen! Sie legte sich wieder ins Bett und schlief bis zum nächsten Morgen.

Am nächsten Tag konnte Stefanie wieder klarer denken. Sie rief Jenny an. „Hallo Jenny, hier Stefanie!"

„Wie schön, dass du dich meldest. Wie geht es dir denn? Ich habe gestern dauernd an dich denken müssen. Freust du dich inzwischen etwas?"

„Nein, ich will kein Kind!"

„Was willst du denn jetzt tun?"

„Eigentlich weiß ich nur, dass ich es auf keinen Fall abtreiben will."

„Warum schließt du das auf jeden Fall aus?"

„Ich habe mal einen Film über eine Abtreibung gesehen. Diese grauenhaften Bilder habe ich noch jetzt klar vor Augen. Für mich ist dies glatter Mord."

„Wenn diese Möglichkeit für dich nicht in Frage kommt, finde ich das persönlich sehr gut."

„Früher hätte ich gesagt, es gibt immer eine andere Lösung. Momentan weiß ich für mich leider auch noch keine!"

„Ist denn alles in Ordnung mit dir und dem Kind?", fragte Jenny und wunderte sich, dass sie sich danach nicht gleich schon gestern erkundigt hatte.

„Ja, soweit man das nach ein paar Wochen schon sehen kann. Sollte die Ärztin jedoch feststellen, dass das Kind ernsthaft krank oder behindert ist, werde ich eine Abtreibung doch noch in Erwägung ziehen!"

„Wollen wir nicht vom Schlimmsten ausgehen. Überlegst du nun, deine Arbeit aufzugeben?"

„Nein. Das Kind soll auf keinen Fall im ständigen Geldmangel aufwachsen. Kinder von arbeitslosen und Sozialhilfe empfangenden Eltern haben einen wesentlich schlechteren Stand im Leben, z.B. bei den Lehrern und den Freunden. Es wird dann immer verzichten und sich dafür entschuldigen müssen, dass leider kein Geld da ist. Wenn ich zu Hause bleiben würde, sind Probleme in der Schule vorprogrammiert, denn ich kann ihm keine guten Bücher, Lehrmittel oder womöglich einen Computer kaufen."

Nach einer kurzen Stille am Telefon fragte Jenny inzwischen auch ziemlich ratlos: „Welche Möglichkeiten hättest du denn noch?"

„Vielleicht ist ein ganztägiger Kinderhort eine Lösung?"

„Dein Kleinkind soll schon in den Kinderhort? Bedenke bitte, dass nicht jedes Kind für eine ganztätige Betreuung in einem

Hort von Fremden geeignet ist. Willst du es zwingen, ganze Tage da zu verbringen, wenn es sich womöglich sehr unwohl dort fühlt? Und was ist, wenn es mal krank wird? Kannst du in solchen Fällen so leicht eventuell tagelang zu Hause bleiben? Zusätzlich haben Kinderhorte auch noch Ferien – mehr als ein Arbeitnehmer Urlaub hat." Jenny fühlte sich plötzlich wie eine große Schwester.

„Woher weißt du denn das alles?"

„Ich habe gerade gestern einen Bericht über Kinderhort und alleinerziehende, berufstätige Mütter im Fernsehen gesehen", sagte Jenny. Sie wollte keineswegs besserwisserisch klingen. Sie hatte lange genug unter der besserwisserischen Art ihrer Umwelt gelitten. „Als alleinerziehende Mutter hast du allerdings nicht die besten Chancen!"

„Adoption?", überlegte Stefanie laut.

„Vergiss es! Könntest du jemals wieder ruhig schlafen, wenn du wüsstest, dass dein Kind irgendwo herumläuft. Bei jedem Kind auf der Straße wirst du dich fragen, ob es womöglich deines ist. Nachts glaubst du dann, dein Kind schreit nach dir. Vermutlich könntest du dich nie wieder offen im Spiegel anschauen, da du vor deiner Verantwortung weggerannt bist. Zudem geht es manchmal den Kindern in einer Adoptionsfamilie nicht immer gut. Und irgendwann erfährt das Kind, dass die Mutter es ohne einen wirklich triftigen Grund abgegeben hat. Wie würdest du dich fühlen, wenn du adoptiert wärst und nicht wüsstest, wie deine Eltern aussehen, welche Charaktereigenschaften oder auch Krankheiten du von ihnen geerbt haben könntest?", redete Jenny sich ein. Sie kramte all ihr Wissen über Kinder zusammen.

„Ist schon gut!" Stefanie musste über den Eifer von Jenny lächeln. „So richtig habe ich auch noch nicht über dieses Thema nachgedacht. Ich weiß ja erst seit gestern, dass ich schwanger bin. Aber es ist mir auch ganz klar, dass ich mein Baby niemals abgeben könnte. Eigentlich habe ich es jetzt schon gerne. Aber anscheinend hast du dir über diese Themen sehr viele Gedanken gemacht?"

„Ja, neuerdings habe ich mich mehr dafür interessiert. Man kann so leicht schwanger werden. Eine Unvorsichtigkeit und man steht dann womöglich alleine da."

„Die Emanzipation der Frauen wird von dem männlichen Teil der Gesellschaft und der Politik leider nicht im Geringsten unterstützt. Sonst gäbe es bessere Möglichkeiten für alleinerziehende Mütter. Vielleicht sollte ich mich mal bei gemeinnützigen oder kirchlichen Beratungsstellen danach erkundigen, wie es andere Mütter in meiner Situation geschafft haben, Beruf und Kind unter einen Hut zu kriegen?"

„Du hoffst offensichtlich auf ein Wunder, das es nicht gibt. Früher wurden die unehelichen Kinder samt Mutter aus der Gesellschaft ausgestoßen. Zum Glück gehören diese Zeiten der Vergangenheit an. Aber dennoch solltest du dir im Klaren darüber sein, dass alleinerziehende Mütter es sehr, sehr schwer haben und oftmals in die Armut rutschen – habe ich gehört", fügte Jenny hinzu.

„Was würdest du denn in meiner Situation tun?"

„Ich würde mein Kind vermutlich niemals abgegeben und würde notfalls zu Hause bleiben", überlegte Jenny kurz. Sie war sehr geschmeichelt, dass Stefanie nach ihrer Meinung fragte. Vermutlich war Stefanie schon so verzweifelt, dass sie das theoretische Wissen von Jenny überbewertete.

„Aber es gibt doch noch einen Vater, den Jochen. Was sagt er denn dazu?", versuchte Jenny nun, ernsthaft die Möglichkeiten für Stefanie abzuwägen.

„Weiß ich nicht. Ich hatte ihn in meinen Planungen gar nicht berücksichtigt."

„Das kannst du nicht, er ist der Vater. Ich weiß ja nicht, warum ihr euch getrennt habt. Er machte auf mich eigentlich immer einen ruhigen, vernünftigen Eindruck. Er bildet einen guten Gegenpol zu dir. Zudem verdient er sehr gut und könnte seine Arbeitszeit als Rechtsanwalt vermutlich flexibel einteilen. Vielleicht könntest du dann noch stundenweise arbeiten, wenn du dich mit ihm einigst. Denk also an das Kind und rede mit ihm."

„Vielen Dank, Jenny, für deine wirklich guten Ratschläge. Du hast Recht, ich muss erst einmal mit Jochen reden. Es ist schön mit einer Freundin so ernst reden zu können."

Jenny konnte ihren Ohren kaum trauen. Das erste Mal, dass sie wirklich ernst genommen wurde von ihren Freundinnen. Gerade dieses Gefühl, erwachsen zu sein, gab ihr auch diese erwachsenen Worte in den Mund.

„Dafür bin ich da. Möchtest du mich vielleicht besuchen oder sollen wir zu dir kommen in den nächsten Tagen. Du solltest momentan nicht alleine bleiben!"

„Jetzt kann ich auch mal sagen: Ich bin nicht krank, sondern schwanger. Ich habe ein

Telefon und bin gesund. Vielen Dank für dein Angebot, aber ich muss hier erst einmal einiges regeln."

„Gut. Melde dich allerdings bitte wieder und sage mir, was Jochen gesagt hat und wofür du dich entschieden hast!"

„Klar, mach ich. Tschüss!" Als Stefanie aufgelegt hatte, merkte sie, dass sie Jenny gar nicht nach ihrem Befinden befragt hatte. Sie schüttelte über ihre eigene Unhöflichkeit den Kopf.

Als Stefanie am nächsten Tag von dem Termin mit ihrer Frauenärztin zurückkam, suchte sie sofort die Telefonnummer von Jochen in seiner Kanzlei heraus. Sie war die ganze Zeit ziemlich nervös, wenn sie daran dachte, wie er wohl reagieren würde.

„Guten Morgen, Stefanie Marchner hier. Kann ich bitte mit Herrn Mauts sprechen?" Stefanies Stimme klang dennoch selbstsicher und bestimmt.

„Um was geht es denn?"

Stefanie war bisher nur einmal in der Kanzlei gewesen. Daher kannte die Gehilfin sie nicht, obwohl Stefanie drei Jahre mit Jochen zusammengewesen war. „Um eine dringende Privatangelegenheit!"

„Einen Moment, bitte!"

Es dauert ganze fünf Minuten, bis Jochen sich sehr freundlich meldete. „Hallo Stefanie. Was gibt es denn so Dringendes?"

„Bist du alleine, Jochen, oder hast du Klienten?"

„Ich bin allein im Büro. Nun mach es doch nicht so spannend!"

„Normalerweise ist es nicht meine Art, Ex-Freunden hinterherzulaufen."

„Deinen Stolz kenne ich! Also bitte, sag mir endlich, was los ist!"

Stefanie hatte sich den ganzen Morgen überlegt, wie sie Jochen schonend auf das Baby vorbereiten konnte. Doch jetzt hielt sie nur noch die direkte Information für sinnvoll.

„Wir bekommen ein Kind!"

Es herrschte Stille im Telefon.

„Bist du noch dran, Jochen?"

„Natürlich, ich bin nur sprachlos."

„Was denkst du denn jetzt?" Stefanie empfand seine Sprachlosigkeit in dieser Situation für unerträglich.

„Ich freue mich wahnsinnig, frage mich besorgt, wie es weitergehen soll und wundere mich, dass ausgerechnet bei dir die Pille nicht sicher war."

„War sie!"

„Wie ist es denn dann geschehen?"

„Ich habe sie zweimal vergessen zu nehmen!"

„In welcher Woche bist du denn?"

„Vermutlich in der fünften, sagt die Ärztin!"

„Dann muss ich mich wohl bei dir entschuldigen?"

Stefanie war verwirrt. „ Warum entschuldigen?"

„Dafür, dass ich unsere Beziehung beendet habe, weil du so launisch warst. Aber in deinem Zustand ist das doch wohl normal, nicht wahr?"

„Ich weiß nicht. Ja, eigentlich schon!"

„Hast du schon überlegt, wie es jetzt für dich, oder besser: für uns weitergeht?"

„Überlegt ja, aber noch nicht entschieden."

„Aber du willst doch das Kind?"

„Ich glaube schon!"

„Lass uns heiraten. Ich habe genug Geld und ich kann …"

„Ja, das habe ich heute Morgen schon alles gehört!" Stefanie musste lachen.

„Von wem?"

„Von Jenny. Die hält eine Menge von dir und meint, zusammen könnten wir eine brauchbare Lösung für unser Kind finden."

„Das denke ich doch auch. Also, vielleicht sollten wir heute Abend beim Essen darüber sprechen? Ich lade dich in das Chinarestaurant Lotusblüte ein. Einverstanden?"

„Warum nicht?"

„Um 18 Uhr bin ich bei dir!"

„Bis dann – tschüss!"

Stefanie war sehr erstaunt über Jochens Reaktion. Er schien in ihrer Schwangerschaft keinerlei Problem zu sehen. Hatte er nicht sogar vorgeschlagen, sie zu heiraten? Mal sehen, was der Abend bringen würde. Schließlich war für Jochen diese Information neu, so dass er nur zu spontanen und nicht durchdachten Reaktionen fähig gewesen war.

Pünktlich, wie immer, stand Jochen um 18 Uhr vor der Tür und klingelte. Er war sehr feierlich angezogen: schwarzer Anzug, hellblaues Hemd mit einer modernen Krawatte. Auch Stefanie hatte ein elegantes Kleid für diesen Abend gewählt. Dennoch war sie erstaunt und geradezu beunruhigt über dieses Zeichen, wie ernst er das Baby und somit dieses zukunftsplanende Gespräch nahm. Sie hatte für sich an diesem Nachmittag eine Entscheidung getroffen und hoffte nun, dass auch Jochen sie akzeptieren würde.

Jochen legte während der Fahrt zum Restaurant ein perfektes Kavaliersverhalten an den Tag. Dadurch wurde die angespannte und erwartungsvolle Stimmung allerdings noch distanzierter. Stefanie vermisste ein wenig das vertraute Gefühl, das solch ein Gespräch erheblich leichter gestaltet hätte.

Jochen hatte einen Tisch in einer abgelegenen Nische für sie reserviert. Nachdem Stefanie und Jochen sich das Gericht und die Getränke bestellt hatten, begann er zögernd. „So, jetzt haben wir Ruhe und Zeit, um über die Zukunft des Babys zu reden."

„Und wie stehst du dazu? Oder hast du in den sechs Stunden, in denen du erst vom Baby weißt, noch keine Entscheidung treffen können? Verstehen würde ich das."

„Meine Vorstellung von dem, was für das Kind und uns das Beste ist, stand schon fest, als ich heute Mittag erfuhr, dass du schwanger bist!"

Stefanie schluckte. Dann war der Heiratsantrag vermutlich doch ernst gemeint von Jochen? Und tatsächlich kramte er in der Jackettasche und holte ein Schmuckkästchen heraus. Er öffnete es und hielt es Stefanie hin. „Willst du mich heiraten?"

Stefanie war so fasziniert von dem Diamantring, ein Halbkaräter, dass sie erst nicht antwortete. Er funkelte im Kerzenlicht. Der Abend kam ihr wir ein Traum vor, wie eine Folge in der amerikanischen Seifenoper „Reich und Schön". Ein romantischer Heiratsantrag, ein elegant gekleideter Mann mit hervorragenden Gentlemanmanieren, der die schwangere Frau aus den Existensnöten an diesem Abend erlöst. Aber leider war im normalen Leben nichts so einfach und klar zu regeln.

„Es gab doch in letzter Zeit einige Unstimmigkeiten zwischen uns. Auch mit dem Kind werden diese Differenzen nicht aus der Welt geräumt!"

„Aber wir sind beide vernünftigen Menschen, wenn ich das einfach auch mal so von mir behaupten kann. Ich bin fest davon überzeugt, dass wir beide uns im Interesse des Kindes und vielleicht auch in unserem eigenen etwas anpassen können. Unser Kind wird unser beider Leben sowieso neu gestalten, andere Maßstäbe und Schwerpunkte setzen."

„Ich bin nicht so davon überzeugt, dass sich Menschen in Stresssituationen verändern können. Nach meiner Erfahrung werden die Charaktereigenschaften eher verstärkt."

„Verstehe ich dich recht? Du beabsichtigst, das Kind alleine aufzuziehen?"

„Nein. Ich halte es für das Beste, dass wir zusammenziehen und es gemeinsam versuchen. Aber mit der Heirat würde ich gerne noch warten, bis sich unsere Beziehung im Alltag bewährt hat."

„Damit kann ich leben. Bitte, Stefanie, nimm diesen Ring an. Als Entschuldigung dafür, dass ich dich in solch einem Ausnahmezustand verlassen habe und als kleines Dankeschön für meinen Sohn oder meine Tochter, die du mir schenkst!"

„Du scheinst dich tatsächlich über das Kind zu freuen?" Stefanie kam alles noch so unwirklich vor.

„Das ging leider bei unserer Diskussion unter. Ich freue mich sehr und werde immer für dich und mein Kind da sein!"

Stefanie zögerte noch, nahm aber dann den Ring und steckte ihn an ihren linken Ringfinger. Sie stöhnt erleichtert auf. Es war besser gelaufen, als sie gedacht hatte.

„Und da ich dich kenne, werde ich es durch Verlegung von Terminen in den Abendstunden möglich machen, dass du zumindest Teilzeit arbeiten gehen kannst und ich für unser Kind da bin", flüsterte er noch

Stefanie zu, als die Serviererin mit den dampfenden Platten ankam. „Ist den meisten berufstätigen Klienten ohnehin lieber!"

Als Stefanie voller Appetit und endlos erleichtert ihr Huhn süß-sauer aß, fügte Jochen noch lachend hinzu. „Auch wenn ich genug verdiene, dass du eigentlich gar nicht mehr arbeiten gehen müsstest."

In den nächsten Wochen kümmerte sich Jochen rührend um Stefanie. Es war trotz der Übelkeit in der dritten Schwangerschaftswoche eine recht glückliche und zufriedene Zeit für Stefanie. Auch ihr Chef bedankte sich für ihre bisherige hervorragende Arbeit, Loyalität und Ehrlichkeit mit viel Verständnis für ihre Situation und arbeits- und stressmäßige Entlastung. Ganz im Gegensatz zu Herrn Schormer, der sie einmal auf dem Flur mit folgenden kalten Sätzen begrüßte: „Sie sollten mir jetzt dankbar sein, dass sie noch bei Herrn Sieberg sind. Ich sehe Schwangere nicht als krank an und verlange Einsatzbereitschaft und Leistung auch in schwierigen Situationen!"

„Dann sollte ich wohl nicht Ihnen, sondern Herrn Sieberg dankbar sein?"

„Falsch", Herr Sieberg hatte das Gespräch mitgehört. „Ich bin dankbar, eine so fähige, zuverlässige, ehrgeizige und einsatzfreudige Sekretärin zu haben. Sie leistet noch jetzt mehr als viele andere junge Sekretärinnen, die nicht einmal schwanger sind." Schnaubend verließ Herr Schormer daraufhin den Flur.

Aber auch Jenny war gedanklich recht wenig bei ihren Freundinnen. Wie wollte auf keinen Fall Ute treffen und vermied es daher, ihre Freundinnen anzurufen. Nur bei Stefanie hatte sie sich kurz telefonisch nach Jochens Reaktion auf das Kind erkundigt. Als sie hörte, dass er sich rührend um Stefanie kümmerte, zog sich Jenny beruhigt zurück. Sie hatte zudem nach dem Wechsel von Martina in die Chefetage noch einen größeren Arbeitsbereich erhalten, da ihre Aufgaben einfach auf die Restbuchhaltung, die lediglich aus Jenny bestand, aufgeteilt worden war. Daher war es inzwischen unmöglich für Jenny geworden, an den frühen Treffen der Abnahmegruppe in ihrer Umgebung teilzunehmen. Aber sie hatte ihre Diät selber weitergeführt und zwar mit einer Kraft und Ausdauer, die sie sich selber nie zugetraut hätte.

Als sie an diesem Tag morgens auf die Waage stieg, hüpfte ihr Herz regelrecht. Sie wog 10,2 Kilo weniger. Sie fühlte sich leicht wie eine Feder, obwohl sie noch immer mindestens 20 Kilo Übergewicht hatte. Quietschend vor Freude hüpfte sie durch die Wohnung. „Zehn Kilo habe ich schon, 10 Kilo habe ich schon, toll, super, Wahnsinn!"

Sie holte sich mit einem Schwung ein Päckchen Quark aus dem Kühlschrank. Schnell spritzte sie sich den flüssigen Süßstoff in eine kleine Schüssel, platschte den Quark dazu und verrührte alles kraftvoll. Voller Genuss und bester Laune genoss sie Löffel für Löffel dieser kalorienarmen Mahlzeit. „Süßstoffsüße Schlankheit!", trällerte die sonst sehr morgenmuffelige Jenny. Als sie sich duschte, die Haare wusch und anzog, verließ sie jedoch die euphorische Stimmung schon wieder. Der altbekannte Hunger setzte sich wieder durch. Stöhnend stellte sie fest, dass der Quark leider keine Glücksdroge war. Nach schon 20 Minuten fühlte sich ihr Bauch wieder leer an als sei das Frühstück sofort durchgerutscht. Kurze Zeit später schien auch ihr Gehirn abzusacken, denn das Denken wurde immer schwerfälliger. Es kreiste nur noch um ihre nächste Mahlzeit. Sie wurde müde, schlapp, reizbar und uninteressiert an allen Dingen, die nicht gerade mit Essen, Trinken und Schlafen zu tun hatten. Plötzlich bekam ihr verkrampftes Gesicht wieder glatte Züge, die Wangen rundeten sich und die Augen strahlten. „Aber irgendwann darf ich wieder mehr essen und bin schlank, schlank, schlank. Und dann tut es Roman sicher leid, mich sitzen gelassen zu haben", trällerte sie in großer Vorfreude.

Nachdem sie wieder hüpfend ins Schlafzimmer gekommen war, lachte sie laut auf. „Das nennt man wohl Selbstmotivation – oder ist es schon Wahnsinn?"

Sie stieg in ihre schwarze Hose und genoss das Gefühl, dass sich die Hosenbeine nicht mehr eng um ihre Schenkel schlossen und der Knopf leicht zuging. Die sonst so unangenehm kneifende Hose, die sich noch vor ein paar Wochen in jede Körperfalte quetschte, fühlte sich jetzt fast wie ein weiter Schlafanzug an. Einen Moment setzte sie sich auf ihre Bettkante und erinnerte sich daran, wie schwer ihr der Anfang gefallen war. Das Essen, das ihr zumindest ein wenig das Gefühl gegeben hatte, ihrem schwerfälligen und fülligen Körper Kraft zu geben, hatte ihr gefehlt. Der dicke Körper war ihr nur noch fremdgesteuert vorgekommen und sie hatte stündlich auf ein Gefühl gewartet, sich leichter und mit weniger Kraft bewegen zu können. Es hatte einige Tage gedauert, bis sie sich etwas besser gefühlt hatte und die morgendliche Anzeige der Waage sie für die Strapazen ein wenig entlohnte.

Nicht nur das Hungergefühl grenzte für sie an eine folterähnliche Quälerei, sondern auch das ständige Wiegen, Planen und Besorgen der Lebensmittel. Zur Arbeitsstelle schleppte sie inzwischen täglich einen Rucksack gefüllt mit vielen Plastikdöschen, Besteck und drei Mineralwasserflaschen – natürlich zusätzlich zur größeren Handtasche. In allen Ecken fand sie angebrochene Kaugummiriegel für den Notfallhunger. Am Abend mussten dann diese Döschen und Löffel und Gabeln gespült und mit peinlichst genau gewogenen und berechneten Zutaten gefüllt werden. Diese Döschen waren über Nacht im kleinen Kühlschrank unterzubringen. Mit dem Berg an Quark, Gemüse und Obst, der bei der Diät als Mindestvorrat gebraucht wurde, war es jedes Mal ein erneuter Intelligenz- und Geduldstest, alle Teile irgendwie im Kühlschrank unterzubringen, ohne dass sie bei der Öffnung der Tür wieder herausfielen. Inzwischen hatte Jenny Routine und durch schmerzhaft hungrige Erfahrungen für sich herausgefunden, welche

Nahrungsmittelkombination sie am ehesten satt und zufrieden machte.

Mit Genugtuung stellte sie fest, dass ihr Charakter doch stärker sein musste, als sie immer angenommen hatte. Es war ein hartes Stück Arbeit. Inzwischen lief es aber fast automatisch. Wenn nur das ständige Loch im Bauch und vor allem im Gehirn nicht gewesen wäre! Sie lachte. Vermutlich würde Ute sagen: Das war wohl schon vorher da, sonst hättest du nicht so hirnlos gegessen. Da mochte sie gar nicht so unrecht haben, vermutlich war ihr Trieb dominanter als ihr Verstand. Zumindest ihre Esssucht!

Jenny schaute auf die Uhr und stellte fest, dass sie eigentlich schon seit fünf Minuten im Auto hätte sitzen müssen. Sie war doch sonst immer ganz pünktlich und arbeitete konzentriert und länger. Jetzt war sie mal wichtig! Sie kam sich stark und mindestens um zehn Zentimeter größer vor. Ihr Selbstbewusstsein hatte sie vor dem Ertrinken wohl gerade noch gerettet. Nun musste sie nur noch höllisch aufpassen, dass es nicht bald wieder baden ging.

Jenny zog sich die Jacke über und schmiegte sich in die warme, gemütlich, inzwischen weite Jacke, die sich vor nur ein paar Wochen beim Anziehen noch heftig an sie gedrückt hatte. Im Auto freute sie sich noch immer über ihre erfolgreiche Abnahme. Zudem begann der Bilanzbuchhalterkurs in drei Wochen. Sie hatte sich für einen Abendkurs in ihrer Stadt entschieden und freute sich regelrecht auf die zwei wöchentlichen Abende und die Samstage, an denen sie wieder die Schulbank drücken und motivierte Leute kennenlernen würde. Stefanie war sehr mit sich, ihrer Schwangerschaft und Jochen beschäftigt. Auch Ute war durch Roman ziemlich weggetreten. Sie hatte sich so sehr auf ihn fixiert, dass sie bei den Telefonaten mit Jenny, bei denen sie das Thema Roman tunlichst vermied, kaum mehr etwas zu erzählen hatte. Neue Bekannte und interessante Themen waren genau das, was Jenny jetzt brauchte! Frisch motiviert und noch in der schlanken und beruflich aufgestiegenen Zukunft schwelgend kam Jenny in ihrem Büro an.

„Dass das bloß nicht einreißt!", hörte sie plötzlich jemanden recht scharf zu ihr sagen.

Jenny erschrak etwas schuldbewusst und fragte recht dumm, um Zeit zu gewinnen. „Wie bitte?"

„Ein paar Minuten Verspätung werden bald eine Viertelstunde. Also tue dir und mir den

Gefallen und lass es nicht einreißen." Ihre ehemalige Kollegin und jetzige Chefin baute sich mit wütend funkelnden Augen vor Jenny auf.

„Das ist doch jetzt nicht dein Ernst, Martina! Gerade du solltest mich doch kennen. Du weißt, wie viel und konzentriert ich arbeite und dir sollte auch noch in Erinnerung sein, dass ich ziemlich pünktlich und zuverlässig bin!" Jenny entdeckte etwas Neues an sich: Stolz und Wut, gestützt durch ihr neu erworbenes Selbstbewusstein.

„So ernst war das auch nicht gemeint. Du weißt ja, mir wird gesagt, seit ich die Verwaltung leite, lässt die Pünktlichkeit oft zu wünschen übrig. Ich bin von diesen Anschuldigungen oft total genervt und daher kommt der Ton auch manchmal etwas unschön herüber. Nimm das bitte nicht immer so tragisch."

Jenny schaute Martina forschend an. „Mir fällt erst jetzt auf, dass du in letzter Zeit so blass bist. Geht es dir nicht gut?"

„Ja weißt du …" begann Martina und schaute sich ängstlich um.

Diese Vorsicht war gar nicht Martinas Art. Jenny hatte viele negative Veränderungen an Martina in den letzten Wochen beobachtet. Sie lachte nur noch selten und war hektisch und streng. Viele Mitarbeiter hielten sie jetzt für sehr überheblich. Aber Jenny hatte Martina nie arrogant oder eingebildet erlebt. Sie wollte erfahren, was Martina so bedrückte.

„Was hältst du davon, wenn wir uns heute Abend in der Pizzeria hier um die Ecke treffen? Da gibt es auch leckeren Salat!" Jenny zählte in Gedanken schon ihre Kalorien zusammen und stellte in Windeseile fest, dass sie noch genüg übrig hatte. Martina schaute sie überrascht an, als sie Jennys angespanntes Gesicht sah.

„Um 19.00 Uhr, okay?", hakte Jenny noch mal nach.

„Ja, gute Idee!" Martina schien sich sogar zu freuen.

Jenny war wie immer schon sehr früh in der Pizzeria und setzte sich an den reservierten Tisch. Eigentlich hatte sie gar keine Lust, sich nun auch noch mit Martinas Problemen auseinanderzusetzen. Aber da Martina nun einmal ihre Vorgesetzte war, wurden deren Probleme zwangsläufig auch zu ihrem Problem. Sie stöhnte auf. Früher waren sie befreundete Arbeitskolleginnen gewesen und sie war eine der nettesten Frauen, die sie kannte. Für diese Freundschaft lohnte es sich, einen Diätabend in den Sand zu setzen und sich vermutlich ein paar ihrer momentan dummen Sprüche anzuhören.

Martina kam suchend in die Pizzeria. Sie trug, wie immer seit ihrer Beförderung, einen eleganten Businessanzug mit Bluse. Diesmal war er in dunkelblau mit einer hellblauen Bluse darunter. Der Kragen war gekonnt sportlich hochgeklappt. Selbst die hohen Pumps waren dunkelblau. Ihre halblangen Haare waren inzwischen stufig und mit Haarspray so fixiert, dass sich auch nicht einmal ein einziges Strähnchen wagte, aus der Reihe zu tanzen. Früher war Martina fast immer in Jeans und Sweatshirts gekommen. Sie war damals so natürlich und so herzlich. Schade, was aus dieser Frau geworden ist, dachte sich Jenny. Sie hoffte, dass der Bilanzbuchhalterlehrgang mit der hoffentlich anschließenden Beförderung nicht auch eine ähnliche Auswirkung auf sie haben würde.

Inzwischen war Martina an Jennys Tisch gekommen. „Danke für deine Einladung zum Essen. Die Pizzeria hier ist ausgesprochen exklusiv." Kaum saß Martina, da fingerte sie schon in ihrer Handtasche nach Tabak.

„Du siehst aus wie eine erfolgreiche, selbstsichere und gestresste Managerin und drehst dir ja noch immer die Zigaretten selber", lachte Jenny. „Das hast du doch als kaufmännische Leiterin jetzt nicht mehr nötig." Jenny bemühte sich, nicht die Rolle der untergeordneten Kollegin, sondern die der Freundin einzunehmen, die sie bis zur Beförderung von Martina vor sechs Monaten noch war.

Die Kellnerin kam, überreichte ihnen die Speisekarten. Jenny bestellte sich ein Mineralwasser und Martina eine Karaffe Wein. Dann suchte sich jeder eine Pizza aus und sie legten die Speisekarten zur Seite.

„Welchem Problem verdanke ich denn dieses Treffen?" Erwartungsvoll zündete sich Martina die gedrehte Zigarette an, als die Kellnerin gegangen war.

„Ich wollte dich als Freundin einfach mal fragen, wie es dir geht! In der Firma können wir jetzt nicht mehr offen reden." Jenny fühlte sich nun doch als untergeordnete Bittstellerin.

„In der Firma bin ich jetzt deine Vorgesetzte und muss leider die Distanz entsprechend wahren." Martinas Gesichtsausdruck wurde ernst. „ Es ist mir bisher leider nicht gelungen, in der Stelle als eure Leiterin anerkannt zu werden." Martinas Stimme klang zornig.

Jenny rutschte unsicher auf dem Stuhl hin und her. „Das kann ich nicht glauben. Die

Mitarbeiterinnen in der Verwaltung reden häufig darüber, wie froh sie sind, dass gerade du die Nachfolgerin von Herrn Schulte bist."

Martina drückte energisch den Zigarettenrest im gläsernen Aschenbecher aus. „Sie glauben vermutlich, mich besser manipulieren zu können. Haben deine Kolleginnen jemals gewagt, Herrn Schulte Ratschläge bezüglich seiner Kleidung, seiner Haare oder seines Benehmens zu geben?"

„Ich verstehe dich nicht ganz?"

„Frau Lurg, schauen Sie mal in diesen Katalog. Dieser Anzug wäre doch was für Sie in Ihrer Position. Frau Lurg, haben Sie verschlafen? Ihre Haare sind so zerzaust heute. Frau Lurg, ich weiß nicht, ob Sie mit dem Gast Essen gehen sollten. Er ist verheiratet. – Solche kumpelhaften Kommentare muss ich mir täglich anhören. Auf die Idee, einem männlichen Vorgesetzten so etwas zu sagen, kämen deine netten Kolleginnen mit Sicherheit nicht!" Die früher sehr optimistische und fröhliche Martina klang kalt und verbittert.

„Sie wollen dich doch damit nur unterstützen."

„Auch die anderen männlichen Führungskräfte nehmen mich nicht so ganz ernst in dieser Position."

„Der Geschäftsführer wollte doch ausdrücklich dich für diese Stelle!"

„Ja, sie erhofften sich ein leichtes Spiel und eine billige Führungskraft. Wusstest du, dass mir nur zwei Drittel des Gehalts, das Herr Schulte für dieselbe Arbeit bekommen hat, zugestanden wird? Ich könnte angeblich noch nicht die umfangreiche Erfahrung für solch eine verantwortungsvolle Stelle aufweisen." Gerade war der letzte Rauch der ausgedrückten Zigarette verschwunden, schon kramte Martina wieder nervös nach dem Tabakbeutel in ihrer Handtasche. „Ich habe den Eindruck, sie hätten eher eine gute Sekretärin auf meinem Posten benötigt!"

„Du hast doch den kompletten Verantwortungs- und Aufgabenbereich und auch die Rechte einer kaufmännischen Leiterin erhalten?" Jenny musste die neuen Informationen erst einmal sortieren. Sie starrte auf Martinas Finger, die sehr gekonnt den Tabak in dem weißen Blättchen verteilten. Nach kurzem Rollen entstand eine gleichmäßig dicke Zigarette, die selbst einer genauen Messung standgehalten hätte.

Martina zupfte die Tabakreste ab, zündete sich die Zigarette mit einem billigen Einwegfeuerzeug an und warf den

Tabakbeutel samt Feuerzeug und Blättchen wieder in ihre Handtasche. „Dass ich nicht lache: komplette Rechte und Pflichten einer kaufmännischen Leiterin. Das bedeutet lediglich: unangenehme Personalgespräche führen, bei Sitzungen den Tisch decken, für Kaffee und Kekse sorgen, die Bedienung übernehmen und das Aushängeschild für ‚Unsere Firma fördert auch Frauen‘ darstellen!"

„In den monatlichen Leitungsmeetings wirst du doch auch etwas zu sagen haben?" Jenny verstand immer noch nicht ganz.

„Ich hätte eine Menge zu sagen, nur keiner will es hören. In der letzten Besprechung ging es um die möglichst faire Aufteilung der Gemeinkosten, wie Miete, Heizung, Reinigungs- und Entsorgung ...!"

„Ich weiß, wovon du sprichst. Du hast wohl vergessen, dass auch ich Buchhalterin bin", unterbrach Jenny heftig. Bald sogar hoffentlich geprüfte Bilanzbuchhalterin, ergänzte sie in Gedanken. Obwohl Martinas Ton kaum noch wie der einer distanzierten Vorgesetzten klang, glaubte Jenny, weiterhin um ihre berufliche Anerkennung bei Martina kämpfen zu müssen.

„Die Herren sprachen einträchtig um den heißen Brei herum. Mein stundenlang ausgearbeiteter Vorschlag und die Berechnungen wurden einfach übergangen. Am Ende blieb alles beim Alten – es würde angeblich die wenigste Unruhe unter den Abteilungsleitern bringen."

„Klingt doch gar nicht so unvernünftig. Keiner will Ärger."

„Aber wir in der Leitungsebene werden doch dafür bezahlt, auch unpopuläre Entscheidungen zu treffen." Martina drückte die zweite Zigarette so heftig aus, als könne sie damit auch ihre Probleme ersticken.

„Kann es sein, dass du dich zu sehr engagiert – deinen Job zu verbissen siehst? Es ist doch bekannt, dass Männer in Führungsebenen zusammenhalten und kaum eine Frau hereinlassen. Würden wir Frauen das nicht auch versuchen, wenn wir die Chance hätten? Und hinzu kommt, dass die Männer zweifellos eine andere Sprache als Frauen sprechen – das ist sogar erwiesen." Jenny schluckte. Sie konnte es nicht fassen, dass sie schon wieder Ratschläge erteilte. Sie, Jenny, wagte es, einer Vorgesetzten ihre Meinung aufzudrängen. Und das Merkwürdigste war, dass Martina sie tatsächlich ernst zu nehmen schien und sogar ihren Rat hören wollte. Aber sie kramte schon wieder nach ihrem Tabakbeutel. Sie könnte ihn einfachheitshalber doch gleich auf dem Tisch liegen lassen, dachte Jenny genervt. So langsam wirkte sich Martinas Zigarettenkonsum störend auf das Gespräch aus.

„Ja ich hätte es eigentlich auch wissen müssen, dass es schwer sein wird, als Frau so eine Stelle unter Männern zu übernehmen."

„Du willst die Stelle doch nicht wieder aufgeben?"

„Nein, auf keinen Fall. Ich kämpfe weiter – für mich und die Emanzipation der Frauen. Vielleicht kann ich doch wenigstens ein klein wenig bewirken." Martina warf den Tabakbeutel entschlossen in ihre Tasche zurück.

Erleichtert stellte Jenny fest, dass die Kellnerin schon mit dem Essen kam. Während des Essens war die Stimmung entkrampft. Der alte freundschaftliche Ton kehrte mehr und mehr zurück.

„Eigentlich wollte ich es meiner Chefin ja nicht erzählen, falls ich es doch nicht schaffe. Aber meine Freundin Martina wollte ich doch mal fragen, was sie davon hält, dass ich in drei

Wochen einen Bilanzbuchhalterlehrgang starte."

Martina ließ überrascht die Gabel fallen. „Toll finde ich das. Erst nimmst du ab und dann beginnst du noch so einen schwierigen Lehrgang. Gibt es einen Grund dafür?"

„Als Roman sich mit meiner Freundin Ute zusammengetan hat, wurde mir irgendwie bewusst, wie unscheinbar ich bis dahin war. Ich wollte möglichst meine Kräfte nicht überfordern, jedem Ärger aus dem Wege gehen und ruhig mein Leben dahinleben. Es war sehr bequem, aber leider überhaupt nicht interessant, genauso wenig, wie ich es war. Jetzt gefällt mir mein Leben schon wesentlich besser!"

Martina musste an diesem Abend früh nach Hause, um sich noch auf die Sitzung am nächsten Morgen vorzubereiten. Da Jenny keine Lust hatte, so früh nach Hause zu gehen, entschloss sie, ihre ehemalige Kneipenbekanntschaft, Thomas, anzurufen. Vielleicht hatte er Lust und Zeit, ein Stündchen in die Studentenkneipe von damals zu kommen. Es war schon so viele Wochen her, dass sie ihn getroffen hatte.

Im letzten Winkel ihres Portmonaies fand Jenny Thomas Visitenkärtchen. Sie erinnerte sich an seine männlich dunkle Stimme und plötzlich fing ihr Herz an zu rasen. Ihre Finger zitterten, als sie seine Nummer wählte.

„Hallo!" Das war ganz klar Thomas Stimme. Jenny musste sich erst räuspern.

„Hier ist Jenny. Wir haben uns vor ungefähr einem Monat in der Studentenkneipe Campus-Theke kennengelernt."

„Ich weiß – die Buchhalterin."

„Genau!" Jenny wunderte sich sehr, dass er sich noch so genau an sie erinnern konnte. Sie hatte schon befürchtet, dass sie sich ihm hätte neu vorstellen müssen. „Ich wollte dich fragen, ob du Lust hast, heute Abend auf ein Bier in die Campus-Theke zu kommen." Jenny ärgerte sich über ihre fast bittende Stimme. Sie benahm sich schon fast so wie bei Roman, stellte sie fest. Und dabei hatte sie angenommen, sie hätte sich durch die Erfahrung mit Roman geändert.

„Ja, sehr gerne. Ich komme mit meiner Projektarbeit sowieso nicht weiter. Da ist ein kühles Bier genau das Richtige. Bis gleich also!"

„Schön, dann bis gleich!" Jenny staunte enorm, dass es so unkompliziert ging. War der Kontakt generell unter Studenten so zwanglos oder war gerade Thomas ein unkomplizierter

Mann, grübelte sie noch, als sie bereits langsam zur Kneipe schlenderte. Es kam ihr vor, als würden die Straßen und Häuser eine besonders leichte Atmosphäre ausstrahlen.

„Die warme Luft riecht förmlich nach Freundlichkeit, Leben, Zukunft und vor allem nach Abenteuer", sagte Jenny halblaut und atmete tief durch. Eine gleichaltrige Frau mit rotgefärbten, lockigen Haaren, kurzem schwarzen Sommerkleid, Stiefeln bis zum Knie musterte sie neugierig verblüfft von oben bis unten. Jenny schaute selbstbewusst und neugierig zurück. Die Frau wirkte so stark, zielstrebig, sexy und verführerisch. Jenny empfand nun zu ihrer eigenen Verblüffung zunehmend mehr Neid.

Als sie vor der Studentenkneipe stand, erinnerte sie sich an das letzte Mal. Es hatte sich seitdem viel in ihrem Leben geändert: Sie hatte sich für den Bilanzbuchhalterlehrgang angemeldet, was ihr Kraft und hoffentlich bald neue soziale Kontakte gab. Zudem hatte sie bereits zehn Kilos abgenommen. Sie fühlte sich seitdem um einige Jahre jünger, flotter und attraktiver. Schwungvoll öffnete sie die Tür. Es war wieder genauso voll wie damals vor einem Monat. Anscheinend müssen sich sehr viele Studenten abends von den Lernstrapazen ablenken, dachte Jenny. Einige der männlichen Gäste schauten sich interessiert nach ihr um. Aber Thomas konnte sie noch nicht entdecken.

Sie schob sich bis zur Theke durch und bestellte laut ein großes Altbier. Nach zwei Minuten reichte der Kellner ihr das Glas mit dem Bierdeckel herüber. Jemand nahm ihr den Bierdeckel sofort aus der Hand und sagte: „Den übernehme ich heute für dich."

„Hallo Thomas. Aber als Student hast du doch sicher meistens Ebbe im Geldbeutel?"

„Ich habe einen Job als studentische Hilfskraft angenommen. Bringt nicht viel, aber so viel, dass ich eine so nette Begleitung auch mal einladen kann. Zudem – erinnerst du dich nicht mehr an mein Plädoyer bezüglich der Steuerzahler und des Bafögs?"

Jenny musste lachen. Thomas legte den Arm um Jenny und führte sie gekonnt an einen freien Bistroholztisch mit zwei Stühlen, der ziemlich versteckt in einer Nische untergebracht war. Am liebsten hätte sich Jenny an Thomas angekuschelt. Er war so männlich und abenteuerlich. Aber Thomas zog leider wieder seinen Arm zurück und setzte sich auf einen der Stühle.

Er schien hier sehr bekannt zu sein. In regelmäßigen Abständen kam der Kellner und brachte gleich schon die neuen Biere für Jenny und Thomas mit. Die beiden unterhielten sich so angeregt über das Studium und Jennys Berufsleben, dass Jenny gar nicht mitbekam, dass sie bereits ziemlich betrunken war, als sich die Kneipe um 24.00 Uhr langsam leerte.

„Oh, ich muss jetzt aber langsam LEIDER gehen – meine Arbeit!" Jenny sprang unvermittelt auf.

„Heute ist doch ein besonders schöner Abend. Glaub mir, solch ein Abend ist mehr Wert als ein ausgeschlafener Arbeitstag. Von solchen Tagen lebt man und erhält man seine Kräfte für die Pflichten des schnöden Alltags."

Nur zu gern glaubte Jenny, dass es sinnvoll wäre, dieses schöne Date noch zu verlängern, zumal ihr Alkoholkonsum ihr ein klares Denken nicht mehr erlaubte. Thomas zog sie magisch an. Er signalisierte eine andere, aufregende Welt.

„Ich wohne zurzeit in einer Wohngemeinschaft. Zwei Frauen und zwei Männer. Keine Pärchen, nur Freunde. Hast du nicht Lust, es einmal kennenzulernen. Die Wohnung ist ganz in der Nähe, nur fünf Minuten zu Fuß. Und Bier haben wir dort auch."

„Ja, gerne!" Jenny hatte den Eindruck, ein anderer Mensch hätte für sie geantwortet. Sie gehörte doch eigentlich schon ins Bett und müsste morgen fit sein. Was für ein langer, müder Tag würde es für sie im Büro werden!

Thomas Wohngemeinschaft war in der Nebenstraße. Als er die Tür öffnete, staunte Jenny. Es handelte sich um eine große Altbauwohnung. Man kam sofort in das riesengroß wirkende Wohnzimmer. Die Wände waren mit einer Raufasertapete beklebt und irgendwann einmal weiß gestrichen worden. Inzwischen sah man allerdings überall dunkle Streifen. Hier wurde offensichtlich vie geraucht. Fünf Leute schauten intensiv Fernsehen, zwei Frauen und drei Männer. Sie schauten kaum herüber und nur eine Frau murmelte so etwas wie „hallo" herüber. Soviel Jenny auf einen Blick sehen konnte, lief ein ihr unbekannter, neuer James-Bond-Film, vermutlich über den Videorecorder, den sie neben dem Fernsehapparat entdeckt hatte. Eine Frau und zwei Männer saßen eng aneinandergedrückt auf dem kleinen Sofa, das vor dem Fernseher stand. Auf dem Teppich davor lagen eng umschlungen ein Mann und eine Frau. Rundherum standen leere und halbleere

Bierflaschen, zwei Bierkästen, ein fast überlaufender Aschenbecher und Tüten mit Flips und Chips. Die Knabbersachen, die den Mund der Zuschauer offensichtlich verfehlt hatte, waren als Krümel um das Sofa und auf dem Teppich sichtbar.

„Irgendwie gemütlich", stammelte Jenny verlegen.

„Meine Mitbewohnerinnen mit Freunden und mein Kumpel Felix. Ich nehme an, den bereits angefangenen James-Bond-Film willst du nicht zu Ende sehen?"

„Nein, James Bond ist eigentlich nichts für mich."

„Dann gehen wir am besten in mein Zimmer. Dort ist auch noch ein Kasten Bier. Wenn ihn mir meine Mitbewohner nicht schon geklaut haben." Thomas zwinkerte Jenny zu.

Thomas Zimmer war sehr sauber. Neuer violett melierter Teppichboden, weiße Wände und schlichte Scheibengardinen. An der Wand mit der Richtung zur Tür stand ein kleines französisches Bett mit sauberer, wenn auch altmodisch karierter Bettwäsche. Ein kleiner Kleiderschrank in heller Kiefer, vermutlich ein IKEA-Modell, befand sich gegenüber dem Bett. Blickfang war jedoch ein riesiger Schreibtisch in Eiche-dunkel mit Chefsessel, auf den jeder Geschäftsführer hätte neidisch werden können. Einige dicke Bücher standen nach Größe sortiert auf ihm. Die Titel „Volkswirtschaft", „Betriebswirtschaft", „Wirtschaftsrecht", „Steuergesetze", „Steuerrichtlinien" stachen Jenny sofort in die Augen. Neben dem Schreibtisch standen viele, abgenutzt wirkende Ordner, ein großer Rucksack und Rollerskates.

„Fährst du immer mit Rollerskates zur Uni?", fragte Jenny scherzend.

„Das machen einige Studenten notgezwungen. Parkplätze sind knapp oder nur in einiger Entfernung zu den Uni-Gebäuden zu finden. Oft sind aufeinanderfolgende Vorlesungen in weit entfernten Gebäuden und sichern einem die schnelle Beförderung per Rollerscates einen Platz in den vorderen Reihen."

„Wirtschaft und Optimum ist ja auch dein Studienthema!", neckte Jenny. Sie dachte sich immer, Rollschuhe und Rollerscates seien etwas für Kinder und sehr junge Leute. Sie war immer etwas neidisch auf die Frauen gewesen, die lachend mit den Rollerscates in verkehrsberuhigten Zonen abends ihrem Ausgleichssport frönten. Sie würde sich mal erkundigen, wie teuer solche Rollerscates waren.

„Willst du wohl auch mal probieren?" Thomas erriet ihre Gedanken.

„Genau das habe ich gerade gedacht!"

„Mine Mitbewohnerin Claudia hat Schuhgröße 39. Wenn sie dir passt, kannst du sie dir sicher mal ausleihen."

„Danke, darauf komme ich höchstwahrscheinlich bald zurück." Jenny freute sich, dass Thomas offenbar eine längere Bekanntschaft plante.

„Setze dich doch auf mein Bett. Ein Sofa habe ich nicht."

„Danke", Jenny setzte sich etwas scheu auf den Rand des großen Bettes. Sie hatte ein mulmiges Gefühl, sich auf ein Männerbett zu setzen. Aber anscheinend lief unter Studenten einiges zwangloser als normal, beruhigte sie sich. Da sie sowieso nicht mehr klar denken konnte, entschied sie sicher, nichts mehr heute erstaunlich, sondern nur noch abenteuerlich zu empfinden.

„Ich habe zwar nur Pils hier, aber ich nehme an, du trinkst dieses Bier auch?"

„Klar!"

Thomas holte hinter seinem Schreibtisch zwei Flaschen Bier hervor, öffnete sie und reichte Jenny eine.

„Prost. Auf uns und unsere erfolgreiche, glückliche Zukunft!"

„Prost." Jenny nahm einen tiefen Schluck. Sie grübelte noch über das „auf uns", als Thomas ihr die Flasche abnahm, auf den Boden stellte und sie unvermittelt küsste. Alles erinnerte sie an die Nacht mit Roman und diesmal plagte sie Zweifel, ob sie nicht lieber aufstehen und nach Hause gehen sollte.

Thomas Hand erkämpften sich einen Weg in ihr T-Shirt und unter ihren seit ihrer gelungen Diät lockeren Büstenhalter. Die Anziehungskraft, die Thomas auf Jenny den ganzen Abend schon ausgeübt hatte, und seine Berührung ließen Jennys Gefühle außer Kontrolle geraten. Endlich durfte sie sich an die breite Brust von Thomas lehnen.

Die Nacht mit Thomas war lang. Er hielt, was er mit seinen Signalen an sie versprochen hatte. Er spielte im Bett mit ihr, zeigte ihr, was ihm gefiel und entdeckte Vorlieben an ihr, die sie selber nie für möglich gehalten hätte. Um vier Uhr schliefen beide erschöpft und zufrieden ein.

Um neun Uhr wachte Jenny mit einem Brummschädel auf. Erschrocken sah sie auf ihre Armbanduhr und schrie leise auf.

„Was ist los?", fragte Thomas müde.

„Ich bin viel zu spät dran. Oh, mein Kopf", stöhnte Jenny.

„Melde dich krank. Migräne oder so!" Thomas schlief schon wieder halb.

„Mist, krank wegen übermäßigem Alkoholgenuss. Aber arbeiten kann ich heute auf keinen Fall!" Jenny nahm ihr Handy aus der Tasche und wählte die Nummer von Martina.

„Martina, ich bitte um einen Tag Urlaub. Ich kann heute leider nicht arbeiten, weil ich so starke Kopfschmerzen habe. Migräne oder so. Mir ist auch ganz schlecht."

„Ist schon in Ordnung. Bleib zu Hause und kurier dich aus. Urlaub brauchst du natürlich nicht zu nehmen."

„Wäre mir aber lieber."

„Blödsinn, wer krank ist, der ist nun mal krank. Kann jedem passieren."

„Danke dann und bis morgen", stotterte Jenny.

„Gute Besserung, Jenny. Hoffentlich bis morgen, wenn es dir besser geht!"

Dass ihr jemals so etwas passieren würde, hätte Jenny noch gestern für unmöglich gehalten. Sie kuschelte sich an Thomas und schlief wieder ein.

„Hallo, ihr beiden Turteltäubchen. Na, Brummschädel? Ich habe Kaffee gekocht, wenn ihr auch einen wollt, kommt zu uns in die Küche."

Jenny öffnete die Augen und dachte, sie träumt noch. Thomas reckte sich und murmelte: „Danke. Demnächst klopf bitte an!"

„Eine Mitbewohnerin?"

„Ja, Claudia. Na, Jenny noch hier? Sehr gut! Dann können wir ja jetzt da anfangen, wo wir in der Nacht aufgehört haben." Thomas fing bereits an, Jenny zu streicheln.

Jennys Gedächtnis kehrte schlagartig zurück. „Wir haben miteinander geschlafen?"

„Ja, hat es dir gefallen?"

„Es war himmlisch. Aber, hatten wir – hattest du eigentlich ein Kondom verwendet?"

„Nein!" Thomas richtete sich auf. „Daran habe ich auch nicht gedacht. War das für dich sehr wichtig?" Jenny dachte zum ersten Mal seit Monaten mit Dankbarkeit an Roman und seine fürsorglichen Sicherheitsmaßnahmen zurück.

„Na ja, eigentlich schon. Ich nehme weder die Pille noch weiß ich von dir oder mir, ob eventuell eine Geschlechtskrankheit vorliegt."

„Du meinst wohl Aids?"

„Ja, vorwiegend!"

„Bisher hat mich keine meiner Freundinnen danach gefragt."

Jenny schüttelte verwundert über so viel gefährliche Naivität den Kopf. Da sie diese Verantwortungslosigkeit auf die Lebensart als Student zurückführte, fragte sie jedoch nur ruhig: „Hattest du schon einige?"

„Nicht ganz so viele. Allerdings zwei One-Night-Stands mit Studentinnen."

„Bin auch ich ein One-Night-Stand für dich?"

Thomas schaute Jenny ernst an. „Nein, für mich nicht. Siehst du es so?"

„Nein, eigentlich nicht. Aber dann werde ich mir die Pille verschreiben lassen und ich würde auf einen Aids-Test bestehen. Ist das okay für dich?" Jenny hoffte, er würde widerstandslos einwilligen.

„Wann weißt du, ob du schwanger bist?"

„Ausschließen kann ich es wohl in zwei Wochen. Da müsste meine Regel einsetzen."

„Zum Aids-Test können wir am kommenden Dienstag gehen. Ich weiß das von

Claudia, die ihn auch schon mal mit ihrem Freund abgelegt hat. Jeden Dienstag zwischen 17.00 und 18.00 Uhr kann man kostenlos diesen Test beim Gesundheitsamt machen. Sollen wir da zusammen hingehen?"

„Ja, gerne!" Bei Jenny drehte sich alles. Thomas sah auch diese Angelegenheit sehr locker. Jenny dagegen dämmerte es bereits, dass die nächsten Wochen des Wartens und der Ungewissheit sehr schwer für sie sein würde. Kaum hatte sie ihre Zukunftsplanung in die Hand genommen, drohte ihr schon wieder der totale Zusammenbruch. Was war, wenn sie schwanger sein sollte? Sie hatte keinen gutverdienenden, verantwortungsvollen Freund wie Stefanie. Was sollte sie tun, wenn sie tatsächlich Aids hatte. Wie fürchterlich, wenn beide Fälle eintreffen würden! Jenny grübelte vor sich hin. Es war unnötig, Thomas, der ihr doch noch relativ fremd war, mit diesen Gedanken und ihren Ängsten zu belasten. Beiden war momentan die Lust auf eine Wiederholung der letzten Nacht vergangen, obwohl Thomas sie noch immer zärtlich streichelte. Stattdessen sagte sie zu ihm: „Ich glaube, ich schleiche mit meinen Kopfschmerzen lieber nach Hause, schmeiße ein paar Schmerztabletten ein und versuche, wieder auf die Beine zu kommen."

„Tue das, Liebling. Ich weiß, wie man sich mit einem Kater fühlt. Schreibst du mir noch deine Telefonnummer auf? Zettel und Stift liegen irgendwo auf dem Schreibtisch. Dann melde ich mich später bei dir."

In all dem Schlamassel freute sich Jenny doch darüber, dass dieser Morgen mit Thomas doch so ganz anders verlief als der mit Roman. Aber Roman hatte gewissenhaft auf jegliche Vorsorgemaßnahmen geachtet. In beiden Fällen hätte und hatte sie in dieser Beziehung versagt, erinnerte sich Jenny schuldbewusst.

Liebevoll gab sie Thomas einen Kuss, der sie ganz erstaunt ansah. „Ich freue mich schon auf deinen Anruf", sagte sie, ehe sie ging.

Thomas rief tatsächlich am Nachmittag an und war sehr liebevoll zu Jenny. Er machte einen frischen, ruhigen Eindruck und schien wieder klar denken zu können. Er entschuldigte dafür, dass er sie nicht danach gefragt hatte, ob er ein Kondom benutzen soll. Jenny räumte auch ihre Schuld ein. Leider fanden sie jedoch vor dem Dienstag keinen Termin mehr, an dem sie beide Zeit hatten.

„Das muss sich aber auf Dauer ändern", forderte Thomas lachend.

„Wir werden bald die Termine der anderen kennen, denke ich", entgegnete Jenny sanft.

Am Dienstag war Jenny den ganzen Tag über rappelig. Um 17 Uhr holte sie Thomas pünktlich von der Arbeit ab. Er war zu Fuß den weiten Weg gekommen, da er kein Auto hatte. Er hatte sie telefonisch schon im Einwohnermeldeamt bei der Aidsberatung angemeldet. In Jennys Auto fuhren sie zusammen hin.

Jenny war es sehr peinlich, vor dem Zimmer, auf dem „Aidsberatung" stand, zusammen mit vier weiteren, nervösen Mitmenschen warten zu müssen. Drei Männer und eine Frau starten starr auf den Boden. Als sie wieder aus dem Raum herauskamen, waren ihre Gesichter nicht freundlicher oder erleichterter. Jenny fühlte sich bereits äußerst krank. Auch Thomas war erstaunlich nervös.

Endlich waren sie an der Reihe. Eine freundliche Dame um die 50 Jahre lächelte sie offen an und bat sie, sich hinzusetzen. „Ich bin die Frau Doresch. Sie wollen sich beraten lassen?"

Thomas legte seine Hand auf Jennys und erzählte. „Wir haben einmal ohne Kondom zusammen geschlafen."

„Ist einer von Ihnen HIV-positiv?"

„Das wissen wir nicht. Daher wollen wir gerne einen Aids-Test durchführen lassen."

„Ein HIV-Test zeigt erst frühesten 12 Wochen nach dem Geschlechtsverkehr, ob eine Ansteckung stattgefunden hat. Liegt bei Ihnen beiden die letzte, ungeschützte sexuelle Beziehung mehr als 12 Wochen zurück? Sonst hätte ein Test momentan noch keinen Sinn."

„Bei mir liegt sie bereits ein Jahr zurück", antwortete Thomas.

„Mein letzter sexueller Kontakt hat mit Kondom stattgefunden", reagierte Jenny ausweichend.

„Dann werde ich Ihnen beide gleich etwas Blut abnehmen. Sie erhalten dann jeweils eine Codenummer, denn der Test ist absolut anonym. In zwei Wochen dürften wir Ihre Ergebnisse dann vorliegen haben. Wenn Sie dann wieder hierher kommen, können Sie mit Ihrer Code-Nummer das Ergebnis erfragen. Der Test ist natürlich unentgeltlich. Vorab möchte ich Sie jedoch dringend darauf hinweisen, dass es auch vorkommen kann, dass der erste Test positiv ist. Dann wird auf jeden Fall noch ein zweiter durchgeführt. Dieser zweite Test ist in vielen Fällen dann doch negativ. Also geraten Sie dann auch nicht in Panik, wenn das erste Ergebnis positiv sein sollte."

Jenny wurde es schon ganz übel. Sie wollte sich nicht vorstellen, wie sie sich fühlen würde, wenn sie hören müsste „HIV positiv". Sie kam sich vor wie im falschen Film. Bisher hatte sie HIV-positive Menschen immer als Junkies oder Homosexuelle gesehen und erlebte nun deutlich, wie leicht man unter die Risikogruppe rutschen konnte.

„Bevor solch ein Test bei beiden Partnern durchgeführt wurde und auch zur Sicherheit vor anderen Geschlechtskrankheiten sollte man jedoch immer ein Kondom verwenden. Letztlich ist ungeschützter Geschlechtsverkehr bei relativ unbekannten Partnern nichts anderes als russisches Roulett."

Als Frau Doresch sah, dass Jenny sehr stark nickte, beruhigt sie: „Wenn bei Ihnen allerdings keine Risikogruppe vorliegt, was mir so den Eindruck macht, ist die Gefahr, sich an HIV angesteckt zu haben, auch relativ gering. Ich gebe Ihnen noch einige Informationen über die Gefahren und Verhütung der Ansteckung von Geschlechtskrankheiten im Allgemeinen mit. Zudem habe ich hier eine Auswahl von verschiedenen Kondomen. Achten Sie bitte immer auf das Verfalldatum und schützen Sie sie vor Beschädigung und Hitze. Automatenkondome sind somit nur unter Vorsicht zu verwenden. In der heutigen Zeit ist es keine Schande, in einer Apotheke Kondome zu kaufen. Das erste Mal kostet es etwas Überwindung, aber letztlich ist es der vernünftige Weg." Frau Doresch schob das Häufchen Kondomtüten und die Broschüren zu Thomas und Jenny herüber. Jenny wurde es abwechselnd heiß und kalt. Was für ein peinliches Thema vor einem noch relativ fremden Liebhaber. Auch wenn er sehr verständnisvoll war. Aber es wurde noch schlimmer.

„Die Benutzung eines Kondoms ist allerdings eine Wissenschaft für sich. Oft führt eine falsche Benutzung zum Reißen des Kondoms. Ich weiß, dass man in solchen Situation nicht in der Lage ist, es vorsichtig und überlegt zu handhaben. Daher ist es wichtig und sinnvoll, es vorher einige Male zu üben."

Völlig hemmungslos holte Frau Doresch einen so genannten ‚Massagestab' aus der Schublade. Dann nahm sie eine Plastiktüte mit Kondom, riss sie gekonnt auf, zog das Kondom heraus und stülpte es im Handumdrehen über diese Nachbildung des männlichen Gliedes. „Und jetzt probieren bitte Sie es."

Frau Doresch schob Thomas den Massagestab hin und ein Päckchen mit Kondom. Genauso geschickt öffnete auch er das Päckchen und zog das Kondom über den Stab. Jenny staunte. Anscheinend hatte er doch einige Übung mit diesem Verhütungsmittel.

Nun war Jenny an der Reihe. Nervös riss sie am Plastiktütchen herum. Es wollte einfach nicht aufgehen. Sie zog kräftiger, das Tütchen öffnete sich und das Kondom fiel auf den Boden. Thomas und Frau Doresch lachten amüsiert.

„Gefühlvoll und vorsichtig müssen Sie mit dem Kondom umgehen. Mit ein wenig Übung bekommen Sie das genauso leicht hin wie ihr Freund."

„Reicht doch eigentlich, wenn er das kann", schlug Jenny vor. Aber ungeachtet ihrer Bemerkung hielt ihr Frau Doresch nun erneut den Stab hin. Jenny versuchte nun das Kondom über den dicken Massagestab zu rollen. Das Kondom war nass und rutschig und zweimal musste Jenny von vorne anfangen, ehe es so halbwegs funktionierte.

„Sehen Sie, es geht doch", lachte Frau Doresch.

„Im Ernstfall würde ich vermutlich ganz schön versagen", gab Jenny zu und dachte an Roman, der fast unbemerkt das Kondom benutzen konnte.

Nach der schnellen Blutabnahme konnten Jenny und Thomas das Aids-Beratungszimmer endlich verlassen. Draußen wartete zum Glück niemand mehr und sie konnten daher unentdeckt das Gebäude verlassen.

Die Wartezeit auf das Ergebnis war mörderisch. Jenny wartete verzweifelt auf ihre Monatsblutung und das Ergebnis des Tests. Meistens konnte sie nachts gar nicht mehr einschlafen und verfluchte sich, nicht vorsichtiger gewesen zu sein. Endlich waren die zwei Wochen vorbei. Jedoch die Monatsblutung blieb aus.

Thomas versuchte, sie zu trösten. „Stress und Anspannung führen häufig bei Frauen dazu, dass ihre Regel verspätet oder verfrüht kommt. Das hat noch gar nichts zu bedeuten."

Jenny hatte bereits einen Apothekenschwangerschaftstest gemacht, der negativ ausgefallen war. Da es jedoch noch sehr früh für solch einen Test war, sollte sie tatsächlich schwanger sein, beruhigte sie das Ergebnis nur minimal.

Gemeinsam standen Thomas und Jenny am Dienstag nach zwei Wochen wieder vor der Tür im Gesundheitsamt, auf der groß und deutlich „Aids-Beratung" zu lesen war. Sie hielten sich an den Händen, während sie warteten. In den zwei Wochen hatte Jenny die Wochenenden mit Thomas verbracht, jedoch zusammen geschlafen hatten sie nicht. Thomas hatte bestimmt keine Lust, nur halbes Vergnügen durch ein Kondom zu haben. Da schien er lieber zu verzichten, hatte Jenny geschlossen und ihn nicht weiter gedrängt. Thomas dagegen hatte Rücksicht auf Jenny nehmen wollen, die schon genug Probleme mit ihrer drohenden Schwangerschaft und der Angst vor Aids hatte.

Endlich konnten sie reingehen. Jenny hatte den Eindruck, sie würde jeden Augenblick einen Schwächanfall erleiden. Inzwischen war sie sich sicher, sowohl HIV-positiv als auch schwanger zu sein. Sie hatte sich bereits nach SOS-Kinderdörfern und einer AIDS-Selbsthilfegruppe erkundigt. Im Internet gab es nicht eine einzige öffentlich zugängige Aids- und HIV-Seite, die sie nicht gelesen hatte. Ihr Leben hing nur noch an diesem Test, der über Leben und Tod von ihr und vor allem ihrem ungeborenen Kind entscheiden würde. Welche Schuld hatte sie sich bloß aufgeladen.

„Guten Tag, Frau Doresch", bekam Jenny gerade noch heraus.

„Guten Tag. Wie viele andere auch sind Sie sicher schon sehr nervös. Ich hoffe, Ihre Ergebnisse liegen uns bereits vor. Darf ich ihre Code-Nummer erfahren?"

„C02956", sagte Jenny und schnappte nach Luft.

„Wo haben wir Sie denn. Ach hier. C02956. Was steht denn da?" Frau Doresch kramte betont langsam in ihrem Karteikasten, in dem sich Briefumschläge befanden. „Ach, da habe ich es ja! HIV negativ! Hier können Sie es sehen!" Jenny atmete schon einmal auf. Allerdings war ihr wesentlich wichtiger, wie das Ergebnis von Thomas aussah. Denn er war der einzige Kandidat, von dem sie sich hätte anstecken können und diese Infektion konnte der Test bei ihr noch nicht erfassen.

„C07532", gab Thomas an. Auch er war ungewöhnlich blass und er schien nicht mehr so gleichgültig wie sonst.

„Hier. Momentchen. HIV…HIV…, wo steht es denn bloß. Ach hier. HIV negativ."

„Gott sei Dank!", entfuhr es Jenny sehr laut.

„Inzwischen war ich auch ganz schön nervös", gab auch Thomas erleichtert zu.

„Dann gratuliere ich Ihnen beiden und kann Sie nur ermahnen, weiterhin vorsichtig und verantwortungsvoll zu sein."

„Danke, Frau Doresch." Jenny hätte sie am liebsten umarmt.

Als sie den Raum verlassen hatten, meinte Jenny plötzlich: „Ich weiß nicht, ich glaube, ich muss mal auf die Toilette."

„Alles okay?", fragte Thomas, als sie strahlend von der Toilette zurückkkam.

„Mehr als das. Der Kelch ist an uns vorbeigegangen in beiden Fällen. Ich habe soeben meine Monatsblutung bekommen. Ab heute kann ich die Pille nehmen."

Am Abend kuschelte sich Jenny sehr gut gelaunt an Thomas an.

„Du bist doch nicht enttäuscht, dass ich heute nicht in Stimmung bin …", sagte er.

„Quatsch, Thomas. Ich bin nur so endlos erleichtert, dass ich mir heute keine Sorgen mehr um Aids oder Schwangerschaft machen muss."

„Das geht mir ganz genauso, Liebes. Dennoch sollten wir zukünftig immer vorsichtig sein. Du nimmst ja jetzt die Pille und wenn wir beide treu sind, ist auch HIV für uns zukünftig kein Thema mehr", stimmte Thomas zu.

„Aber – du scheinst eine festere Freundschaft zu planen?" Jenny wollte nun Gewissheit. Sie hatten die letzte harte Zeit mit großer gegenseitiger Rücksichtnahme und ohne Vorwürfe überstanden. Jenny hatte das Gefühl, dass Thomas sich auch große Sorgen um sie gemacht hatte und vermutete nun, dass diese sorgenvolle Zeit sie stärker zusammengebracht hatte.

„Nein, keine feste Freundschaft!" Thomas Stimme klang so merkwürdig. Er beugte sich über Jenny und gab ihr einen Kuss. „Sondern ich plane eine Ehe. Sobald ich mit meinem Studium fertig bin – so in einem Jahr – und Geld verdiene, will ich dich heiraten!" Thomas machte eine bedeutungsvolle Pause und Jenny wartete weiter ab, was er noch sagen würde. „Oder willst du doch lieber nur eine lockere Beziehung?", fragte Thomas nach einer kurzen Zeit, da Jenny gar nicht reagiert hatte. Er wirkte langsam unsicher.

„Nein", antwortete sie zögernd. Eine Stimme in ihr rief: „Nimm ihn. Du verstehst dich super mit ihm. Er ist locker, leicht, super im Bett und leicht zu verstehen. Zudem wird er mal viel Geld verdienen, wenn er sein

Studium erst abgeschlossen hat. Eine Super-Partie für dich, mit der du bei deinen Freundinnen und Roman angeben kannst. Was Besseres bekommst du nicht!" Eine weitere Stimme warnte jedoch: „Ihr kennt euch doch kaum und seid erst seit drei Wochen so richtig zusammen. Es wäre kindisch, sich schon jetzt zu verloben und damit eine Heirat zu planen." Wieder eine andere Stimme diskutierte zur gleichen Zeit einer der beiden über die Auswirkung dieser Entscheidung auf die eventuell noch vorhandene Beziehung mit Roman.

„Was ist denn?", unterbrach Thomas ihre lebhaften gedanklichen Diskussionen. „Gibt es etwa noch einen anderen Bewerber", traf er voll ins Schwarze.

Jenny zuckte zusammen und beeilte sich zu beteuern: „Nein, bestimmt nicht!" Thomas wusste im Rahmen des Aids-Testes von der Nacht mit Roman. Sie hoffte jedoch, er hatte ihre noch immer tiefen Gefühle für Roman nicht bemerkt. Sofort quälte sie wieder das schlechte Gewissen. „Gerne können wir uns verloben. Aber bis zur Heirat sollten wir uns noch ein wenig mehr kennenlernen", entschied sie kurz entschlossen, aber nicht sehr begeistert.

„Genau das wollte ich auch so", strahlte Thomas. Die fehlende Freude über seinen Antrag schien ihm nicht aufzufallen. Thomas drückte sie ganz fest an sich. Er schien sie wirklich zu lieben.

Nach den unendlich erleichternden Geschehnissen, die endgültig belegten, dass die erste Nacht mit Thomas folgenlos geblieben war, konnte Jenny wieder ihr altes Leben aufnehmen. Dazu gehörten auch die Waage und die Diät, die sie in den letzten Wochen aufgrund der sich überschlagenden Ereignisse erheblich vernachlässigt hatte. So stieg Jenny an diesem Abend nur mit einem Nachthemd und einem unguten Gefühl ausgestattet auf ihre mechanische Hauswaage. Sie starte Unheil ahnend auf die gekachelte weiße Wand vor sich und wollte sich erst langsam auf die Enttäuschung einer Zunahme vorbereiten, bevor die Waage sie mit der schlechten Nachricht schockte.

„Ich habe drei Wochen keine noch so geringe Kalorie gezählt", sprach sie mit sich selber und ein Lächeln fuhr über ihr Gesicht. „Die Freiheit war herrlich!", murmelte sie. Sie straffte ihre Schultern und sagte laut: „Nach diesen tollen Nachrichten heute und meiner Verlobung werde ich wohl mit einer Gewichtszunahme locker klarkommen können." Nun senkte sie ihren Blick auf die Gewichtsanzeige der mechanischen Waage. Jenny blieb das Herz fast stehen: „Ich habe sogar weitere drei Kilogramm abgenommen", brüllte sie laut heraus. Sie hatte völlig vergessen, dass sie ihre Diätversuche immer der Umwelt verheimlicht hatte. Sie hüpfte geradezu vor Freude auf der Wage herum, sodass der Zeiger nach beiden Seiten zwischen der 60- und 130-Kilogramm-Anzeige heftig ausschlug. Zudem begann die Waage unter der extremen, zweckentfremdeten Hüpfbelastung bedenklich zu kacken.

„Was auch immer los ist, die Waage kann nichts dafür", kam Thomas breit grinsend herein. Er war an diesem Abend bei ihr geblieben.

„Ich habe abgenommen, obwohl ich keine Kalorien gezählt habe, Wahnsinn! Ich habe es gar nicht gemerkt, sondern nur geglaubt, die Kleidung hätte sich im Laufe der Zeit geweitet", sprudelte Jenny offen heraus.

„Frauen!" Thomas gab sich betont machohaft und setzte sich breitbeinig auf den heruntergeklappten Klodeckel! „Warum sind alle Frauen ständig irgendwie auf Diät? Das hat direkt schon masochistische Züge!"

Jenny stieß ihn gespielt ärgerlich an. „Blödmann. Ich habe fast zwanzig Kilogramm abgenommen und es war nötig!"

„Du siehst doch weiblich aus! Anziehend ist doch bei beiden Geschlechtern in erster Linie die Selbstsicherheit, Ausstrahlung und Fantasie ..." Dabei zwinkerte er Jenny vielsagend zu. „Überleg doch mal, was dich an deinen Freunden bisher angezogen hat. Ganz bestimmt war das nicht in erster Linie ihre schlanke Figur, sondern das männliche Auftreten und das Strahlen in den Augen oder solche Eigenschaften, die diätunabhängig sind!"

Jenny dachte unwillkürlich wieder an Roman. Hätte er ihr auch gefallen, wenn er dick gewesen wäre? Sie erinnerte sich in erster Linie an seine grünen, strahlenden Augen und seine Stimme, die ihr oft zweifelnd, aber dennoch taktvoll klarzumachen versucht hatte, dass Jenny mit ihrer Meinung falsch lag. Sie vermisste ihn irgendwie doch noch, aber ihr fehlten in erster Linie die vertrauten Augen und sein ehrlicher Rat. Thomas bemerkte Jennys wehmütige Überlegungen, erklärte jedoch weiter: „Für eine lange, hervorragende Beziehung sind zudem eine Prise Humor, eine Tasse gleiche Interessen und ein Teelöffel

Toleranz sehr Erfolg versprechend. Na ja, auch mehrere Teelöffel Toleranz sind nicht hinderlich", ergänzte Thomas stöhnend. „Aber, was soll dieser Diätwahn, der auch noch die Stimmung drückt?" Thomas wirkte jetzt sehr schulmeisterhaft.

Jenny setzte sich auf den Rand der Badewanne, sank auf den weißen Fliesenboden und rang nach Worten. Es fiel ihr sehr schwer, gerade Thomas folgendes Bekenntnis zu machen: „Leider", sie räusperte sich, „war für mich als Frau die Abnahme der erste offensichtliche Schritt, meine Selbstachtung, mein ICH, einfach wiederzufinden. Zudem konnte ich damit schnell den Respekt von außen bekommen, den ich mir so sehnlich wünschte. Ich habe häufig gegen meinen Schweinehund ankämpfen müssen und er hat häufig genug auch den Knochen errungen. Aber jeder Sieg gab mir mehr Kraft. Ich freue mich daher umso mehr, dass ich offensichtlich auch ohne ständige kasteiende Selbstkontrolle schaffe, mir die selbst gestellten Regeln des Essens einzuhalten. Vermutlich ist dies auf meine glückliche Beziehung mit dir und die damit verbundene Dämpfung meines Hungergefühls zurückzuführen." Jenny stupste Thomas vertraulich an. „Oder bist du etwa eifersüchtig, wenn ich zu meiner angeborenen enormen Anziehungskraft noch schlank und hübsch werde?"

Thomas lachte amüsiert auf und nahm Jenny fest in die Arme. Sie spürte tiefe Zuneigung, aber auch ein heftiges exotisches Gribbeln zwischen Thomas und ihr. „Ich lege keinen Wert auf eine schöne, schlanke Frau – nur auf eine Interessante und Fantasievolle. Und die habe ich endlich mit dir gefunden", flüsterte Thomas der überglücklichen Jenny ins Ohr.

Am nächsten Tag in der Arbeitsstelle rief sie sofort Roman an. „Hallo, Roman. Hier ist Jenny."

„Guten Morgen, Jenny!" Roman schien äußerst erstaunt.

„Ich würde dich gerne kurz sprechen. Hast du Lust auf einen kleinen Spaziergang in der Mittagspause mit mir?"

„Was gibt es denn?" Roman hatte in den letzten Wochen Jennys Kälte und Enttäuschung deutlich zu spüren bekommen. Er vermisste die früheren kollegialen Gespräche mit Jenny inzwischen auch sehr. Andererseits wollte er weder sein schlechtes, unterschwellig loderndes Gewissen wachrufen noch sich nutzlose Vorwürfe anhören.

„Keine Sorge, Roman. Ich beiße nicht mehr." Jennys stimme klang sehr freundlich.

„Also gut – bis nachher dann."

Kurz nachdem sie gemeinsam unter den neugierigen Blicken ihrer Kollegen das Gebäude verlassen hatten, begann Roman ungeduldig das Gespräch. „Und was gibt es nun?"

„Ich denke, wir sollten langsam unseren Streit beenden."

Roman schluckte. Nun befürchtete er doch, dass sich Jenny aus irgendeinem Grund wieder Hoffnung auf eine Beziehung mit ihm machen könnte. Er war sehr zufrieden, geradezu glücklich mit Ute. Auch wenn er früher ‚Glück' und ‚Liebe' immer für lebensfremde, kitschige Floskeln gehalten hatte, in Ute schien er beides gefunden zu haben.

„Keine Angst", lachte Jenny, die seine Gedanken an seinem klaren Mienenspiel erkennen konnte. „Ich fand es nicht fair, auf welche rücksichtslose Art du mich verletzt und in aller Öffentlichkeit zurückgewiesen hast. Aber inzwischen weiß ich auch zu schätzen, dass du sehr verantwortungsvoll und rücksichtsvoll mit dem Schutz und der Verhütung umgegangen bist." Roman schaute Jenny fragend an. „Kurz und gut: Wir sollten die Vergangenheit einfach ruhen lassen. Okay?" Jenny streckte Roman die Hand zur Versöhnung hin. Er nahm sie nicht, sondern umarmte Jenny stattdessen.

„Du bist sehr stark geworden. Ich würde gerne dein kollegialer Freund bleiben."

„Gerne. Du bist ja schließlich der feste Freund einer meiner besten Freundinnen." Jenny fühlte sich sehr stark und glücklich, denn Thomas war verständnisvoll, durchschaubar und ein rücksichtsvoller Liebhaber. Daher konnte sie Roman endlich eine platonische Freundschaft anbieten, auch wenn er seine Magie über sie noch immer nicht verloren hatte.

„Ich bedaure, dich verletzt zu haben. Das war nicht meine Absicht", stotterte Roman noch ein wenig verlegen.

„Schwamm drüber", winkte Jenny ab, ehe ihre Gefühle für ihn wieder in voller Wucht hochkommen konnten.

„Kannst du das? Ich weiß, dass …", begann Roman nun doch teils zweifelnd, teils bedauernd.

„Bestimmt", versuchte Jenny, sich selber zu überzeugen. „Ich habe einen tollen Freund und bin seit gestern mit ihm verlobt!" Ihr Gesicht verfinsterte sich ein wenig. „Ich hatte es mir immer anders gewünscht, aber wer weiß, wozu diese Entwicklung gut ist. Ich bin zufriedener, als ich es mir erhofft hatte!" Jenny war erstaunt, als sie in Romans Augen ein belustigtes Glitzern entdeckte.

„Was ist?", frage sie unsicher.

„Meine Jenny will so schnell heiraten. Mich brauchst du davon nicht zu über-zeugen, dass er der Richtige für dich ist. Ich gratuliere ganz herzlich und wünsche dir vom Herzen alles Gute", sagte er lachend.

Jenny war nun sehr verwirrt und sprachlos. Warum nur reagierte Roman immer völlig unerwartet.

„Wir müssen aber wieder zu unseren Arbeitsplätzen zurück. Martina versteht seit langer Zeit keinen Spaß mehr, wenn es um Pünktlichkeit geht!"

„Ich weiß", stimmte Jenny ihm zu und so liefen sie zurück ins Gebäude. Das Gespräch war für Jenny zwar nicht so positiv verlaufen, wie sie es geplant hatte. Ihre Souveränität und ihre Kühle war als aufgesetzt von Roman sofort erkannt worden. Er hatte sie immer verstanden! Was sie erschreckte, war auch Romans Bemerkung über ihre Beziehung zu Thomas. War sie wirklich innerlich nicht zufrieden mit der Freundschaft zu Thomas? Roman hatte mit seinen Hinweisen bei ihr immer recht behalten. In ihrem Einzelbüro stöhnte sie halblaut vor sich hin: „Na hoffentlich ahnt Thomas nichts von meinen inneren Zweifeln und meiner noch immer tiefen Zuneigung zu Roman!"

In den nächsten zwei Wochen kehrte in Jenny eine unbekannte Kraft und Energie ein. Gerne hätte sie gewusst, ob sie dies der Abnahme von inzwischen immerhin fast zwanzig Kilogramm oder ihrer ersten guten und dauerhaften sexuellen Beziehung zu verdanken hatte. Vermutlich alles zusammen, dachte sie und gönnte sich ihre abendliche Dusche. Das warme Wasser floss an ihrem schmaleren Körper entlang. Sie fühlte sich so leicht, dass sie einen Moment glaubte, ein Fisch im schwerenlosen Wasser zu sein. Sie war mit sich und der Welt zufrieden. Vielleicht sollte sie ihre Freundinnen auch an ihrem Glück teilhaben lassen. Jenny stieg aus der Dusche und begann sich abzutrocknen. Sie hatte schon lange nichts mehr von ihnen gehört. Sie wollte sie gleich anrufen. Thomas musste an diesem Tag sowieso für seine Volkswirtschaftsklausur büffeln. Da hatte sie genügend Zeit für das Telefonat.

Jenny zog sich ihren Schlafanzug an, der ihr inzwischen erheblich zu weit war und bei jedem Schritt bedenklich rutschte. Mit einer Hand hielt sie die Schlafanzugshose fest, während sie zum Telefon ging. Wenn sie noch weitere zehn Kilogramm abnahm, hätte sie endlich ihr Zielgewicht erreicht. Dann würde sie sich neu einkleiden. Zumindest soweit es ihr Geldbeutel zulassen wird.

Jenny wählte Utes Nummer. Es ging niemand ans Telefon und Utes Anrufbeantworter sprang auch nicht an. Dann eben erst Stefanie. Jenny hatte schon fast die Hoffnung aufgegeben, heute nicht eine ihrer Freundinnen zu sprechen, als Stefanie sich doch noch meldete.

„Hei Stefanie! Wie schön, dass ich dich erreiche. Wie geht es dir denn?"

„Sehr gut!"

„Jenny wunderte sich etwas über die knappe Antwort von Stefanie, sprudelte aber gleich weiter. „Weißt du etwas über Ute? Ich konnte sie gerade nicht erreichen."

„Leider muss ich gestehen, mich auch in der letzten Zeit bei keinem von euch gemeldet zu haben. Ich weiß daher auch nichts über Ute."

„Dann wird es aber Zeit, dass wir uns mal wieder treffen." Jenny konnte nicht früh genug ihre guten Nachrichten loswerden.

Stefanie dagegen war durch ihre Schwangerschaft sehr müde und brannte nicht so darauf, ihren Freundinnen vom bevorstehenden dicken Bauch und ihrem zukünftigen Job als Hausfrau und Mutter zu erzählen. „Aber Jochen ist zur Zeit viel hier", versuchte sie daher auszuweichen.

„Dann machen wir einen Pärchenabend!"

„Wenn du mit Ute einen Termin vereinbart hast, dann sag mir doch bitte Bescheid. Im Übrigen kann ich mich erinnern, dass Ute sagte, sie würde abends manchmal nicht mehr ans Telefon gehen. Ab und zu bräuchte sie auch mal eine halbe Stunde telefonfreie Zeit. Sie wohnt doch bei dir um die Ecke. Du könntest doch eben vorbeigehen, wenn du sie sprechen willst." Stefanie versuchte verzweifelt, Jenny auf eine freundliche Art loszuwerden. Ihr wurde von Minute zu Minute schlechter.

„Du brauchst heute wohl auch deine Ruhe?" Jenny hatte es mit dem typisch weiblichen

Spürsinn bemerkt. „Ich gehe dann mal eben zu Ute. Wir quatschen die nächsten Tage wieder miteinander. Okay?"

„Danke, Jenny. Bis dann!"

Jenny schüttelte den Kopf. Stefanie, sonst ein Energiebündel und voller Zukunftspläne, schien erheblich angeschlagen zu sein. Aber Jochen war bei ihr. Da war sie in guten Händen und sie konnte schließlich auch nicht mehr ausrichten, tröstete sich Jenny.

Sie zog sich schnell um und ging beschwingt los. Als sie um die Ecke bog, sah sie schon, dass Utes Außenbriefkasten überquoll. Die Klappe ging schon nicht mehr zu, sodass ein paar Briefe herausschauten. Sie war doch nicht etwa in den Urlaub gefahren, ohne sich von uns oder wenigstens von Stefanie zu verabschieden oder zumindest eine Karte zu schicken? Jenny bekam ein eigenartiges Gefühl. Der Briefkasten war zwar recht klein und Ute erhielt ziemlich viel Post. Aber eine Woche hatte sie ihn mit Sicherheit nicht mehr geleert. Jenny stand unschlüssig vor der Haustür. Obwohl sie es eigentlich für zwecklos hielt, drückte sie auf Utes Klingel. Jenny wartete, da sie sich langsam Sorgen um Ute machte. Sie konnte doch jetzt nicht einfach nach Hause gehen. Nach zehn Minuten ging die Haustür auf. Eine fünfzigjährige Frau im dunkelblauen Kostüm mit einer braunen Hochsteckfrisur erschrak, als sie Jenny vor sich sah.

„Entschuldigen Sie", packte Jenny die Gelegenheit am Schopf. „Haben Sie Frau Grom in den letzten Tagen gesehen?"

„Sind Sie eine Freundin von Frau Grom?"

„Eine sehr gute Freundin", Jenny schluckte ein wenig schuldbewusst. „Ich bin Jenny Schneider. Ich mache mir Sorgen, da ich so lange nichts von ihr gehört habe. Und ihr Briefkasten ist auch ziemlich voll."

„Frau Grom wird vermutlich vorerst nicht wiederkommen."

„Warum nicht?" Jenny blieb fast die Luft weg.

„Vor einer Woche war der Notarztwagen hier. Ihr Freund hat sie gefunden. Frau Grom soll versucht haben, sich das Leben zu nehmen." Die Stimme der Nachbarin war sehr leise geworden.

Jenny lehnte sich geschockt an die Hauswand. „Wie geht es ihr jetzt, oder ist sie schon …?"

„Soviel ich weiß, lebt sie. Aber ihr Freund sagte, sie wolle nicht, dass irgendjemand davon erfährt."

„Dann bedanke ich mich sehr, dass Sie es mir trotzdem erzählt haben. Ich hätte mir jetzt große Sorgen gemacht. Und wohl auch nicht zu unrecht."

Die Nachbarin nickte freundlich und ging. Jenny lehnte noch immer an der Hauswand. Sie konnte ihre Gedanken kaum ordnen und es regte sich noch etwas: ihr schlechtes Gewissen. Tränen rollten über ihre Wangen. Mühsam hielt sie ein Schluchzen zurück. Hätte sie sich bloß früher gemeldet. Aber wahrscheinlich wollte sie nicht reden. Sonst hätte sie angerufen. Was war bloß der Grund für ihren Selbstmordversuch? Konnte es Jennys zurückweisende Art gewesen sein? Und Roman liebte sie doch sehr.

Langsam löste sie sich von der Hauswand. Einen Moment hatte sie Angst, dass ihre Beine versagen und unter ihr zusammenbrechen würden. Aber sie hielten sie zuverlässig. Langsam ging sie nach Hause. Warum hatte sie das getan? Jenny erschien es, als wäre Ute plötzlich eine völlig Fremde für sie.

Viel zu schnell war Jenny zu Hause. Sie wollte Stefanie, die krank zu sein schien, nicht auch noch belasten. Ihr war klar, dass die Krankenhäuser ihr keine Auskunft geben würden. Wie war das noch? Ihr Freund hatte sie gefunden! Jetzt wusste sie, warum sich Roman überstürzt eine Woche Urlaub genommen hatte. Jenny hatte schnell die Nummer von Roman in ihrem Telefonbuch gefunden und rief ihn sofort an.

„Hallo?"

Jenny erschrak. Romans Stimme klang sehr müde. „Hast du gerade geschlafen?"

„Nein, ich bin vor einer halben Stunde erst nach Hause gekommen."

„Wie geht es Ute?"

„Aäh …!" Roman druckste herum.

„Ich weiß, dass Ute nicht will, dass es jemand erfährt. Aber mir ist bereits bekannt, dass Ute einen Selbstmordversuch hinter sich hat. Ich nehme an, dass sie noch im Krankenhaus ist? Also, nun sag schon, wie es ihr geht!"

„Sie hoffte, dass ihr so lange wie möglich nichts davon erfahrt. Ihr solltet euch keine Sorgen oder Vorwürfe machen. Inzwischen geht es Ute wieder recht gut. Aber in den ersten drei Tagen war es nicht sicher, ob sie überhaupt durchkommt."

„Arme Ute. Warum hat sie das getan?"

„Sie hatte Zwischenblutungen bekommen. Das ist nicht normal, wenn man die Pille regelmäßig nimmt. Ute ging dann am nächsten

Tag zum Arzt und wollte fragen, woran das liegen könne. Der Arzt war so abgebrüht, Ute knallhart ins Gesicht zu sagen, dass akuter Krebsverdacht bestände und sie zur genauen Diagnose eine Ausschabung machen müssen. Das hat Ute total umgehauen."

„Das hätte jeden geschockt."

„Sie bekam drei Tage später glücklicherweise schon einen Ausschabungstermin in einer ambulanten Praxis. In den drei Tagen konnte sie kaum schlafen und essen. Ute hat im Internet in der Zeit bereits sämtliche Krebsselbsthilfegruppen ermittelt und sich sogar angemeldet. Nach der Ausschabung teilte man ihr mit, dass das Ergebnis noch eine Woche bis zu zehn Tagen auf sich warten ließe. Die Laboruntersuchung dauert halt so lange, sagte man ihr eiskalt. Sie solle sich gefälligst in Geduld fassen."

„Konnten diese erfahrenen Ärzte denn nicht schon eine nähere Auskunft direkt nach der Ausschabung geben?" Jenny konnte auch nicht glauben, dass diese Untersuchungsergebnisse so lange brauchen. „Das ist ja die reinste Folter. Man wartet regelrecht auf sein Todesurteil."

„So hat es Ute wohl auch empfunden, zumal das Todesurteil inzwischen für sie schon feststand. Aber die Ärzte dürfen keine

Auskunft geben. Also glaubte Ute nur noch fester an ihre Krebserkrankung. Dann wollte sie in ihrer Übermüdung und in der quälenden Stresssituation der Chemotherapie und der Krebsbehandlung ausweichen …"

„Keiner von uns Freundinnen hat etwas bemerkt. Und wie hat Ute es versucht, wenn ich fragen darf?"

„Mit Rattengift!"

„Oh Gott. Wie erniedrigend!"

„Da hat sie sich eine der schwersten Todesarten ausgesucht."

„Und du hast sie so gefunden?"

„Sie lag auf dem Wohnzimmerteppich und blutete aus den Ohren. Ich dachte erst, sie sei gestürzt. Drei Tage war nicht sicher, ob sie überleben würde. Sie hat ihrem Körper damit sehr stark zugesetzt. Aber sie hat Glück im Unglück gehabt. Wie momentan zu sehen ist, trägt sie keine bleibenden Schäden davon."

Jenny konnte nichts erwidern. Roman schien das Gespräch gut zu tun. Die Stimme wirkte halbwegs gestärkt und er sprudelte weiter. „Die Schwestern im Krankenhaus waren sehr fürsorglich und lieb zu Ute. Sie machten ihr klar, dass eine Krebsdiagnose noch lange nicht bedeuten würde, dass man stirbt. Es gäbe viele Fälle, in denen der Patient noch Jahre sogar

Jahrzehnte gut leben könne. Und die Chemo- bzw. Strahlentherapie wäre fast ein Klacks gegenüber dem, was Ute jetzt mit dem Rattengift durchgemacht hat."

„Und wann erfährt Ute nun, ob es tatsächlich Krebs ist?"

„Heute war sie stark genug, um zu ihrem Arzt zu gehen. Er teilte ihr ganz kühl mit, dass es sich lediglich um eine Art Wasseransammlung, so eine Zyste, handele, die man mit Tabletten behandeln und notfalls unkompliziert operativ entfernen kann. Keine Entschuldigung – keine menschliche Bemerkung!"

„Diesen Arzt sollte man wegen seelsicher Grausamkeit verklagen!" Jenny war fürchterlich wütend, während Roman nur noch erleichtert zu sein schien. Vermutlich hatte er die Phasen der Wut schon hinter sich.

„Wissen Utes Eltern von alledem?"

„Ja, Ute wollte es nicht, aber ich musste sie informieren. Sie haben den Krebsverdacht erstaunlich leicht verkraftet."

„Kein Wunder, der Selbstmordversuch und das Überleben der Tochter standen im Vordergrund."

„Die Eltern waren Tag und Nacht im Krankenhaus. Ich konnte sie sehr gut kennenlernen. Sie hat tolle Eltern."

Jenny antwortete nicht. Ute tat ihr unsagbar leid. Aber sie freute sich auch, dass Ute einen wirklich starken, vernünftigen und zuverlässigen Freund gefunden hatte. Das Gefühl, dass sie nun diese hilfreiche Freundschaft auch ein wenig, wenn auch unfreiwillig, zusammengeführt hatte, milderte ihr schlechtes Gewissen ein wenig.

„Morgen kommt Ute nach Hause! Alles kommt ihr wie ein unwirklicher Albtraum vor. Aber keine Sorge, der Psychiater wird sie schon häufig genug an das Geschehene erinnern. Und den wird sie nach einem Suizid-Versuch so schnell nicht wieder los", lenkte Roman ab.

„Schaden wird es ihr ganz sicher nicht. Es wird ihr vermutlich zu peinlich sein, um mit uns darüber zu reden. In dem Psychiater, vorausgesetzt er versteht seinen Beruf, hat sie einen neutralen, kompetenten Zuhörer. Wann wird Ute wohl wieder stark genug sein, dass ich sie zu Hause besuchen kann?"

„Warte lieber noch ein wenig. Ich kann dich aber gerne in der Firma über ihr Befinden auf dem Laufenden halten."

„Danke Roman!"

„Wenn ich dich schon so enttäuscht habe, muss ich dir doch wenigstens zeigen, dass ich es mit Ute ernst meine!" Roman scherzte schon wieder ein wenig. Jenny atmete erleichtert auf, als sie aufgelegt hatte. Ehe sie Stefanie darüber informieren würde, musste sie den Schlag erst einmal selber verkraften.

Am Abend brachte Thomas einen Blumenstrauß mit roten Rosten mit zu Jenny.

„Bin ich dir armen Bettelstudent mit Bafög so viel Wert?", neckte Jenny ihn erfreut.

„Noch mehr. Hier habe ich noch ein kleines Verlobungsgeschenk." Er überreichte Jenny ein samtenes, blaues Schmuckkästchen. Es enthielt einen schmalen Goldring mit einem kleinen Diamanten. „Leider reicht mein Geld doch nur für einen kleinen, symbolischen Diamanten."

Jenny umarmte ihn glücklich. „Vielen Dank, einen schöneren Verlobungsring könnte ich mir auch nicht vorstellen!"

„Wollen wir nicht eine kleine Feier zur Verlobungsverkündung mit deinen Freundinnen organisieren? Es wird wohl langsam Zeit, dass ich sie einmal kennenlerne.

Das gilt im Übrigen auch für deine Eltern – oder hast du keinen guten Kontakt zu ihnen?"

„Ich telefoniere häufig mit meiner Mutter. Mein Vater ist ein wenig sprechfaul. Allerdings erzähle ich ihr nicht alles über meine Gefühle und mein Liebesleben. Sie ist so ganz anders als ich und mein Leben stieß bisher immer auf reichlich Unverständnis bei ihr. Auch wenn sie es immer gut meint, habe ich festgestellt, dass ich am besten meinen eigenen Weg finde. An einem der nächsten Wochenende laden wir meine Freundinnen ein und danach meine Eltern. Mal schauen, wann vor allem Uta mal wieder Lust hat zu kommen. Einverstanden?"

Thomas stöhnte gespielt. „Dann habe ich mich hoffentlich an das Begutachtet-werden gewöhnt. Dann bist du dran bei meinen Eltern!"

Jenny nickte gedankenverloren. Sie freute sich sehr, Stefanie und Ute mal wieder zu treffen.

„Jetzt merke ich, dass wir älter geworden sind", stöhnte Jenny beim Zubereiten der Salate und Brötchen.

„Wieso?" Thomas hatte gerade Zwiebeln geschält und versuchte krampfhaft, die Tränen zurückzuhalten.

„Ist doch klar. Früher trafen wir uns immer zu dritt. Jetzt sind es schon sechs. Dann werden es bald vermutlich wohl noch mehr werden!"

„Wieso noch mehr?" Nun musste sich Thomas doch ein Taschentuch holen.

„Die Babys!"

„Oh, Gott!" Thomas lachte. „Dann treffen wir uns vermutlich bei McDonald's oder an Spielplätzen."

„Damit auch die verspielten Männer ihren Spaß haben und wir Frauen uns ungestört unterhalten können!", foppte Jenny. Ein liebevoller Klaps auf Jennys Po beendete das Gespräch.

Pünktlich trafen sich Ute, Roman, Stefanie und Jochen um punkt 19.00 Uhr an der Tür. Nach einer sehr herzlichen, aber kurzen Umarmung untereinander schellten sie auch schon bei Jenny. Stefanie hatte ein dummes Gefühl, weil sie sich durch ihre Schwangerschaftsprobleme so lange bei ihren Freundinnen nicht mehr gemeldet hatte.

Ute dagegen fühlte auch noch immer das nagende schlechte Gewissen wegen der unschönen Abwerbung von Roman. Sie wollte nicht ganz glauben, dass es Jenny so souverän wegstecken konnte. Sie befürchtete einen emotionalen Rückfall von Jenny, wenn sie von ihrer und Romans Neuigkeit erfahren würde.

„Du siehst toll aus", Ute war sichtlich erstaunt über Jennys Aussehen. „So schmal und strahlend."

Thomas legte den Arm liebevoll um sie. „Ich beanspruche sie vielleicht ein wenig zu sehr?"

Jenny lachte auf, während Stefanie, Ute und Roman verblüfft auf Thomas starrten. Jenny dagegen war über Stefanies Aussehen besorgt. „Stefanie, du wirkst so müde und bist auch etwas rundlicher geworden. Ich hoffe, es geht dir gut?"

„Sie isst momentan für zwei, wisst ihr?", antwortete Jochen vielsagend auf die Frage.

„Das glaube ich nicht!", prustete Ute heraus. „Stefanie, bist du etwa schwanger?"

Stefanie ließ sich auf das Sofa plumpsen. „So ist es."

„Stefanie – ausgerechnet du?" Ute schluckte. „Bei dir stand doch immer die Karriere an erster Stelle!"

„Ja, war eigentlich auch ein Unfall. Aber ich bin jetzt sehr glücklich und freue mich auf das Baby. Nun brauche ich allerdings eine

Trauzeugin und eine Taufpatin. Dann überlegt auch mal, wer welchen wichtigen Job übernehmen will."

„Ich bin die Trauzeugin", beeilte sich Ute zu sagen.

„Ich wäre sehr stolz, die Taufpatin deines Sohnes oder deiner Tochter sein zu dürfen", sagte Jenny sehr ernst.

„Wer weiß, vielleicht spielen eure Kinder bald zusammen", foppte Ute Jenny sehr vertraulich.

„Das ist nicht so unmöglich, wie du denkst", entgegnete Thomas.

„Wieso?" Stefanie beugte sich mühsam nach vorn.

„Thomas und ich sind verlobt. Sobald er mit seinem Studium fertig ist, wollen wir heiraten." Jenny fühlte sich zum ersten Mal ihren Freundinnen gegenüber nicht mehr unterlegen. Ihre Stimme bebte nicht mehr, sondern war klar und laut.

„Geht das aber schnell bei euch!" Ute schüttelte den Kopf.

„Was studieren Sie denn?", fragte Roman interessiert.

„Wirtschaftswissenschaften!"

„Wow", Roman musste Jennys gute Partie zu seinem eigenen Erstaunen doch erst einmal etwas verdauen. Er hatte sie immer als stille, einsame, liebesbedürftige, graue Maus gesehen. Der studierte gutaussehende Verlobte sowie ihr schlankes und attraktiv gewordenes Äußeres brachten sein Bild von ihr grundlegend durcheinander. Zudem hatte ihre früher offenkundige Liebe ihm sehr gut getan und sein Selbstbewusstsein erheblich aufgebaut. Er spürte bereits den Verlust, nicht mehr von Jenny bedingungslos angehimmelt zu werden.

„Warum willst du denn lieber nur eine Trauzeugin sein, Ute?", fragte Jenny, die befürchtete, Ute hätte ihr aus schlechtem Gewissen heraus die ehrenvollere Aufgabe überlassen.

Ute setzte sich feierlich auf. „Roman und ich ziehen für ein Jahr in die USA!"

„Wow", sagte nun Thomas. „Das bringt einen beruflich heute sehr viel weiter. Betriebliche Versetzung?"

„Genau", sagte Roman. „Um meine Fähigkeiten und Kenntnisse vor allem in der Programmierung zu erhöhen, habe ich mich für einen Job in der Muttergesellschaft in Los Angeles beworben. Ich hatte Glück und man nahm mich."

„Davon habe ich in der Firma nichts mitbekommen", entgegnete Jenny überrascht.

„Ich wollte nicht, dass es jemand unter den Mitarbeitern erfährt, bevor du es weißt." Roman zwinkerte Jenny vertraulich zu.

Jenny konnte sich nur wundern, wie sehr sie plötzlich beachtet wurde, nachdem sie sich gewehrt und ihre Grenzen klar gesteckt hatte. Sie wurde nicht mehr übersehen. Oder lag es an ihrem attraktiveren Äußeren? Vermutlich trat sie durch ihre innere und äußere Änderung wesentlich selbstbewusster auf.

„Danke Roman! Und du gehst mit, Ute?"

„Ich werde für ein Jahr freigestellt, so dass ich mitgehen kann. Eine einmalige Gelegenheit. Fremde Sprache, interessante Leute und vielleicht ein Filmvertrag in Hollywood", scherzte Ute.

„Sicher als genervte, untergebene Ehefrau und Mutter", zog sie Stefanie auf.

Es wurde still. Jeder bedauerte, dass diese in letzter Zeit so mühsam zusammengehaltene Gruppe nun in ihrem Leben so gegensätzlicher Veränderung gegenüberstand. Sie hofften, dass es den Freundschaften nicht schaden würde.

Thomas goss schweigend den Wein in die Gläser am Tisch ein. Stefanies Glas füllte er aufmerksam nur mit Apfelschorle.

Stefanie hob das Glas und sagte: „Auf unsere wetter- und windfeste Freundschaft. Auf dass sie sich durch die drei Lebenspartner vergrößere und durch unsere Kinder fortgeführt wird."

„Warum so theatralisch?", mischte sich Ute lachend ein. „Auf dass jeder versuche, aus seinem Leben das Beste und Vernünftigste zu machen und die Möglichkeiten zu entdecken und zu nutzen, die sich ihm bieten."

„Auch nicht brauchbar als Trinkspruch, vor allem zu lang!", urteilte Stefanie in ihrer gewohnten Art.

Nun kam Jenny zu Wort: „Prost, lasst uns einfach versuchen, unsere Ziele zu erreichen!"

Und wie Jenny noch feststellen musste, würde es für sie sehr schwer sein, ihre Ziele erst einmal zu finden!

Erschöpft ließ sich Jenny nach dem endlosen Arbeitstag auf ihr Sofa plumpsen. Wenn sie an ihren am folgenden Abend wieder stattfindenden Bilanzbuchhalterlehrgang dachte, fühlte sie sich ausgelaugt. Zu allem

Überfluss klingelte auch schon wieder das Telefon, kaum dass sie nach Hause gekommen war. Jenny ahnte, dass es wohl wieder ihr Bilanzbuchhalterlehrgangskollege Andy war. Jenny nahm ein wenig stöhnend den Hörer auf.

„Hey Jenny", begrüßte sie tatsächlich Andy. „Morgen schreiben wir doch die Probearbeit in Wirtschaftsrecht und ich bekomme partout die Übungsaufgabe drei im Buch Seite neunundsechzig nicht hin."

„Du bist schon wieder so fleißig! Und ich bin erst gerade nach Hause gekommen", stöhnte Jenny, während sie mit dem schnurlosen Telefon schon zu ihrem Schreibtisch ging.

„Tschuldigung", flötete Andy ernst zurück. „Aber auch Helen und Irena konnten mir nicht weiterhelfen. Sie haben nicht den großen Ehrgeiz wie du und da dachte ich …"

„Schon gut", lachte Jenny. Ihre Müdigkeit war überwunden und machte wieder ihrem von Andy angepriesenen Ehrgeiz Platz. „Aber du bist der motivierteste und zielorientierteste Mitschüler bei uns!"

„Ja, ich will auch irgendwann hoch hinaus – Steuerberater werden. Aber wer hoch hinaus will, kann auch tief fallen. Erst einmal muss ich die hammerharte Bilanzbuchhalterprüfung auch schaffen."

„So, hier habe ich die Aufgabe und meine Lösung dazu", unterbrach ihn Jenny. „Dir traue ich es zurzeit als einzigen zu, bis zur Steuerberaterprüfung motiviert durchzuhalten und sie auch zu schaffen. Wir anderen fühlen uns jetzt schon überfordert. So, nun zur Aufgabe drei. Dann können wir auch noch die Lösungen der Wirtschaftsrechtsfälle der Aufgaben eins und zwei vergleichen", schlug Jenny jetzt auch wieder motiviert vor. Sie mochte und schätzte Andy sehr. Er war jedoch ausschließlich auf seine berufliche Karriere fixiert, so dass nichts anderes mehr für ihn von Bedeutung war. Die Vierergruppe bestehend aus Andy, Helen, Irena und Jenny lernte häufig am Sonntagnachmittag zusammen, was letztendlich jeden der vier an der Stange hielt. Am meisten trieb jedoch Andy und hinterfragte jede Kleinigkeit. Er war zwei Jahr älter als Jenny und arbeitet in einer Steuerberatung noch als Steuerfachgehilfe. Trotz seines enormen Ehrgeizes war er stets zuverlässig, hilfsbereit und gut gelaunt. Sein Äußeres war immer gepflegt und sehr attraktiv: blonde, kurzgeschnittene Haare, markantes Gesicht, sportliche Figur und eine sehr offene, freundliche Art. Mit seinen 1,70 Meter war er nur ein wenig größer als Jenny. Auch Helen und Irena passten altersmäßig mit ihren 27 Jahren und 31 Jahren sehr gut in die gemeinsame und produktive Lerngruppe.

Als Jenny den Hörer nach einem anderthalbstündigen Gespräch auflegte, fühlte sie sich wieder stark und erfrischt. Der Bilanzbuchhalterlehrgang machte ihr trotz des stundenlangen Lernens bis in die Nacht und der Unmengen von Gesetzen großen Spaß und gab ihr Selbstbewusstsein. Leider fand sie nicht mehr viel Zeit für Thomas, was die Beziehung jedoch eher belebte. In den wenigen gemeinsamen Stunden genossen sie die Nähe und das gute Verständnis. Ärger und Missstimmung kamen nicht auf. Thomas schätzte und akzeptierte Jennys Fortbildung, so wie er weiterhin die Freiheit innerhalb seines freien Studentenlebens hatte, das nun bald zu Ende war. Thomas war inzwischen bei Jenny eingezogen, aber durch die vollen Terminpläne der beiden und Thomas abendliches Studentenleben liefen sie sich in der nun gemeinsamen Wohnung kaum über den Weg. Jenny war keineswegs eifersüchtig und befürchtete auch nicht, Thomas könnte eine andere finden. Sie war leider immer noch zu sehr mit Romans Trennung beschäftigt. Thomas stand nun vor seiner Diplomarbeit. Mit Schrecken dachte er schon daran, bald als Diplom-Kaufmann in den harten Berufsalltag eintreten zu müssen. Jenny dagegen war mit ihrem momentanen Leben trotz der hohen Doppelbelastung sehr zufrieden. Wenn sie bloß nicht mehr so viel an Roman denken müsste. Immer mal wieder begegnete sie ihm in ihrer Arbeitsstelle. Er war stets sehr freundlich, aber sie ging ihm aus dem Weg. Sie wollte ihn endlich vergessen, aber er spukte ihr ständig im Kopf herum. Zu häufig, manchmal nahezu täglich, ertappte sie sich bei Gedanken wie: Was würde Roman wohl dazu sagen? Ute vermied es, in ihrer Gegenwart über Roman zu sprechen und Jenny war ihr dankbar dafür. Romans Entscheidung gegen sie und für einer ihrer besten Freundin tat ihr immer noch sehr weh und drückte ihr Selbstbewusstsein. Umso wichtiger waren ihr die Stunden mit ihrem neuen Bilanzbuchhalterlehrgangsfreunden und Thomas.

Ziemlich müde und mit Litern von Cola und Kaffee aufgepulvert erschien Jenny ein halbes Jahr später zusammen mit ihren Lehrgangsfreunden zur

Bilanzbuchhalterpüfung in der örtlichen IHK. Andy hatte sich an sein Versprechen gehalten, sie am Tag vor der Prüfung mit keinen neuen Prüfungsfragen mehr zu konfrontieren. Jenny, Irena und Helen standen eng aneinandergelehnt vor dem noch geschlossenen Prüfungszimmer.

„Zwei Tage schriftliche Prüfung, dann haben wir den größten Teil schon geschafft", stöhnte Helen.

„Später kommen dann noch die mündlichen Prüfungen", gab Irena zu bedenken.

„Eins nach dem anderen", tröstete sie Andy, der über die Kuschelnähe der drei Frauen belustigt war. Beim Hineingehen in das nun aufgeschlossene Prüfungszimmer nahm Andy Jenny kurz tröstend in den Arm. „Du schaffst es sicher", flüstere er ihr ins Ohr. Dankbar nickte Jenny.

Tatsächlich bestanden alle vier sowohl die schriftliche als auch die nachfolgende mündliche Prüfung. Andy hatte als Durchschnittsnote natürlich eine eins, was besonders herausgehoben wurde. Aber auch Jenny erreichte einen Durchschnitt von 2,4 und war sehr zufrieden und äußerst stolz auf sich. Zu gerne hätte sie Roman davon berichtet. Aber er war mit Uta unerreichbar in den USA.

Aber Martina, ihre Chefin, gratulierte ihr anerkennend und hob ihr Gehalt mit der bestandenen Prüfung um hundert Euro an.

Am meisten betrübte es Jenny, dass sie die Abende nach Ende des Bilanzbuchhalterlehrgangs wieder häufig alleine zu Hause saß und noch mehr als sonst an Roman denken musste. Die Freunde aus ihrer ehemaligen Lerngruppe holten ihre im letzten Jahr auf Eis gelegte Freizeit und Treffen nach und Andy besuchte im Anschluss sofort den Steuerberatervorbereitungslehrgang.

Dort hatte er wieder neue Freunde, stöhnte Jenny immer etwas neidisch, wenn sie daran dachte. Sie erinnerte sich noch häufig an das Gespräch, dass sie mit Andy über diesen Lehrgang geführt hatte. Andy hatte sie durch seine zielstrebige Art motiviert, für eigene Vorstellungen zu kämpfen.

„Warum machst du nicht mit mir den Steuerberater? Du hast viel Wissen und auch den Ehrgeiz."

„Mir fehlen doch die Zulassungsvoraussetzungen für diese Prüfung. Ich arbeite doch nur in einer Buchhaltung und nicht ständig im Steuerbereich", entgegnete Jenny und war froh, einen triftigen Grund für ihre Ablehnung gefunden zu haben.

„Das dürfte doch kein Problem für dich sein. Du kommst doch gut mit deiner Chefin aus und bist schon viele Jahre für diese Firma tätig. Bitte sie um ein Zwischenzeugnis, in dem sie in den entsprechenden Zulassungsbedingungen den steuerlichen Teil deiner Arbeit hervorhebt. Das müsste für die Zulassung genügen!"

„Aber ich wäre als Steuerberater wohl selbstständig", überlegte Jenny laut.

„Allerdings", lachte Andy. „Das ist eine wichtige Grundbedingung des Steuerberaters: die Weisungsunabhängigkeit. Weißt du, ich hoffe eigentlich, dass wir dann eine Praxis zusammen aufmachen. Wir haben immer gut zusammengearbeitet und gelernt. Ich glaube, das würde sehr gut klappen – mit uns beiden."

Jenny überhörte die große Anerkennung, die in Andys Worten lag, und meinte stattdessen: „Selbstständigkeit? Das kann ich mir so gar nicht vorstellen. Nein, das traue ich mir nicht zu. Außerdem ist die Steuergesetzgebung so schwer und verwirrend."

„Gut so", lachte Andy. „Dann werden Steuerberater umso mehr gebraucht."

„Nein – für mich ist das nichts. Ich liebe es, in meiner Arbeitsstelle in der Buchhaltung zu arbeiten", entschied Jenny.

„Schade", merkte Andy an. „Du wärst bestimmt eine super Steuerberaterin geworden." Er legte seine Hand kurz auf ihre. Unwillkürlich dachte Jenny daran, wie es wäre, wenn sie und Andy zusammen wären. Sie schüttelte den Kopf. Was für eine Wahnsinnsidee! Für ihn war sie nicht strebsam genug und viel zu genügsam. Sie würde ihn in seinem Leben eher zurückhalten als fordern. Zudem könnte sie seinen Erwartungen nicht gerecht werden.

Wie so häufig vermisste Jenny auch die Gespräche mit Roman. Er kannte sie besser als jeder andere. Roman hätte ihr bestimmt am besten raten können, was sie tun soll, ging es ihr wehmütig durch den Kopf. Jenny wusste jedoch, dass sie ein persönliches Gespräch mit Roman kaum mehr ertragen konnte, seit er mit Ute zusammen war.

Allerdings hatte ihr die offensichtliche Anerkennung von Roman am letzten Abend mit ihren Freundinnen sehr gut getan. Was hätte sie nicht früher für solche Komplimente von Roman getan? Und nun war er mit ihrer Freundin – oder ehemals guten Freundin – Ute in den Vereinigten Staaten. Jenny hatte schließlich Thomas, den sie auch liebte, aber leider immer noch bei Weitem nicht so wie Roman.

„Roman ist halt der Mann, mit dem ich noch immer fest verbunden bin", stöhnte Jenny laut, während sie am kommenden Tag nach Arbeitsschluss nach Hause fuhr. Während sie einen Parkplatz vor ihrem Wohnhaus suchte, führte sie – wie so oft – laut Selbstgespräche: „Vielleicht kommt Roman wieder und ich werde nochmals eine Chance bekommen, um ihm zu kämpfen!" Jenny merkte, dass dies ihr Strohhalm war, der sie in dieser Zeit nicht untergehen und verzweifeln ließ.

Sie parkte gerade ihr Auto auf einem schönen großen Parkplatz direkt vor ihrem Wohnhaus, als Thomas ihr fröhlich zuwinkte. Jenny erschrak. „Ich jammere Roman hinterher und hier wartet mein Verlobter Thomas auf mich. Das ist ganz schön gemein von mir. Zum Glück ahnt er nichts!" Jenny schüttelt ihren Kopf heftig in der tiefsten Hoffnung, Roman würde endlich ihre Gedanken und Gefühle freigeben.

Nach einem kurzen „Hallo" zu Thomas ließ sich Jenny laut stöhnend auf das Sofa plumpsen. Es knarrte warnend, was sie jedoch wie gewöhnlich ignorierte. Ein Blick auf ihre zierliche Armbanduhr an ihrem linken Armgelenk verriet ihr, dass auch dieser Abend mal wieder schon fast vorbei war. „Bin ich erledigt!", stöhnte sie leise vor sich hin und strich sich über das Gesicht. Dabei stellte sie entsetzt fest, dass sowohl die Haare als auch das Gesicht bereits wieder eine nervöse Fettschicht aufwiesen. Vielleicht sollte sie sich noch duschen, bevor sie mit Thomas gemütlich den Feierabend genießen würde, ging es ihr durch den Kopf, als sie schon seine tiefe Stimme und das Klimpern von offensichtlich mehr als einem gefüllten Glas hörte.

„Hallo Jenny, das war heute aber wieder spät!"

„Oh, nein", sagte Jenny leise. Solche Einleitungen eines abendlichen Gesprächs mit Thomas kannte sie aus den letzten Wochen sehr gut. Zwar in der Stimme gespielt liebvoll, aber mit vorwurfsvollen Augen setzte sich Thomas zu ihr und sagte eindringlich zu ihr: „Lass dich doch nicht so ausnutzen von deinem Chef. Die permanenten Überstunden wird dir keiner danken. Man hält dich eher für verrückt. Musst du wirklich Tag für Tag so lange arbeiten?"

Jenny holte tief Luft. „Ich habe dir doch schon die letzten Tage gesagt, es geht einfach nicht anders. Ich habe meine verantwortlichen Aufgaben und die muss ich erledigen. Die macht sonst keiner für mich", stöhnte sie genervt herunter. Jenny hatte es einfach satt, sich jeden Abend für ihren Fleiß rechtfertigen zu müssen. „Außerdem wäre ich auch lieber früher zu Hause, aber es lässt sich halt nicht ändern."

Thomas schaute sie lange an mit einem Stirnrunzeln und einem halboffenen Auge und meinte tadelnd: „Du musst einfach nur lernen, Nein zu sagen, Grenzen zu setzen. Dir und anderen."

Sein Blick auf ihren schon wieder dicker werdenden Bauch erklärte alles und verletzte Jenny zutiefst. Trotz ihrer Erschöpfung kroch Wut in ihr hoch. Sie fühlte sich von ihm bedrängt und überfordert. „Also", sagte sie und schnappte nach Luft, um Mut zu sammeln. „Also, würdest du arbeiten gehen, wüsstest du auch, wovon ich rede. Aber von der Couch zu Hause aus kannst du gar nicht beurteilen, wie es bei mir in der Arbeitsstelle zugeht. Wer arbeitet, muss auch gute Arbeit leisten!"

Thomas stand ruhig auf, schnappte sich seine Jacke und verließ wortlos die Wohnung. Sofort bedauerte Jenny, dass sie sich so heftig gewehrt hatte. Thomas hatte es doch nur gut gemeint. Er wollte sie vor Ausnutzung bewahren, sie mehr bei sich haben und wie schlug sie zurück? In seiner empfindlichen Wunde wühlte sie herum: seine Arbeitslosigkeit.

Jenny hatte ein sehr schlechtes Gewissen und vermisste Thomas bereits. Langsam stand sie auf und ließ sich ein Bad ein. Aber das heiße prickelnde Wasser ließ sie heute nicht so richtig entspannen. Während sie badete, waren ihre Ohren nur im Flur. Sie horchte auf jedes Geräusch, dass von dort hervordrang in der Hoffnung, sie möge seine Schritte vernehmen oder zumindest das Rascheln seines vollen Schlüsselbundes.

Als sie gerade kaum beruhigt aus der Wanne stieg, hörte sie endlich einen Schlüssel im Schloss der Wohnungstür und atmete erleichtert auf. Aber schon machte sich in Jenny wieder die Angst vor der Fortsetzung der Diskussion breit. Daher sagte sie erst einmal nichts und zögerte das Abtrocknen bewusst lange heraus. Aber auch von Thomas kam kein Ton, kein „Hallo" oder „Ich bin wieder da". Jenny fand diese klirrende Stille immer unerträglicher und wünschte sich inzwischen sogar, dass Thomas wenigstens weiter schimpfen oder diskutieren würde. „Alles besser, als dieser stumme Ärger!", flüsterte Jenny fast weinend vor Erschöpfung und Anspannung, als sie gerade den weißen, kuschelig warmen Frottee-Bademantel anzog. Langsam setzte sie sich abwartend auf das Sofa. Jenny verwünschte sich selber, dass sie noch immer nicht in der Lage war, Ärger auszuhalten.

Thomas kam langsam schlendernd herein. Jenny musterte fiebernd sein Gesicht und flehte innerlich, dass sein Gesichtsausdruck Beruhigung zeigen würde. Aber nichts. Sie konnte aus seinen glatten, ausgeglichenen und vielleicht ein wenig raffinierten Gesichtszügen nichts erahnen.

„Ich habe darüber nachgedacht", begann Thomas ruhig das Gespräch.

„Oh Gott", Jennys Schultern zogen sich immer verkrampfter hoch. Das klang so endgültig. Fast so, als wolle er sie jetzt verlassen, wirbelte es ihr durch den Kopf. Sie fühlte sich wie ein Kind, das einen erheblichen, unentschuldbaren Fehler gemacht hat und dem nun die Konsequenzen mitgeteilt wurden. Sie fühlte sich verunsichert und irgendwie auch sehr schuldig.

Zu allem Überfluss setzte Thomas mit „So kann es nicht weitergehen" fort. Seine Stimme war vollkommen sicher, ruhig und drückte Überlegenheit aus. „Du kannst nicht dauernd so lange arbeiten. Das tut dir nicht gut und schadet auch unserer Beziehung. Du solltest dich und uns nicht kaputtmachen für einen Chef und für eine Firma, die dir nicht gehört. Und das zu solch einem lächerlichen, wirklich nicht angemessenen Gehalt. Du bist keine Chefin und keiner dankt dir die fast permanenten Überstunden."

Nach einer kurzen Pause sagte Jenny stöhnend: „Recht hast du wohl! Aber es ist meine Arbeit und ich muss sie irgendwie schaffen."

„Ja", entgegnete Thomas beschwichtigend, „das sehe ich teilweise auch ein." Er schaute sie sehr ernst an, als er fortfuhr: „Überleg mal, was kannst du am besten?"

Die Augen fielen Jenny fast zu. „Schlafen", stöhnte sie aus tiefstem Herzen.

„Nein, ernsthaft", reagierte Thomas ungeachtet ihrer Anspielung auf ihre heftige Müdigkeit. „Was machst du denn am allerliebsten?"

Jenny dachte ruhig nach und hörte ihren Magen knurren. Sie hatte aufgrund des betrieblichen Stresses ab Mittag nichts mehr gegessen. „Essen und Trinken", sagte sie sehnsuchtsvoll.

Über Thomas Gesicht ging ein sehr genervtes Lächeln. „Das meine ich doch nicht", redete er weiter auf Jenny ein. „Beruflich, was kannst du da am besten?"

„Natürlich Buchhaltung. Ich bin Bilanzbuchhalterin und habe auch dort die meiste Erfahrung und Kenntnisse." Nun war Jenny genervt. Sie verstand den Sinn dieser merkwürdigen Diskussion nicht.

Aber Thomas bemerkte es nicht und fragte weiter: „Aber Jenny, machst du Buchhaltung denn auch wirklich gerne?"

„Ja, sicher. Sonst könnte ich meinen Job nicht so gut erledigen. Ich liebe es, mit Zahlen umzugehen. Ich liebe es, Abschlüsse zu machen und …"

„Ja, schon gut", unterbrach Thomas ungeduldig. „Nun sind wir beim Punkt!"

Jenny verstand ihn immer weniger. „Also ich fasse zusammen", sagte Thomas, während er jetzt unruhig hin und her lief. Er erinnerte Jenny an die Dozenten in ihrem Bilanzbuchhalterlehrgang, die in dieser Art und Weise versuchten, den angehenden Buchhaltern das Wichtigste mit für die Prüfung auf den Weg zu geben. Es gefiel ihr aber nicht, dass Thomas sich so besserwisserisch aufspielte.

„Du bist gut in der Buchhaltung und bist bereit, ständig Überstunden bis zum späten Abend zu machen. Ja, da gibt es doch nur eine sinnvolle Möglichkeit!" Thomas Augen strahlten inzwischen voller Tatendrang.

Jenny gähnte und antwortete innerlich äußert verärgert: Du bist faul, lebst von meinem wirklich hart verdienten Geld und ruhst dich tagsüber auf meinem Sofa aus. Angeblich bekommst du keinen Job oder du wirst dort angeblich nur ausgenutzt. Das wäre mir alles egal, denn ich bin dir dankbar, dass du für mich da bist und ich nicht mehr alleine bin. Aber, wenn du vom Sofa außerhalb der tatsächlichen Welt über mein Leben bestimmen und es umkrempeln willst, werde ich langsam ärgerlich. Jenny hasste Veränderungen und traute ihm doch keine realistische Meinung über ihre Arbeit zu. „Und von welcher genialen Möglichkeit sprichst du?", fragte Jenny daher eher verärgert als interessant.

Thomas schien offensichtlich von Jennys innerlichem Dialog und ihrem Ärger nichts zu bemerken. „Mach dich selbstständig!" Thomas machte eine Pause, in der Hoffnung, dass seine wahnsinnig gute Idee intensiv genug auf Jenny wirken könnte. „Dann arbeitest du dich wenigstens für deine eigene Firma kaputt, du bist dein eigener Chef und du kannst auch selber die Lorbeeren für deine gute und viele Arbeit ernten."

„Ich selbstständig? Als Buchhalterin soll ich ein Geschäft aufmachen?", platzte es entrüstet aus Jenny heraus.

„Nein, Dummerchen!", lachte Thomas kopfschüttelnd. „Doch kein Geschäft. Melde ein Gewerbe an – mach dich selbstständig als Buchhalterin!"

„Als Buchhalterin ein Gewerbe anmelden?"

„Ja, ich habe mir schon Gedanken darüber gemacht! Als selbstständige Buchhalterin kannst du Buchhaltungsaufträge von Firmen annehmen, in Urlaubs- oder Projektsituationen in Firmen einspringen. Du kannst für verschiedene Mandanten arbeiten."

„Das wäre nichts für mich", wehrte Jenny entschieden ab. „Ständig neue Auftraggeber, neue und schnelle Einarbeitungsnotwendigkeit, um Aufträge und Mandanten werben müssen. Ich telefoniere noch nicht einmal gerne. Nein, ich bin nicht die Richtige für solch eine selbstständige Buchhalterin", überlegte Jenny laut. Dieser Schritt in die Selbstständigkeit erschien ihr doch zu grotesk.

„Denk doch mal richtig darüber nach", ließ Thomas nicht locker. „Dann könntest du womöglich ein angemessenes Gehalt bekommen, Anerkennung, selbstständig und vielleicht sogar Chefin zu sein und die Überstunden würdest du nicht nur für einen Vorgesetzten machen, der sich dann das Lob für deine Arbeit einheimst."

„Aber die Selbstständigkeit ist doch so unsicher", warf Jenny ein.

„Aber doch nicht für dich", entrüstete sich Thomas. Da Jenny offensichtlich nicht so erfreut auf seine Idee reagierte, wie er sehnsüchtig gewünscht hatte, wurde er langsam ungeduldig und seine Stimme lauter. „Du bist sehr gut in allen Bereichen der Buchhaltung. Du hast die schwierige Bilanzbuchhalterprüfung mit einem guten Durchschnitt bestanden und bist bereit, dich für deinen Beruf aufzuopfern. Für jemanden, der so fleißig und kompetent ist, ist eine

Selbstständigkeit nichts Unsicheres", versuchte Thomas Jenny zu überzeugen.

Jenny spürte deutlich, dass Thomas alle negativen Punkte der Selbstständigkeit als Buchhalter nicht sehen wollte. Warum nur wollte Thomas sie unbedingt zur Selbstständigkeit mit den damit verbundenen Überstunden überreden? Jenny hielt sich für absolut ungeeignet dafür und damit war dieses Thema für sie an diesem späten Abend und überhaupt erledigt. „Zudem", fiel ihr ein, „würde ich dann vermutlich noch häufiger, noch mehr und unabsehbarer Überstunden machen müssen."

„Ja, aber dann wüsstest du doch auch wofür." Thomas Augen glühten vor Begeisterung und seine Stimme überschlug sich förmlich. „Die Mehrstunden würdest du dann für dich selber – dein eigenes Gewerbe machen. Wie stolz wärst du dann!"

Jenny schaute Thomas plötzlich sehr zweifelnd an. „Warum?", fragte sie zögernd. „Warum bist gerade du so davon begeistert, dass ich mich selbstständig mache und noch mehr Zeit für meinen Verdienst einsetzte, von dem höheren Risiko mal ganz abgesehen. Du sitzt zu Haus und wartest vermutlich noch länger auf mich, müsstest dann viele berufliche

Anrufe ertragen und auch, dass ich zu Hause weiterarbeite. Ich meine ..." Jenny sah, wie sich Thomas Gesicht verfinsterte. „Was hättest du davon, wenn ich mich als Buchhalterin tatsächlich selbstständig machen würde. Ich sehe nur Nachteile für dich!"

„Wie kannst du so etwas nur sagen", schrie Thomas jetzt. In Jenny regte sich ein ganz heftiger Fluchtinstinkt, den sie jedoch unterdrückte. „Ich denke doch nur an dich und überlege, was für dich besser wäre. Wenn ich eine eigene Arbeitsstelle habe, bin ich sowieso nicht mehr so lange zu Hause. Sicher werde ich auch bald eine für mich geeignete Stelle finden, die so ist, wie ich sie mir vorstelle." Er schnappte nach Luft.

Jenny stöhnte auf und in ihr sprach eine Stimme ganz leise: Ja, ja, du suchst eine Stelle, bei der du nicht allzu viel arbeiten musst und etwas zu sagen hast. Und das als Berufsanfänger nach dem Studium. Aber sie schwieg, um das Gespräch nicht noch weiter zu verlängern. Zudem fühlte sie sich einem Ärger mit Thomas emotional und körperlich nicht gewachsen. Sie litt sehr unter Streitsituationen und war zudem äußerst erschöpft und hungrig.

„Außerdem", Thomas sprach sehr konzentriert weiter, als würde ihm der kommende Satz schwer über die Lippen gehen, obwohl er einstudiert zu sein schien, „kann ich dir helfen, bis ich eine eigene Stelle finde."

„Ich denke darüber nach", wollte Jenny das Gespräch beenden.

„Schau mal!" Thomas packte eine Mappe aus, die gefüllt mit Kopien war. „Ich habe mich bereits danach erkundigt, wie man sich als Bilanzbuchhalter selbstständig machen kann. Also …"

Jenny unterbrach Thomas jetzt sehr genervt. Sie war sauer über seine Rücksichtslosigkeit. „Jetzt nicht mehr", sagte sie entschieden. „Ich esse jetzt etwas und gehe dann ins Bett. Wir können meinetwegen am Wochenende nochmals darüber reden."

Thomas machte den Mund auf, wollte noch etwas sagen, merkte aber, dass es an diesem Abend nicht mehr sinnvoll war, mit Jenny zu diskutieren. Er klappte den Mund zu und stöhnte innerlich. Er hatte doch geglaubt, dass sich Jenny leichter beeinflussen ließe. Sie war doch sonst so planbar und manipulierbar. Er hatte sich so gut vorbereitet auf dieses Gespräch. Er hatte viel zu verlieren, wenn es nicht genauso klappte, wie er es sich vorgestellt hatte.

Das von Thomas bereits heiß ersehnte Wochenende brach an und er wartete auf eine günstige Gelegenheit, das Thema Selbstständigkeit bei Jenny wieder anzusprechen. Am Sonntag, nach einem von Thomas sehr umfangreich und liebevoll ausgestatteten Frühstück, war es soweit. „Nun Liebes", begann Thomas betont beiläufig. „Hast du eigentlich schon mal über die von mir am Dienstagabend angesprochene Idee nachgedacht?"

Jenny verschluckte sich fast an ihrem Rest Brötchen, das sie noch genüsslich gekaut hatte. Wie sehr hatte sie gehofft, Thomas möge dieses Thema abgehakt haben. „Tja", antwortete sie zögernd. „Ich bin nach wie vor der Meinung, dass eine Selbstständigkeit für mich einfach nichts ist."

„Einen Moment", entgegnete Thomas, sprang heftig auf, griff in eine Schublade des Wohnzimmerschrankes und kam mit einem Stoß von Papieren wieder. „Hier", sagte er stolz. „Ich habe mich genauestens über die formellen Dinge einer Selbstständigkeit als Buchhalter informiert. Und", er legte Jenny einen weiteren Stapel Papiere mit einem handgeschriebenen Blatt obenauf hin, „hier steht genau, was du dann darfst und was nicht."

Jenny fühlte sich wie schon beim letzten Gespräch total überrollt von Thomas. Warum war er von dieser Idee nur so besessen? Konnte es tatsächlich so sein, dass er sie so stark liebte, dass er nur ihr Bestes wollte, überlegte Jenny, während sie zögernd die Informationsbroschüre mit der Aufschrift „Als Bilanzbuchhalter selbstständig? Chancen und Grenzen" aufblätterte.

Jenny dachte daran, dass sie für Roman auch alles getan, ihn aber nie gedrängt oder überfahren hatte. Oder suchte Thomas etwa seinen Vorteil in dieser Aktion? Diesen aufkeimenden Gedanken verbannte Jenny gleich wieder, denn Thomas schien es doch wirklich nur gut mit ihr zu meinen.

„Du meinst wirklich, man sollte nur eine Arbeit unter den Bedingungen ausüben, die man mit Freude akzeptieren kann?", fragte Jenny vorsichtig.

„Ja, davon bin ich fest überzeugt", antwortete Thomas sofort erfreut. Endlich schien Jenny offen für seine Idee. „Auch ich werde nur eine Arbeit annehmen, die mir rundherum zusagt. Nur dann kann man gute Leistungen bringen und ist zufrieden. Und das gilt auch für andere Menschen wie dich!"

Jenny überflog wortlos die Informationsbroschüre. Danach stöhnte sie auf und legte sie ganz weit von sich weg. Sie nahm den Computerausdruck der IHK in die Hand und überflog die Seiten still. Thomas wurde langsam nervös. Ihm war klar, wie Jenny gleich reagieren würde, und hoffte, die richtigen Worte für sie zu finden.

„Thomas, ist dir klar, dass ich als selbstständige Buchhalterin auf einen großen Teil der interessanten Buchhaltungsarbeiten verzichten muss?", platzte Jenny diesmal in einem lauten, verärgerten Ton heraus. „Du hast doch Wirtschaftswissenschaften studiert und müsstest wissen, dass gerade die Bilanzgestaltung, die Abschlussarbeiten und die Ergebnisprüfungen ein wesentlicher Teil des Aufgabenbereiches in der Buchhaltung sind."

Thomas schluckte. So aufgebracht hatte er Jenny nicht häufig erlebt. „Ja, aber dafür ...", wollte er seine Idee verteidigen, aber Jenny ließ ihn gar nicht erst zu Wort kommen. Inzwischen stand sie im Nachthemd vor ihrem

Freund, der zusammengesunken auf dem Stuhl saß.

„Ich dürfte als selbstständige Buchhalterin nur noch stupide Buchhaltungseingabearbeiten erledigen. Der Rest bleibt den Steuerberatern oder kaufmännischen Angestellten vorbehalten."

Thomas hatte es sich so einfach vorgestellt, die sonst leichtgläubige Jenny zu überreden, sich selbstständig zu machen. „Man kann doch auch nicht alles haben. Dafür wärst du selbstständig und selber Unternehmerin. Was glaubst du, wie dein Ansehen bei deinen Freundinnen und deren Freunden und Roman wachsen würde", spielte Thomas seinen letzten Trumpf aus. Ihm war nicht entgangen, dass Jenny bisher nicht so geachtet wurde in ihrer Freundesgruppe und sie gerade bei Roman besonderen Wert auf Anerkennung legte. Jenny zuckte zusammen. Da hatte Thomas doch mehr von ihren Gefühlen zu Roman mitbekommen, als er sollte. Thomas Pokerspiel ging jedoch reibungslos auf.

„Ja, das stimmt wohl", überlegte Jenny und sah schon Romans erstauntes Gesicht vor sich. „Er war immer ein Verfechter der Selbstständigkeit gewesen, hatte aber für sich noch nicht den Mut aufgebracht, diesen riskanten Schritt zu gehen. Was würde er staunen, wenn ich dieses Risiko eingehen würde und erfolgreich wäre!" Jenny setzte sich verwirrt. Ihr wurde glasklar, dass sie für Romans Freundschaft und Anerkennung noch immer fast alles tun würde. Zwei Dinge wurden ihr schlagartig klar: Sie wollte diesen Schritt in die Selbstständigkeit für ihre Liebe zu Roman wagen und sie durfte Thomas nicht heiraten. Ihre Wut auf Thomas verschwand schlagartig und zurück blieb ein sehr schlechtes Gewissen ihm gegenüber.

Er hatte zwar den Stimmungswandel in ihrer Mimik zum größten Teil mitverfolgen können. Ihm war jedoch nicht klar, dass Jenny soeben innerlich die Verlobung zugunsten eines Konkurrenten gelöst hatte. Thomas zweifelte keinen Moment daran, dass sie ihn abgöttisch liebte und ihn nie verlassen würde. Schließlich ließ Jenny alles mit sich machen und hatte bisher nie etwas an ihm auszusetzen gehabt. Er ahnte auch nicht, dass ihre stille, tolerante Art durch ihre Angst vor Auseinandersetzungen begründet war.

„Ob ich mal Stefanie oder meine Eltern frage, was die davon halten?", zuckte in Jenny doch noch Zweifel auf.

„Du weißt doch, dass sie dir immer abraten würden. Sie trauen dir garantiert nicht zu, selbstständig tätig zu werden. Außerdem solltest du etwas alleine ohne den Beistand deiner Eltern oder Freundinnen schaffen. Das wir dir viel mehr Selbstbewusstsein geben. Ich helfe dir auch gerne solange mit dem Organisatorischen, bis ich eine eigene Stelle habe. Sofern du das willst." Thomas bohrte weiter in der Wunde und merkte, wie Jenny bereits nickte.

„Ja, du hast recht. Sie würden mir das bestimmt versuchen auszureden. Ich mache es und zeige ihnen allen, dass ich Mut und Können habe!", motivierte Jenny sich selber und versuchte, ihre im Inneren noch nagenden Zweifel wegzureden.

„OK, wir melden dann nächste Woche das Gewerbe an und ich mache mir Gedanken, wie wir am besten und schnell Kunden bekommen können. Du musst allerdings dann so schnell wie möglich in der Firma kündigen." Jenny erschrak. Sie hatte gar nicht daran gedacht, dass sie dann natürlich ihre jetzige Arbeitsstelle aufgeben und die Firma mit ihren langjährigen Kollegen und Freundinnen verlassen musste. Gerne hätte sie jetzt schon einen Rückzieher gemacht, wollte aber nicht als feige und unbeständig dastehen. Zudem zog noch immer Romans bewundernder Blick an Jennys innerem Auge vorbei. Bald würde sie selber ihre eigene Chefin sein und keine Kollegen mehr haben. Doch es pochten erhebliche Zweifel in ihrem Magen, ob dieser Schritt auch wirklich vernünftig war. Dennoch sprachen Thomas und sie noch den ganzen Tag über ihre zukünftige Tätigkeit in der Selbstständigkeit und ihre Rechte sowie Pflichten. Jenny bewunderte Thomas, der sich äußerst genau und sehr intensiv mit den organisatorischen, rechtlichen und finanziellen Sachverhalten auseinandergesetzt hatte. Dies gab ihr das Gefühl der Sicherheit und des Beschütztseins, so wie Thomas es auch geplant hatte.

Mit einem sehr flauen und traurigen Gefühl in der Magengegend ging Jenny am nächsten Morgen zum Büro ihrer Chefin und Freundin Martina. Als sie anklopfte, hörte sie schon das nette „Herein" und stöhnte bedauernd, als sie die Tür öffnete.

Martina schaute sich überrascht an. „Guten Morgen, Jenny! Was gibt es denn so früh? Ist die Kaffeemaschine defekt oder die Kaffeesahne sauer?", foppte Martina sie.

Jenny blieb ernst und ihr Gesicht verkrampfte sich. Wie würde sie ihre Chefin und die vertraute Umgebung vermissen! Sie holte ihre Kündigung heraus, die fein säuberlich in einem Fensterumschlag geschoben war. Auch Martina wurde ernst.

„Was ist los?", fragte sie nochmals ernsthaft.

Jenny setzte sich auf den Besucherstuhl vor Martinas modernen hellgrauen Schreibtisch. Der kleine runde Zusatztisch, der neben dem Schreibtisch stand, war mit Unterschriftsmappen, Ordnern, Akten und Schriftverkehr überfüllt. Jenny zeigte darauf und sagte beiläufig: „Das bedeutet sicher wieder einige Überstunden für dich!"

„Und ob, aber ich habe ja eine sehr gute Buchhalterin, die sich um die finanziellen Dinge zuverlässig kümmert. Was bin ich froh, dass ich dich habe!" Martinas Stimme klang nicht nach Chefin, sondern nach einer lieben, überarbeiteten Kollegin.

Jennys Kloß im Hals wurde immer dicker. „Es tut mir so leid, aber ich wollte jetzt eigentlich bei dir kündigen!" Nun war es raus!

Martina sprang entsetzt auf. „Nein, warum denn. Hat dich irgendetwas gestört? Klar, Roman arbeitet hier vorerst nicht mehr, das ist sicher traurig für dich. Aber ist das ein Grund, um zu kündigen?"

„Nein, natürlich nicht. Aber Thomas meint … Nein, ich sollte, ähh, will mich selbstständig machen."

„Selbstständig machen, gerade du? Du bist doch mit Leib und Seele Buchhalterin!" Martinas Stimme wurde lauter und ihre Augen waren weit geöffnet. Sie begriff offensichtlich gar nichts. Und Jenny verstand auch nicht mehr so richtig, warum das Selbstständigsein tatsächlich besser sein sollte. Aber das „Gerade du" forderte ihren Wunsch heraus, anerkannt zu werden und nie wieder offen oder versteckt „Das traue ich dir nicht zu" zu hören.

„Ja, gerade ich. Ich liebe die Buchhaltung und habe auch erfolgreich am Bilanzbuchhalterlehrgang teilgenommen und die schwere Prüfung bestanden. Ich will weiterkommen oder auch mal etwas anderes beruflich ausprobieren!" Jenny fühlte sich fast als Kind, das der Mutter erklärt, warum es lieber Gitarre als Flöte lernen möchte.

„Aber es ist doch etwas anderes, eine Prüfung zu bestehen oder sich täglich mit Auftraggebern auseinanderzusetzen und um neue Aufträge zu kämpfen", schüttelte Martina verständnislos den Kopf.

„Am Anfang hilft mir Thomas, mein Freund. Er kann das gut, denn er hat Wirtschaftswissenschaften studiert."

„Jenny, ich denke, du hängst immer noch an Roman. Mach dich nicht zu abhängig von einem Mann. Thomas ist sehr leichtlebig, so wie du ihn immer geschildert hast. Und du gehst mit einer Selbstständigkeit ein großes Risiko ein!"

„Martina, du bist Verwaltungsleiterin – du hast es geschafft, obwohl es auch für dich als Frau nicht einfach war. Ich will jetzt auch versuchen, noch etwas mehr zu erreichen."

Martina nickte und setzte sich. „Ich nehme an, du hast es dir sicher gut überlegt. Es tut mir sehr leid um eine so gute Mitarbeiterin und Freundin. Aber vielleicht kannst und willst du zurückkommen, wenn es doch nicht so gut läuft?"

„Es wird gut laufen, denn ich bin sehr fleißig und auch nicht so ganz schlecht in meinem Bereich", entgegnete Jenny trotzig und sah erleichtert, wie Martina die Kündigung unterschrieb.

„Du hast noch sehr viel Resturlaub", meinte Martina wesentlich kühler. „Und vermutlich auch noch viele Überstunden. Wenn ich so grob hochrechne, wirst du uns in drei Wochen schon verlassen. Dann wird es Zeit, dass wir deine Stelle neu besetzen."

Jenny schluckte und hatte das Gefühl, man hätte ihr nun doch noch einen selbsterbettelten Fußtritt verschafft. Wortlos nahm sie die unterschriebene Kündigung ihrer Chefin und murmelte kleinlaut: „Eine Kopie dieses Schreibens bringe ich dir nachher." Dann schlich sie mit hängendem Kopf und Schultern aus Martinas Büro. Eine Kollegin aus dem Einkauf schaute sich neugierig nach ihr um.

„Wie soll ich bloß als selbstbewusste Unternehmerin auftreten, wenn mich ein solches Gespräch schon niederschlägt", flüsterte sie leise vor sich hin.

„Nimm es dir nicht so zu Herzen. Jeder Chef hat mal seinen schlechten Tag", versuchte die Kollegin auf dem Gang sie zu trösten.

Jenny lächelte nur zurück und versuchte jetzt, möglichst schnell in ihr Büro zu kommen. Kaum hatte sich auf ihren Bürostuhl fallen lassen, läutete auch schon wieder ihr Telefon.

„Hier ist Thomas. Hast du schon gekündigt?"

Jenny verdrehte genervt die Augen. „Ja, habe ich gerade."

„Na ja, an deiner Stimme merke ich, dass es nicht besonders gut gelaufen ist", hakte Thomas skeptisch nach.

„Ja, kann man so sagen. Keiner traut mir zu, dass ich die selbstständige Tätigkeit auch packe. Zudem bin ich doch ziemlich traurig, hier wegzugehen. Es war mein zweites zu Hause mit meinen Freundinnen ...!"

„Und einer absoluten Sicherheit, was am nächsten Tag passieren wird", ergänzte Thomas lachend. „Andere würden dieses Arbeitsleben als fade bezeichnen. Veränderungen sind nie einfach, aber oft nötig und sinnvoll. Wozu hast du dir sonst so viel Mühe bei deiner Bilanzbuchhalterprüfung gegeben, wenn du nicht weiterkommen willst?"

„Komme ich wirklich weiter, wenn ich als selbstständige Buchhalterin keine Abschlussarbeiten mehr erledigen darf?", stöhnte Jenny deprimiert ins Telefon.

„Warte mal ab, wie interessant es für dich wird. Eine Bilanzbuchhalterstelle kannst du dir immer noch suchen, wenn es dir doch nicht gefällt. Ich bin jetzt dein Coach!" Thomas sprach sehr schnell und seine Stimme bebte vor Aufregung.

„Warum ist dir das so wichtig, dass ich mich verändere", fragte Jenny plötzlich zweifelnd.

„Weil ich glaube, dass dies gut und wichtig für dich ist. Zudem profitiere ich dann auch von deiner guten Laute und Freude an der Arbeit."

Jenny freute sich, so umsorgt zu werden und war schon fast wieder vollkommen überzeugt, sich für den richtigen Weg entschieden zu haben.

Dennoch lief ihre Arbeit an diesem Tage schleppend. Obwohl sie glaubte, sich richtig entschieden zu haben, hatte sie ein ungutes Gefühl. Als sie völlig erschlagen, unsicher und zweifelnd die Wohnungstür am Abend aufschloss, hielt ihr Thomas einen riesigen Strauß bunter Blumen entgegen. „Möge dein Leben ab jetzt so bunt und vielseitig sein wie dieser Strauß", lachte er ihr durch die Blumen entgegen.

Sie erwiderte sein Lachen nur halbherzig.

„Und das Beste ist", prahlte Thomas verschwörerisch, „ich habe auch schon den ersten Kunden für dich! Die Firma Braun GmbH im Gewerbegebiet Süd sucht eine vorübergehende Kraft, die die Buchhaltung aufarbeitet, die Belege einbucht und die interne Kostenrechnung aktualisiert. Ihre bisherige Buchhalterin ist inzwischen ein dreiviertel Jahr krank und es blieb vieles liegen. Da ich ihnen zusagte, dass du keinen freien Tag nimmst, und ich sie auch darüber aufklärte, dass du nach Aufarbeiten der Buchhaltung schnell und problemlos wieder verschwindest, erkannten sie doch klar die Vorteile einer selbstständigen Buchhalterin für ihr Unternehmen. Zudem könntest du bei Engpässen gut wieder einspringen, ohne dass die Firma wieder jemanden einarbeiten müsste. Sie wissen, dass du noch kündigen musst und warten solange. Bis dahin kannst du auch noch dein Gewerbe anmelden."

Thomas überschlug sich im Redeschwall fast selber, als ob er einem Feind entfliehen müsste.

„Überzeugend bist du wirklich!", lachte Jenny glücklich darüber, dass ihre berufliche Zukunft letztlich trotz Selbstständigkeit schon wieder in geplanten Bahnen verlief.

Thomas schien tatsächlich eine große Hilfe und Unterstützung zu sein. Gemeinsam organisierten sie den Gewerbeschein in den kommenden Wochen. Jedoch auch Jennys schlechtes Gewissen regte sich: „Danke Thomas, aber hoffentlich bleibt dir bei deinen

Bemühungen für meine Zukunft auch genug Zeit für deine Bewerbungen."

„Mach dir deswegen keine Sorgen. Ich schaffe das schon alles. Wenn ich eine Stelle annehme, bist du schon geübt und erfahren genug, dass ich dich nicht mehr so stark unterstützen muss. Und ich kann bei der Organisation deines Gewerbes nebenbei schon Erfahrungen sammeln!" Jenny nickte erleichtert.

„Ach ja, noch etwas", Thoma stockte kurz. „Ich muss mich noch um die abzuführenden Steuern und Sozialversicherungsbeiträge kümmern."

Jenny schaute erstaunt auf. Thomas hatte wohl schon alles geplant und bedacht. Sie rutschte unruhig auf ihrem Stuhl hin und her. Zum einen gab ihr Thomas' intensive Vorausplanung das Gefühl der Sicherheit, zum andern fühlte sie sich überrollt.

„Das muss ich mir mal genauer anschauen, was in dieser Beziehung auf mich zukommt." Jenny schaute still auf die Gewerbeanmeldung. „Dies ist der oft erstrebte und so risikobehaftete Gewerbeschein!", flüsterte Jenny mit sehr gemischten Gefühlen vor sich hin. Zudem störte sie, dass sie nach der harten, umfangreichen

Bilanzbuchhalterprüfung ihr Gewerbe nun nur noch als „Buchführungshelfer" angemeldet war. Aus rechtlichen einschränkenden Gründen ging es nun leider nicht anders, das war ihr klar. Einen Moment flackerte Andy vor ihr auf mit dem Angebot, gemeinsam den Steuerberaterlehrgang zu machen. War es ein Fehler gewesen, das damals abzulehnen?

„Außerdem", unterbrach Thomas ihre Grübelei, „muss ich dich dann noch bei anderen Institutionen anmelden. Du musst dir noch ein Firmenkonto anlegen und ich bräuchte dann auch die Berechtigung, da die Bescheinigung manchmal auch etwas kosten können."

„Ich möchte auch gerne Überblick über die notwendigen Schritte haben", wagte Jenny einzuwenden. „Vielleicht sollte ich doch das eine oder andere selber machen. Schließlich trage ich auch die Verantwortung", gab sie zu bedenken.

Thomas Gesicht verfinsterte sich zunehmend „Ich werde dich über jede Anmeldung und jeden Schritt informieren. Ansonsten solltest du dich in erster Linie um deine Kunden kümmern", herrschte er sie unwirsch an.

„Aber ich weiß momentan überhaupt nicht, was für den Start eines Gewerbes nötig ist und ich fühle mich so unsicher dabei." Jennys Selbstbewusstsein schwand von Minute zu Minute.

„Dafür bin ich ja da. Wenn alles erst in geordneten Bahnen läuft, kannst du dir alles in Ruhe ansehen", versuchte Thoma sie zu beruhigen.

Sie fühlte sich nicht mehr wohl in ihrer Haut und bedauerte bereits an diesem Abend ihre Entscheidung zur Selbstständigkeit. Leider fand sie nicht den Mut, die Kündigung rückgängig zu machen. Sie befürchtete, dass die Kolleginnen und ihre Chefin ihr dann gar nichts mehr zugetraut hätten. So fügte sie sich in die Gegebenheiten und hoffte das Beste. Wenn sie nur nicht ständig Romans Stimme im Ohr gehört hätte; „Jenny, lass es. Das läuft jetzt schon irgendwie schief. Gehe bitte kein Risiko ein, was du nicht tragen kannst."

Leider stellte sich nach ein paar Tagen heraus, dass sich die Bevormundung von Thomas auch auf ihre Beziehung auswirkte. „Ich verstehe dich nicht mehr. Ich tue alles für dich und dein Leben und zu ziehst dich immer mehr zurück. Du bist häufig mürrisch, redest nicht mehr viel mit mir und ziehst dich im Bett völlig zurück. Wenn sich eine andere Freundin bei mir so verhalten würde, käme ich auf den Gedanken, dass sie einen anderen hat. Aber über deine Undankbarkeit bin ich nicht gerade glücklich. Ich weiß nicht, ob wir in solch einer Beziehung überhaupt heiraten sollten."

Jenny merkte deutlich, dass er sie nur unter Druck setzen wollte, aber sie war dennoch zutiefst gekränkt. Sie hatte den Eindruck, mit der Kündigung ihrer Arbeitsstelle nicht wirklich selbstständig geworden zu sein, sondern nur den Ort der abhängigen Beschäftigung gewechselt zu haben.

„Es ist nichts. Ich bin einfach nur etwas krank – vermutlich eine hartnäckige Erkältung", versuchte sie Zeit zu gewinnen. Sie wollte vor Roman nicht als Single dastehen, falls doch noch mal ein Kontakt entstände. Liebe oder sogar Zuneigung empfand sie für Thomas nicht mehr. Zudem hatte sie Angst, mit der Organisation in ihrer Selbstständigkeit plötzlich alleine dazustehen und es nicht mehr zu schaffen.

So tauchte sie am Montag nach den drei Wochen Kündigungszeit pflichtbewusst in der Fa. Braun GmbH auf, wo ihr Verlobter sie hinvermittelt hatte. Sie merkte schnell, dass eine Tätigkeit in Selbstständigkeit sich erheblich von einer Angestelltenstellung unterschied. So hatte es Roman auch immer beschrieben. Sie durfte kaum mit den anderen reden, sollte im Akkord arbeiten und musste für jede Pause kämpfen und sich rechtfertigen. Zudem erwartete man von ihr Leistung und die Arbeitszeit war unwichtig für den Auftrageber. Es machte ihr zwar Spaß, nur brachte Jenny nicht die Selbstsicherheit und Frechheit mit, sich vor Ausnutzung zu schützen. So kam sie spät abends immer müder nach Hause und war nicht in der Lage, die nur etwas höheren Einkünfte zu genießen. Thomas blühte dagegen auf. Er telefonierte die Telefonrechnung hoch und besorgte Jenny nach ein paar Wochen schon einen zusätzlichen Wochenendauftrag. Jenny war zu erledigt, um sich mit Thomas noch auseinanderzusetzen. Leider ahnte sie nicht, wohin das führte.

Als sie mal wieder ziemlich geschafft von der kurzen Nacht, den arbeitsreichen Tagen und der langen Wochenendarbeit im Büro ankam, tuschelten einige Angestellte auf dem Gang und schauten sie dabei lachend an. Jenny hatte das sichere Gefühl, ausgelacht zu werden, fand es aber unpassend, es als Fremdarbeiterin offen anzusprechen. Inzwischen zeigte eine der drei Frauen sogar mit dem Finger auf sie. Beherzt mit der letzten ihr noch gebliebenen Kraft ging Jenny doch hinüber und fragte: „Was ist denn los? Stimmt etwas mit mir heute nicht?" Leider kam die Frage viel kleinlauter heraus, als Jenny es geplant und gewünscht hatte.

„Ihr Chef sitzt beim Abteilungsleiter. Wir dachten, Sie sind selbstständig?"

„Mein Chef? Das muss ein Irrtum sein. Ich bin selbstständig, wie sie schon sagten!" Die drei Frauen kicherten weiter. Jenny fühlte sich wieder als Versagerin. Sie steuerte zielsicher auf das Büro des Abteilungsleiters zu und sah, dass es einen Spalt offenstand. Also hatten die netten Damen gelauscht. Aber was sollten sie denn gehört haben? Vor der Tür stoppte auch Jenny und wollte erst einmal einen kleinen Blick in das Büro erhaschen, um vorbereitet kontern zu können.

„Sie sind also zufrieden mit meiner Mitarbeiterin?", hörte sie eine männliche, gut bekannte Stimme. „Könnte sie vielleicht etwas verbessern? Das wäre sicherlich kein Problem." Jenny stockte der Atem. Es konnte unmöglich um sie gehen!

„Frau Schneider ist ein wenig ruhig, aber als Buchhaltungsgehilfin ist das nicht so hinderlich. Vielleicht könnten Sie ihr nur sagen, sie solle sich bitte ein wenig mehr mit den anderen absprechen."

„Ja, wissen sie, Jenny, äh, Frau Schneider arbeitet wirklich sehr gerne in der Buchhaltung bei Ihnen, aber sie ist immer so vertieft in die Arbeit. Aber ich spreche mit ihr. Wenn Sie ansonsten arbeitsmäßig mit ihr zufrieden sind, dann wäre jetzt eine Erhöhung des Stundensatzes, den Sie zahlen, sicher angemessen! Schließlich stellen wir Ihnen eine inzwischen eingearbeitete und hochqualifizierte Buchhaltungsfachkraft zur Verfügung."

Jenny reichte es inzwischen. Längst hatte sie Thomas Stimme erkannt und hörte nur noch seine Arroganz. Sie trug die viele Arbeit, die Verantwortung und er erntete gerade die Früchte ihres Schweißes.

„Entschuldigung", platzte Jenny herein. „Herr Doring ist noch nicht einmal Angestellter meines Gewerbes und sie besprechen arbeitsbezogene Dinge mit ihm, die nur mich als ihr Vertragspartner betreffen." Jennys Stimme strahlte Wut und erstaunlicherweise Kraft aus. „Er ist lediglich mein Freund, der mir gelegentlich ganz privat bei der Organisation hilft. Leider habe ich das zugelassen." Bollerte Jenny weiter.

„Oh, Entschuldigung", reagierte der Abteilungsleiter äußerst verwirrt. Er war aufgestanden und schaute hilfesuchend Thomas an, der jedoch eingeschüchtert auf den Boden schaute. Er hätte niemals damit gerechnet, dass sein Chefgehabe Jenny überhaupt auffallen würde. Er wollte Jenny eigentlich erzählen, dass ihr Auftraggeber bei ihm im Büro angerufen und ein Wort dann das andere ergeben hätte.

„Sie konnten das natürlich nicht wissen – schließlich bin ich vermutlich etwas zu ruhig für eine Selbstständige! Das sagten sie doch vorhin, oder nicht?" Jenny schaute den Abteilungsleiter kampfeslustig in die Augen. Der Abteilungsleiter wand sich und suchte nach einer Antwort, doch Jenny sprach schon weiter: „Wie auch immer. Sollte das Gespräch jedoch weitergeführt werden, dann bitte ausschließlich mit mir!", rief sie entschieden und der Abteilungsleiter nickte verlegen.

„So Thomas, wir unterhalten uns jetzt kurz draußen", zischte Jenny. Thomas war folgte kommentarlos. „Machen wir es kurz, sonst platze ich hier noch vor allen", sagte Jenny laut und sehr scharf. „Die Verlobung habe ich somit gelöst, ebenso die Freundschaft. Ich brauche einen Freund, dem ich vertrauen kann und der nicht hinter meinem Rücken mein Zuhälter spielt. Du wirst ab sofort keinen Finger mehr für meine Firma rühren. Ich entziehe dir alle Vollmachten ab sofort. Weiterhin wirst du ausziehen. Der Rest wird heute Abend besprochen." Jenny glaubte nicht, dass sie es war, die so entschieden gesprochen hatte. Es tat ihr unendlich gut, die aufgestaute Wut herauszulassen. Die Kolleginnen hatten leider die Auseinandersetzung mitbekommen, schauten Jenny aber nur mit großen Augen an. Sie lachten nicht mehr! Thomas drehte sich um und ging mit eingezogenem Kopf weg. Jenny bedauerte nicht ein Wort von dem, was sie gesagt hatte.

An diesem Tag kam sie sehr spät nach Hause. Sie hatte erstaunlich motiviert gearbeitet und einen großen Teil ihrer Arbeiten erledigt. Sie wollte das Gespräch mit Thomas nicht mehr. Für sie war die Angelegenheit plötzlich klar, als ob jemand einen dunklen Schleier weggezogen hatte. Ihr war sehr bewusst, dass sie sich so unsicher verhalten hatte, dass sie tatsächlich niemand ernst nahm. Ob das auch der Grund für Roman war, sich gegen sie zu entscheiden, ging es ihr durch den Kopf. So richtig ernst hatte sie eigentlich nur Andy genommen. Wahrscheinlich auch nur wegen ihrer guten Leistungen im Lehrgang.

Zögernd schloss Jenny die Wohnungstür auf, wohlwissend, dass Thomas sicher auf sie warten würde. Sie stöhnte, als sie ihn erblickte, in seiner Hand einen Strauß roter Baccararosen. Sie dachte an das Gespräch zwischen ihm und dem Abteilungsleiter und ihre Wut kochte erneut gefährlich über.

„Behalte deine Rosen", fauchte sie ihn an. Sie zog schwungvoll ihren kleinen Diamantring vom Finger. „Und den Verlobungsring kannst du auch gleich einstecken." Sie wollte nur noch Ruhe und schämte sich, seine Bevormundung so lange mitgemacht zu haben.

„Aber Jenny, verstehst du denn nicht, warum ich heute so mit deinem Abteilungsleiter gesprochen habe?"

„Ja sicher verstehe ich das. Du willst nicht hart im eigenen Job arbeiten, sondern dich lieber mit fremden Lorbeeren schmücken."

„Ja, aber ..."

„Nichts, aber …!", brüllte Jenny dazwischen. Sie konnte sich nicht erinnern, jemals so aufgebracht gewesen zu sein. „Ich schufte hier viel mehr als früher, trage das Risiko der Selbstständigkeit und du spielst dich als Chef des Ganzen auf. Ich habe auch schon gesehen, dass du dir sogar mit dem Vermerk ‚Aushilfe' Geld vom Firmenkonto abgehoben hast. Da staunst du, was? Wann wolltest du mir das eigentlich mal sagen?"

„Aber ich arbeite doch auch sehr viel für dich, da steht mir eine geringe Vergütung auch zu."

„Warum hast du dir nicht gleich mehr genommen, da du dich ja als Organisator und Chef hier fühlst?" Jenny drehte sich um. Sie wollte heute nur noch etwas essen und dann ins Bett gehen. Sie musste noch verdauen, wie kindisch und unselbstständig sie sich in der Vergangenheit benommen hatte.

„Ich habe mit deinem Abteilungsleiter so gesprochen, um mehr Geld für deine gute Arbeit herauszuschlagen."

„Ja klar, ich schaffe das ja allein nicht ohne dich! Da muss schon ein Mann her!" Jennys Stimme wurde immer schriller.

„Leider ist es so, dass es noch immer besser wirkt, wenn ein Mann Leiter ist und die

Verhandlungen führt. Ich wollte dir doch wirklich nur helfen."

„Dann verzichte ich zukünftig sehr gerne auf deine Hilfe!" Jenny fing an zu schwitzen. „Jetzt ist mir endlich klar, warum du so auf meine Selbstständigkeit bestanden hast. Reiner Eigennutz und keineswegs Fürsorge!"

„Wie soll es denn jetzt mit uns weitergehen?" Thomas versuchte es nun auf dieser Schiene, in der Hoffnung, Jenny würde die Trennung von ihm doch sehr schwerfallen. Er konnte sich einfach nicht vorstellen, dass sie plötzlich so hart und sich selbst gegenüber rücksichtslos durchgriff.

„Hast du das nicht verstanden? Es ist aus! Du gibst mir den Wohnungsschlüssel zurück und das war es dann! Suche dir lieber eine geeignete Arbeitsstelle, als andere für dich arbeiten zu lassen!" Jenny nahm ihre Tasche, ihre Jacke und knallte die Wohnungstür hinter sich zu. Wenn sie zu Hause bliebe, würde es zu endlosen Diskussionen führen.

Sie ging in die nächste Kneipe, in der sie Thomas damals kennengelernt hatte, und bestellte sich ein Bier. Nach jedem Schluck wurde sie ruhiger und müder. Wohin sollte sie bloß jetzt? Sie bezahlte, verließ die Kneipe und schlenderte durch die Straßen. Nach einer

Stunde bemerkte sie, dass sie sich kurz vor dem Haus von Stefanie und Roland befand. Wie lange hatte sie von den beiden nichts mehr gehört? Als Ute mit Roman nach Amerika ging und Stefanie das Baby bekommen hatte, brach der Kontakt auch etwas ab. Das letzte Treffen war die Taufe von Stefanies Sohn Florian vor ungefähr einem Jahr. Jenny war zwar Taufpatin, aber zu sehr mit ihrer Arbeitsstelle, Thomas, ihrem Lehrgang und zuletzt der Selbstständigkeit beschäftigt gewesen. Sie schaute zögerlich auf die Uhr: Es war kurz nach 21.00 Uhr. Sie nahm ihr Handy aus der Tasche und wählte die Kurzwahltaste mit Stefanies Telefonnummer.

„Ja, hallo!", meldete sich eine völlige erschöpfte Stefanie.

„Ah, Entschuldigung Stefanie. Ich bin's Jenny. Ich stehe fast vor eurem Haus und dachte so an dich und ...", stotterte sie herum.

„Ja klar kannst du hereinkommen!", freute sich Stefanie gut hörbar. „Aber klingele bitte nicht, sonst wird Florian wieder wach. Das Baby hört jedes Knacken. Ich komme eben zur Tür!"

Jenny ging langsam auf die noch geschlossene Haustür zu. Sie war in Gedanken und schüttelte plötzlich den Kopf. Wie hatte sie ihre jahrelangen Freundinnen nur wegen eines unzuverlässigen und egoistischen Freundes vernachlässigen können! Sie hatte wegen Thomas und ihrem Spleen, Roman zu zeigen, was sie beruflich zustande bringt, ebenfalls ihre Freundinnen fallengelassen. So schnell verletzte man andere, indem man nur auf sein eigenes Ziel fixiert ist, stellte sie erstaunt fest.

„Ute muss ich auch mal schreiben", sagte sie halblaut vor sich in als Stefanie gerade die Haustür aufmachte.

„Was?", fragte Stefanie verwirrt.

„Wie geht es dir?", fragte Jenny statt einer Antwort zurück. Erschrocken stellte sie fest, dass sich schon wieder ein Bäuchlein trotz Stefanies sonst sehr schmaler Figur hervorwölbte. Stefanie hatte dunkle Augenränder und wirkte übermüdet.

„Tja, mein erstes Kind, Florian, ist jetzt elf Monate alt und schläft ganz schlecht. Und in der Zeit, in der er schläft, trampeln meine Babys im Bauch", lachte Stefanie.

„Du bist wieder schwanger? Babys? Mehrere?", stieß Jenny aus.

„Ja, gleich zwei. Na dann ist die Familienplanung jedenfalls erledigt.

„Wow!", brachte Jenny nur noch heraus. „Aber freust du dich?", fragte sie neugierig.

„Klar", sagte Stefanie, aber ich habe immer für meinen Erfolg und meinen Beruf gelebt. Und jetzt bin ich bald jahrelang aus dem Arbeitsalltag heraus. Mein Mann verdient sehr gut, wie du weißt, und wir haben eine Putzfrau und auch ein gutes, liebes Kindermädchen. Aber als schwangere Frau bekommt kann keine Teilzeitstelle und als Frau mit drei Babys erst recht nicht mehr", sprudelte Stefanie heraus. Sie konnte ihren Mitteilungsdrang kaum stoppen.

„Du hast wohl zur Zeit nicht viel Kontakt zu anderen Frauen?", mutmaßte Jenny daher vorsichtig.

„Höchstens mal in der Krabbelgruppe. Diese Frauen sind richtige Mütter und Hausfrauen. Über eventuelle Arbeitswünsche wird dort natürlich nie gesprochen", sagte Stefanie sehr traurig. „Aber was machst du so?", lenkte sie schnell von ihren Problemen ab. „Du bist doch wohl nicht schon verheiratet und hast uns nicht dazu eingeladen?", flappste sie, während sie Jenny einen Cappuccino aus ihrem irre teuren Kaffeeautomaten brachte.

Jenny saß auf einer weißen Ledercouchgarnitur und wagte gar nicht, sich richtig zu bewegen. Sie wunderte sich sehr, warum diese Couch noch immer trotz dem Baby so fleckenlos weiß war. Bei ihr hätte eine solche Couch binnen ein paar Wochen schon ein Dalmatinermuster in verschiedenen Schattierungen.

Nachdem Jennys Bewunderung für diese helle, saubere und erstaunlicherweise auch noch äußerst bequemen Couch abgeflacht war, meinte sie zu Stefanie: „Ich bin etwas erstaunt über deinen Wunsch, zu arbeiten. Klar, du warst immer die Fleißigste und Ehrgeizigste, aber ich dachte eigentlich, dein Kind und der Haushalt würden dich jetzt genauso voll ausfüllen wie vorher die Arbeit?"

„Was für eine Fließbandarbeit ist der Haushalt und sogar die Kinderversorgung! Die Mutter wird immer als glückliche und ausgefüllte Frau dargestellt, wenn sie ein Baby auf dem Arm hat und einen Mann versorgen darf!" Stefanie war vor Entrüstung und Ärger aufgesprungen.

Ups, dachte Jenny. Die Couch war zwar makellos, dafür zeigte jedoch die einfache Kleidung von Stefanie helle und dunkle Flecken.

„Kind wickeln, Kind füttern, mit Kind spielen, zwischendurch mal kurz den

Haushalt sehr sauber halten, denn sonst schadet es ja dem Kind und man ist keine gute Mutter mehr. Mittags für den Mann kochen, der nur eine kurze Mittagspause macht. Nachmittags im Prinzip dasselbe. Am Abend sitze ich dann vor dem Fernseher, völlig erschlagen. Da ich wieder schwanger bin, darf ich noch nicht einmal mal Wein trinken, was entspannen würde. Und in der Nacht schreit dann wieder das Kind."

Jenny nickte. Stefanie nahm dies zur Aufmunterung, ihre Unzufriedenheit weiter zu erklären. „Letztlich fühle ich mich nur noch als Putzfrau und die Arbeit ist nie wirklich erledigt, da sofort wieder neue anfällt. Ich liebe mein Kind, nicht dass du mich falsch verstehst. Ich wünsche mir auch die nächsten zwei, aber irgendwie muss es doch auch noch mehr als Kochen, Saugen und Po-Abwischen geben. So gelegentlich ein paar Stunden wäre ich gerne wieder in meinem alten Leben und würde ‚normal' arbeiten und mich über völlig andere Dinge als Haushalt und Kinder unterhalten!"

Jenny nickte erneut. Wie sehr hatte sich die Situation von Stefanie verändert, ihr ganzes Leben. Ebenso wie das Leben von Jenny. Was mochte wohl Ute mit Roman in den USA erleben? Wie gut konnte sie doch Stefanie verstehen, denn auch Jenny würde auf ihre Arbeit auch nicht verzichten wollen.

„Ich kann mir vorstellen, dass das Selbstbewusstsein sehr leidet, wenn man nur zu Hause sitzt und seine beruflichen Fähigkeiten verkümmern", dachte Jenny laut.

„Richtig!", freute sich Stefanie. „Nun habe ich mich richtig ausheulen können und jetzt erzähl mir mal von dir! Wie klappt es mit Thomas und wann heiratet ihr? Was macht die Arbeit in der Buchhaltung?" Stefanie war richtig aufgeblüht.

„Kurz gesagt: Mit Thomas habe ich heute Schluss gemacht. Und in der Buchhaltung arbeite ich noch, aber als selbstständige Buchhaltungsgehilfin."

„Nur eine Gehilfin in der Buchhaltung? Das hört sich nicht gut an! Du hast doch immer so gerne die komplette Buchhaltung betreut!"

„Ja, da habe ich mich wohl auf den falschen Weg bringen lassen", stöhnte Jenny und erzählte Stefanie die ganze Geschichte ausführlich.

„Ich kann dir gerne auch mal helfen, jetzt wo Thomas abgesprungen ist", bot sich Stefanie an. Ihre Augen glänzten. „Natürlich ohne Aushilfsgehalt und in die Geschäftsführung mische ich mich bestimmt auch nicht ein. Ich dachte, ich könnte vielleicht versuchen, auch mal nach neuen Aufträgen zu schauen. Oder Briefe für dich schreiben oder Erledigungen übernehmen." In Stefanie kehrte eine sichtbare Kraft zurück und sie setzte sich plötzlich kerzengerade hin.

Jenny stockte kurz und lachte dann erleichtert auf. „Das ist es! Ich hatte schon befürchtet, alles jetzt alleine machten zu müssen. Und da ich den ganzen Tag arbeite, ist es oft schwierig, Erledigungen noch geregelt zu bekommen."

Stefanie war aufgeregt aufgestanden.

„Aber natürlich wirst du auch eine Vergütung bekommen. Ich verdiene langsam immer besser und wir werden dich ganz offiziell anmelden. So mit Berufsgenossenschaft und Aushilfsgehalt und so." Jenny war auch ganz begeistert von dieser Idee.

„Du kannst das Meiste sowieso von dir zu Hause erledigen wie Telefonate und Botengänge. Den Rest regeln wir noch. Ab wann willst du beginnen?"

„So bald wie möglich. Wie wäre es mit kommendem Montag?", strahlte Stefanie.

Jenny sah in ihr wieder die alte Kraft und Motivation auflodern, die sie immer so an ihr geschätzt hat. „Tja, dann habe ich gleich schon eine Aufgabe für dich! Entwerfe einen dir passenden Vertrag und regle die organisatorischen Dinge für die Einstellung einer Aushilfe."

„Toll, in meiner letzten Stelle als Sekretärin habe ich schon etwas Erfahrung in diesem Bereich gesammelt, Chefin Jenny!" Beide Frauen lachten und nahmen sich sehr herzlich in den Arm.

Jenny kam erst nach Mitternacht wieder nach Hause. Wie erwartet war Thomas noch immer da, schlief jedoch selig in der sicheren Gewissheit, Jenny doch noch im Laufe der Zeit umstimmen zu können.

Als Jenny am nächsten Morgen am Frühstückstisch erschien, meinte sie kühl: „Wir müssen jetzt schnell die Trennung organisieren. Im Übrigen will ich nochmals klar machen, dass du ab sofort nicht mehr berechtigt bist, irgendeine Tätigkeit für mein Gewerbe vorzunehmen. Die Bank ist bereits per Mail schriftlich benachrichtigt dass du keinen Zugriff mehr auf mein Konto hast."

„Überlege es dir lieber noch mal, Jenny. Ich verstehe, dass du zurzeit sehr gestresst bist und deine Nerven blank liegen. Das wird sich jedoch ändern, wenn alles ein bisschen eingelaufen ist. Und du brauchst dringend jemanden, der dir während deiner Arbeitszeit Erledigungen beispielsweise bei Ämtern oder auch Briefe, Bankangelegenheiten oder die Auftragsbeschaffung abnimmt. Das kannst du unmöglich während deiner Arbeitszeit bei den Kunden erledigen." Seine Augen fingen hoffnungsvoll an zu strahlen, als er bemerkte, dass Jenny ihm zunickte. Er lehnte sich siegessicher zurück. Letztlich würde Jenny doch nachgeben, sie brauchte ihn und kam alleine doch nicht zurecht.

„Du hast vollkommen recht!", bestätigte Jenny. Sie machte eine lange Pause und genoss den Moment ihrer Macht und Rache. „Aber ich habe gestern für diese Arbeiten eine sehr zuverlässige Aushilfe offiziell eingestellt. Sie kann schon am Montag anfangen."

Thomas kippte fast vom Stuhl und sein Mund klappte auf. Sein Gehirn war leer und ihm fiel nichts mehr ein, womit er sie noch hätte überzeugen können. Schlagartig wurde ihm klar, dass Jennys Beenden der Freundschaft und der betrieblichen Zusammenarbeit tatsächlich überlegt und endgültig war. Sein Plan war nicht aufgegangen. Er hatte Jenny ganz offensichtlich unterschätzt und nicht ernst genug genommen.

Jenny drehte sich an der Tür nochmals um. „Ich weiß sehr genau, was du wolltest. Du willst nicht woanders arbeiten, weil du zu faul bist und dich nicht unterordnen willst. Dein Plan war es, mich als kleine graue Maus für dich arbeiten zu lasen und den Chef herauszuspielen. Nach und nach hättest du dir vermutlich ein Chefgehalt zugestanden und hättest so offiziell eine angesehene Arbeit als Chef gehabt, die deiner Faulheit entgegenkam. Leider habe ich dies erst langsam realisiert, aber noch nicht zu spät, um genau das zu verhindern."

Jenny ließ mit diesen Worten die Tür ins Schloss fallen. Thomas erschrak, denn dieser unangenehme Knall ließ seinen sorgfältig geplanten Traum zerplatzen.

Thomas war nach diesen abschließenden Worten von Jenny ganz klar, dass ein Gespräch mit ihr keinen Sinn mehr hatte. Ein Anruf in seiner alten Studentenwohngemeinschaft bestätigte ihm, dass sein ehemaliges Zimmer noch leer war, da sie keinen passenden Nachmieter gefunden hatten. Ihm war es unendlich peinlich, zuzugeben, dass es zwischen ihm und Jenny nicht so funktioniert hatte, wie er es sich vorgestellt hatte. Stattdessen musste er als bittstellender Single wieder mit seinen Ex-Mitbewohnern Kontakt aufnehmen. Aber er war sich sicher, Jenny und dieses herrliche Leben zurückzubekommen. Thomas hatte Geduld und war sich noch immer sicher, dass Jenny früher oder später kippen würde und auch nicht alleine bleiben wollte. Er musste sich nur ein wenig zusammenreißen und könnte Jenny dann sicher wieder auf seine Seite ziehen.

Schon wieder mit sich und der Welt halbwegs zufrieden räumte er seine wenigen persönlichen Dinge in sein Auto und nahm danach einen Zettel und Stift aus der Küchenschublade. Es fiel ihm nun doch schwer, diesen Abschiedsbrief an sie zu formulieren. Er musste Jenny die Endgültigkeit ihrer Forderung zeigen und sollte Bedauern in ihr wachrufen. „Liebe Jenny", begann er daher den Abschiedbrief zögernd: „Du hast mit allem Recht, was du gesagt hast. Ich wollte deine Fähigkeiten und deinen großen Fleiß nutzen, um mir ein gutes Leben zu ermöglichen. Dabei habe ich mir eingeredet, auch nur das Beste für dich zu wollen. Ich weiß, dass bei Frauen dieselbe Verhaltensweise als klug und keinesfalls verwerflich angesehen wird. Dein Verlobter (ich!) hätte dir zeigen müssen, dass er für dich sorgen und dir auch beruflich helfen kann. Ich habe tatsächlich das Beste versucht und offensichtlich dabei versagt. Aber ich habe nie aufgehört, dich wirklich zu lieben. Jetzt kann ich nur noch deinem letzten Wunsch nachkommen und deine Wohnung endgültig verlassen. Der Schlüssel hängt am Schlüsselbrett und die Tür ziehe ich nur noch ins Schloss. Ich werde wohl wieder in meine alte WG ziehen müssen und hoffe, dass das Zimmer noch frei ist!" Thomas nickte selbstgefällig. Mitleid erzeugen und Dramaturgie waren bei Frauen und vor allem bei Jenny immer Erfolg versprechend. Er schrieb weiter. „Jetzt suche ich mir erst einmal intensiv eine Arbeitsstelle! In Liebe, Thomas!"

In der Hoffnung, dass wenigstens dieser Brief ein schlechtes Gewissen in Jenny wachrufen würde, legte er den Zettel auf den Küchentisch. Daraufhin verließ er ziemlich siegessicher die Wohnung und zog sehr entschlossen die Wohnungstür hinter sich zu. „Bald bin ich wieder hier", grinste er die Tür noch verschwörerisch an.

Jenny konnte dagegen ihrem Glück kaum trauen, als sie an diesem Abend sehr spät, aber noch immer die Trennung wünschend, nach Hause kam. Voller Überraschung und Ärger las Jenny den Abschiedsbrief von Thomas. Sie war unendlich erleichtert, dass er die Trennung erst einmal akzeptiert hatte. Andererseits spürte sie, dass Thomas sich nicht so richtig schuldig, sondern eher ungerecht behandelt fühlte. Jenny kochte sich in Ruhe einen Cappuccino und setzte sich aufstöhnend an den Küchentisch. Wäre eine Zukunft mit Thomas für sie tatsächlich noch denkbar? Sie schüttelte entschieden den Kopf. Zurzeit wollte sie lieber alleine sein, Roman vergessen, mit Stefanie zusammenarbeiten und die Enttäuschung von Thomas verarbeiten. Was später einmal sein würde, wusste sie jetzt noch nicht. Sie stellte ihre ausgetrunkene Tasse in die Spüle, machte das Fernsehen an und genoss sehr erleichtert die Ruhe und den Frieden an diesem Abend. Sie fühlte sich sehr stark.

Eine Woche später, als Stefanie gerade wieder Jennys Wohnung betreten hatte, um ihre täglichen Aufträge abzuholen, meinte Jenny zu ihr: „Seit du meine organisatorischen Dinge hier erledigst, klappt es besser als jemals zuvor. Hier gebe ich dir meine

Wohnungschlüssel. Dann kannst du selber an mein Faxgerät und die Ordner des Gewerbes und musst nicht immer warten, bis ich mal wieder zu Hause bin."

Stefanie freute sich sehr über das Vertrauen, das Jenny ihr entgegenbrachte. Auch Jenny fühlte sich gut. Endlich war sie nicht mehr die Kleine und Dumme bei ihrer Freundin, sondern jemand, die ernst genommen wurde und den Ton angab.

„Super", freute sich Stefanie. „Im Übrigen habe ich neue Auftraggeber, die dich für ihre Buchhaltung benötigen würden. Deine gute und zuverlässige Arbeit spricht sich schnell herum."

Jenny war richtig erschrocken. „Das kann ich nicht mehr leisten! Ich komme abends vor 23.00 Uhr sowieso kaum noch nach Hause und arbeite auch fast immer am Wochenende!" Halb erschlagen, halb erfreut ließ sich Jenny in ihren gemütlichen Fernsehsessel plumpsen.

„Dein Verdienst wird immer besser, von Auftrag zu Auftrag", ließ Stefanie nicht locker.

„Nun sag schon, worauf willst du denn hinaus", lachte Jenny. Sie konnte sich bei Stefanie absolut sicher sein, dass ein Vorschlag von ihr nie zum Nachteil von Jenny war.

„Tja, du wirst wohl Mitarbeiter einstellen müssen."

„Ich und Mitarbeiter?"

„So sieht es aus!", stöhnte auch Stefanie. „Und nun kommst das Schönste: Ich kann sie zwar koordinieren. Aber einführen und fachlich überwachen musst du schon. Ich bin keine Buchhalterin."

„Nee, ich arbeite lieber und will keinen überwachen", damit war für Jenny diese Angelegenheit erledigt.

Aber Stefanie bohrte weiter: „Da ist sie wieder!"

„Wer ist wieder da?" Jenny ahnte, was kommen könnte.

„Das kleine graue Mäuschen. Du bis eine super Kraft, hast dich selbstständig gemacht, deine ungesunde Beziehung konsequent beendet und traust dich nicht, anderen die Chance zu geben, unter einer fairen und kompetenten Chefin zu arbeiten. Nämlich dich!"

Jenny schluckte diesmal ernst. „Ja, dann müsste ich weniger arbeiten und mehr kontrollieren, einarbeiten, übergeben und aushelfen!"

„Bingo!", sagte Stefanie. „Und wenn ich ausfalle, weil ich meine beiden Kinder bekomme, kannst du vielleicht selber einen Teil der Organisation erledigen, weil du Mitarbeiterinnen hast, die für dich arbeiten."

Jenny nickte. „Das hört sich tatsächlich sehr vernünftig an!"

„Gut!", sagte Stefanie entschieden. „Heute habe ich etwas länger Zeit. Florian ist bei meinen Schwiegereltern. Ich setze dann mal ein entsprechendes Stellenangebot auf und schaue, wie ich es kostengünstig veröffentlichen kann. Du musst nur die Anforderungen genau bestimmen. Dann rechne ich hoch, ob wir mit einer neuen Kraft hinkommen. Heute Abend mache ich dir einen Vorschlag." Stefanie war schon vertieft in der Organisation.

„Du bist ja schlimmer als jeder Buchalter", lachte Jenny. „Aber ich gehe jetzt. Ach ja, vergiss bitte nicht, mir Utes Anschrift in Amerika mitzubringen. Kannst du mir auch zumailen. Ich möchte ihr doch mal schreiben und unsere alte Fehde endgültig bereinigen." Und auch wissen, was Roman so macht, fügte sie in Gedanken unfreiwillig hinzu. Sie konnte sich diesen Mann einfach nicht aus dem Kopf schlagen. Was würde er wohl zu ihrer beruflichen Entwicklung sagen? Nun hatte sie sogar bald noch eigene Angestellte und war

Arbeitgeber. Ein richtiger kleiner eigener Betrieb! Das war eigentlich immer Romans Traum gewesen, den er ihres leider nicht mehr auf dem neuesten Stand befindlichen Wissens bis heute nicht verwirklicht hatte.

Zwei Wochen später konnte die neue Buchhalterin, die Jenny und Stefanie zusammen ausgesucht hatten, ihren Dienst beginnen. Es hatte Jenny einiges an Überzeugungskunst gekostet, dass die Auftraggeber auch eine andere Kraft als sie selber akzeptierten. Sie sicherte jedoch zu, dass die Mitarbeiterin hochqualifiziert sei und sie selber die Arbeit überwachen und in krankheits- oder urlaubsbedingten Fehlzeiten persönlich einspringen würde. Jenny hatte großes Glück, dass die neue Angestellte fleißig sowie umgänglich war und sehr gewissenhaft arbeitete. Jenny war aufgrund ihrer Selbstständigkeit kaum noch zu Hause, aber sehr zufrieden mit ihrem Leben. Vor allem hatte sie sich eine gehörige Portion Selbstbewusstsein erkämpft.

An einem ruhigen, mal arbeitsfreien Sonntagnachmittag kramte sie ihr altes, ein wenig vergilbtes Briefpapier mit antiken Röschen bedruckt, aus der hintersten Ecke ihres Sekretärs. Sie nahm ihren Füller zur Hand und war im Grunde erstaunt darüber, dass die Tinte noch nicht ausgetrocknet war. So begann sie den Brief:

„Liebe Ute, leider war ich bisher schreibfaul und hatte sehr viel zu tun. Halt die üblichen Erklärungen, wenn man eine Brieffreundschaft nicht pflegt. Ich hoffe sehr, dir geht es gut und du bist zufrieden in Amerika! Sicherlich hast du dort auch schnell eine Arbeitsstelle und Freunde gefunden? Romans Stellenangebot bei der Mutterfirma war doch eigentlich nur begrenzt und du bist nur beurlaubt. Wollt ihr jetzt etwa in Amerika bleiben? Ich würde mich sehr freuen, wenn wir dann im brieflichen Kontakt zueinander bleiben. Kurz noch zu mir: Ich habe mich als Buchhaltungshelferin selbstständig gemacht und Stefanie hilft mir seit einigen Wochen. Sie ist mit Zwillingen schwanger. Da ihr als ehrgeizige Powerfrau die Decke zu Hause auf den Kopf zu fallen drohte, hat sie Organisationsaufgaben für mich übernommen, worüber ich sehr froh bin. Ohne angeben zu wollen: Es läuft prima und ich konnte eine zweite Mitarbeiterin einstellen. Thomas und ich haben uns vor Kurzem getrennt. Ich fühlte mich von ihm ausgenutzt. Bitte schicke mir doch auch deine

Telefonnummer. Ich rufe dich dann auch mal kurz an! Ganz herzliche Grüße von Deutschland um die halbe Welt zu dir! Jenny P.S. Nette Grüße auch an Roman."

Ein letzter Schluck aus ihrer Kaffeetasse, dann machte sie sich auf den Weg zum Briefmarkenautomaten. Plötzlich hatte sie es sehr eilig, diesen Brief abzuschicken, als wolle sie die verlorenen Monate mit Ute schnell nachholen.

Am Freitagabend ging Jennys Privattelefon. Das erstaunte sie sehr. Normalerweise kamen die Anrufe in den Abendstunden stets nur über das betrieblich angemeldete Telefon.

„Ja, hallo!", meldete sie sich daher vorsichtig in der Angst, es könne doch wieder Thomas sein. Bisher hatte er sich glücklicherweise seit seinem Auszug nicht mehr bei Jenny gemeldet.

„Hei, du Unternehmerin!", flötete eine Jenny sehr angenehm vertraute Stimme ins Telefon. „Sei bloß lieb zu deinen kleinen Angestellten und benimm dich nicht wie ein richtiger Chef!"

„Ach, hallo Ute!", Jenny blieb vor Freude fast die Stimme weg. „Wie geht es dir?"

„Super Jenny! Roman und ich kommen in ein paar Wochen wieder nach Deutschland zurück. Du hattest recht, seine Stelle dort war nur begrenzt. Er arbeitet dann wieder in deiner ehemaligen Arbeitsstelle."

Einen kurzen Moment bedauerte Jenny schmerzhaft, dass sie sich selbstständig gemacht hatte. Sie hätte wieder mit Roman oder zumindest nahe bei Roman arbeiten können!

Ute redete unbeirrt weiter: „Und ich suche mir wieder etwas in Deutschland. Ich war zwar nur beurlaubt, aber meine ehemalige Stelle ist wieder besetzt worden. Mir wurde eine untergeordnete Stelle zugewiesen, teilte man mir schon mit. Erst Chefin, dann nur noch Kollegin in derselben Firma. Das will ich nicht. Da habe ich sofort gekündigt", flötete Ute unbekümmert. „Detroit war wunderschön, aber das Sozialsystem ist dort entsetzlich. Zudem bin ich einfach doch eine Deutsche und habe hier auch meine guten Freundinnen!"

Typisch Ute. Nahm alles locker und leicht und machte sich wenig Sorgen! „Du findest bestimmt in Deutschland schnell eine neue Stelle." Jenny klang überzeugt. Ute kam überall hervorragend an. „Und falls es nicht so auf Anhieb mit der Stellensuche klappt, hat bestimmt Roman noch eine zündende Idee", rutschte es Jenny heraus.

Zum Glück registrierte Ute in ihrem Eifer Jennys noch immer blinde Bewunderung für Roman nicht. „Roman verdient supergut als EDV-Spezialist. Da muss ich mir sowieso keinen Stress machen", flötete Ute weiter.

Jenny stöhnte leise auf. So ähnlich hatte auch Thomas vor der Trennung gedacht. Solch eine auf den Partner basierte Lebensplanung konnte ganz schön schief gehen! Aber da sie Utes Laune nicht verderben wollte, sagte sie nur vorsichtig: „Wie geht es ihm denn?"

„Auch ganz toll. Er muss in Amerika viel arbeiten und hatte leider nicht so eine ausgedehnte Freizeit wie ich. Ich habe ja nur dort gejobbt. Aber er ist ganz braun geworden und sieht noch viel besser aus!"

„Wird das Telefonat nicht langsam zu teuer?", versuchte Jenny das Thema von Roman abzulenken.

„Ja, besser ich lege auf. Wir sehen uns auf jeden Fall in ein paar Wochen. Ich freue mich schon sehr!"

„Ich auch Ute. Dann treffen wir Frauen uns wieder wie früher!"

„Klar, bye!"

„Tschüss!" Ute war noch immer solch ein Wirbelwind und leichtlebig. Also das genaue Gegenteil von Jenny, die ihre Freizeit zum größten Teil verarbeitete und regelrecht ums Überleben kämpfen musste. Zum Glück wurde es mit Stefanies Hilfe leichter. Der Gedanke, dass Roman in Amerika nicht so viel Zeit mit Ute verbracht hatte, beruhigte sie sehr. Mit einem wehmütigen Stoßseufzer widmete sich Jenny an diesem Abend wieder der eigenen Buchhaltung.

Zwei Wochen später schellte um zehn Uhr abends plötzlich die Türglocke. Jenny saß gerade mit einem spannenden Liebesroman in der Badewanne und trank ein Glas Rotwein. Sie überlegte ernsthaft, ob sie überhaupt die Tür öffnen sollte, da klopfte die Person sehr heftig an ihre Wohnungstür. Irgendein Nachbar hatte wohl einfach die Haustür unten geöffnet, stöhnte Jenny und stieg halb neugierig, halb genervt aus der Wanne. Ohne sich abzutrocknen und noch mit Schaumflocken eingehüllt rannte sie zum Türspion. Sie befürchtete, dass es Thomas sein würde, aber da blieb auch schon ihr Atem stocken. Jenny schaute auf den Boden und wieder durch das Türloch, weil sie nicht glauben konnte, was sie da sah. Da stand doch tatsächlich Roman mit einer Flasche Wein und wedelte damit vor dem Türspion herum.

„Hey, mach schon auf. Ich beiße nicht", hörte sie die vertraute Stimme, die sie vor einem Jahr noch um den Verstand gebracht hätte. Aber auch diesmal verfehlte sie ihre Wirkung nicht so ganz.

„Ich, ich bin nicht angezogen!", stotterte sie durch die geschlossene Tür.

„Ja und? Umso besser!", foppte sie Roman. „Nun zieh dir etwas über und mach auf oder soll ich den Wein etwa alleine im Hausflur trinken?"

„Moment", antwortete Jenny und versuchte, sich in der ihr noch verbleibenden Zeit halbwegs zu sammeln. Wo war eigentlich Ute? Sie ahnte Schlimmes und war verwirrt!

Eingewickelt in einen kuscheligen weißen Frotteebademantel und mit hochgesteckten inzwischen langen Haaren öffnete Jenny mit sehr gemischten Gefühlen die Tür. „Was machst du eigentlich schon in Deutschland? Ich dachte, ihr seid noch einige Wochen in den USA?", begrüßte sie Roman.

Roman lachte auf. „Was für ein schöner Willkommensgruß! Tja, meine Arbeit in den USA war erledigt und ich bin daher etwas früher zurückgekommen."

„Und Ute?", fragte Jenny mit bangem Gefühl. Inzwischen hatten sie und Roman im

Wohnzimmer auf der Couch Platz genommen, nachdem Jenny noch schnell ein paar Akten entfernt hatte.

„Lass mich dich doch erst einmal zur Begrüßung nach so langer Zeit in den Arm nehmen!" Roman wollte wohl offensichtlich das alte enge Verhältnis wieder aufbauen und sprühte mit seinem Charme. Jenny ließ sich widerwillig in den Arm nehmen und verlor bei seinem ihr sehr bekannten Aftershave fast den Verstand. „Und hast du dich tatsächlich selbstständig gemacht?", fragte Roman ausweichend. Seine sonst oft sarkastische Stimme wurde sehr weich.

„Ja, ein paar der vielen Ordner hast du ja gerade gesehen", lachte Jenny verwirrt. In ihr gribbelte jedes Organ in der Hoffnung auf die Erfüllung ihres noch immer heimlich ersehnten Wunschtraumes.

Romans Hand tastete bereits nach Jennys Hand, als sie ganz entschieden wegrutschte. „Aber, wo ist Ute?", bohrte sie weiter.

„Ja, sie wollte noch ein wenig länger mit ihren Freunden dort feiern", Romans Miene verfinsterte sich. Jenny spürte den Unmut und Sarkasmus in seiner Stimme.

„Ich bin etwas verwirrt", wagte Jenny zu sagen. „Ich habe seit kurzer Zeit Kontakt zu

Ute und sie hat mir nicht erzählt, dass ihr noch einige Wochen in den USA bleibt."

„Ute ist sehr spontan und sah für sich noch nicht die Notwendigkeit, ihre Freunde dort sofort zu verlassen. Schön, dass du als Chefin auch nicht immer alles weißt!", scherzte Roman und beugte sich zu ihr herüber. Ehe sie es überhaupt richtig registrieren konnte, küsste er sie bereits leidenschaftlich und fordernd.

In ihrem Inneren tobten die Geister. Die einen riefen „Das geht nicht gut!", die anderen übertönten die ersteren fast mit „Lass es zu, genieße es. Deine Chance! Davon hast du seit Jahren geträumt. Dein großer Traum geht jetzt endlich in Erfüllung. Versau es jetzt nicht!" Und wieder andere Geister machten nur sehr kurz, aber ernst auf Ute aufmerksam.

„Ich dachte, du würdest mich vielleicht immer noch lieben", pokerte Roman hoch und zwinkerte Jenny an. „Und außerdem", fügte er leise hinzu, „hast du meinen eigenen großen Traum, die Selbstständigkeit, mutig verwirklicht. Das verdient doch eine Belohnung!"

Jenny war sehr unwohl. Eigentlich wollte sie diese Entwicklung so nicht.

„Und du siehst toll aus!", fügte er noch hinzu. Jenny rang noch immer mit ihren Geistern und merkte, dass sie sich bald entscheiden musste, ob sie Romans Annährungsversuche zulassen wollte oder nicht.

„Ich habe gehört, du hast dich von Thomas getrennt!" Roman versuchte offensichtlich, ihr klarzumachen, dass sie alles machen könne, was sie wolle. Oder besser: Was er jetzt plötzlich wollte.

„Willst du etwas trinken?", fragte Jenny plötzlich, um sich aus der bedrängten Situation zu retten.

„Du weißt inzwischen doch wohl, was ich will!", meinte Roman jetzt sehr ernst. „Wir waren die besten Freunde und jetzt könnte mehr daraus werden", stellte er ihr verlockend in Aussicht.

Jenny wagte nicht mehr, nach Ute zu fragen. Sie hatte ohnehin das Gefühl, keine klare Antwort auf diese Frage zu erhalten. Stattdessen ließ sie es zu, dass er liebevoll langsam den Gürtel ihres Bademantels lockerte, sie in ihr Bett zog und anfing, sie sehr zärtlich zu streicheln. Jenny spielte mit, wunderte sich jedoch, dass ihr Körper nicht mehr darauf zu reagieren schien.

Als alles vorüber war, huschte ein merkwürdiger Gedanke durch ihren Kopf: „Was würde wohl Roman dazu sagen?" Ruckartig setzte sie sich im Bett hin. Sie fühlte sich, als hätte sie plötzlich einen Schlag auf den Kopf bekommen.

„Was ist", fragte Roman liebevoll, „hat dich etwa eine Mücke gestochen?"

Jenny stand wortlos auf und ging in die Küche. Die Wahrheit war sehr ernüchternd für sie. Roman war inzwischen nichts weiter mehr als eine fixe Idee im Kopf, das illusionäre Bild eines idealen Übermannes. Sie hatte Roman früher als Halt, als Berater und Beschützer gebraucht. Zudem hatte sie ihn für seine souveräne, kraftvolle und direkte Art geschätzt und geliebt. Jetzt war sie selber die souveräne und kraftvolle Person und er hatte seinen Reiz in der Realität verloren. Noch immer suchte sie einen Freund, den sie um Rat fragen konnte und der sie sehr gut kannte. Aber der leibliche Roman, der neben ihr im Bett gelegen hatte, war ihr im Grunde als gleichgestellter Partner nun völlig fremd. Er war einfach zu spät gekommen!

„Ich habe mir immer eingeredet, nur er würde mich genau kennen!", redete Jenny halblaut vor sich hin, während sie zwei Tassen Kaffee zubereitete.

„Was hast du gesagt?", Roman stand an den Türrahmen gelehnt und strahlte Jenny mit seinen leuchtend grünen Augen an.

Sie fand ihn immer noch unwiderstehlich, war aber dennoch reichlich abgekühlt und sah ihn jetzt als Gleichgeordneten, nicht mehr als die anhimmelnswerte Überperson. „Setz dich doch Roman", bot sie ihm einen Stuhl am Küchentisch an. „Ich habe für uns einen Kaffee gemacht!"

„Du bist recht distanziert heute. Willst du, dass ich dich erobere? Oder bist du nur müde?"

„Weder noch, Roman." Jenny war sehr ernst. „Früher hätte ich wirklich alles dafür getan, wenn du mich einmal so umwerfend behandelt hättest wie heute!" Sie lächelte ihn entschuldigend an.

„Aber jetzt nicht mehr?", fragte Roman sehr verblüfft. Damit hatte er nie gerechnet. Wie auch Thomas hatte er nicht im Traum daran gedacht, dass Jenny nicht mehr so leicht manipulierbar war wie früher.

„Ich dachte selber, es wäre auch heute noch so. Bitte verstehe mich nicht falsch. Aber mir ist klar, dass ich nur in den Genuss deiner

Aufmerksamkeit kam, weil ich geschafft hatte, deinen Traum zu leben: die Selbstständigkeit. Du hast Achtung vor mir bekommen und nebenbei bin ich auch noch attraktiver geworden." Sie machte eine Pause. Sie glaubte kaum, was sie selber jetzt tat: sich von Roman endgültig zu trennen. Fast wie ferngesteuert erklärte sie ihm weiter: „Ich bin aber viel mehr als nur eine attraktive Chefin und ich hätte mir gewünscht, dass du mich gerade früher, als ich dir sooft mein Herz ausgeschüttet habe, so akzeptiert hättest wie ich war."

Roman schaute ein wenig verwirrt. „Ich mochte dich immer. Aber du warst teilweise – entschuldige – wirklich ziemlich unreif gewesen. Du hast dich geändert und ich begehre dich, was ist daran falsch?"

„Nichts. Nur ich will nicht mehr! Du warst tatsächlich meine große Liebe, wie man so schön sagt. Aber vielleicht auch nur eine Schwärmerei, ein Ziel, ein Halt und nur ein Wunschtraum. Er ging nicht so in Erfüllung, wie ich es mir gewünscht habe und es ist wahrscheinlich auch besser so. Es war ein einzigartiges Erlebnis mit dir und ich mag dich immer noch sehr, aber es wird keine Wiederholung mehr geben." Jenny tat dieser letzte Satz sehr weh, aber sie hatte gelernt, dass man entschieden handeln muss, um weitere Probleme und Schmerzen und nicht zuletzt vergeudete Zeit zu vermeiden.

Roman stand auf, diesmal sehr ernst. „Mir ist in den USA klar geworden, dass ich dich liebe – zugegebenermaßen anders als ich es bei Ute getan hatte, aber ...", er suchte nach Worten, „du gehörst einfach zu mir!" Er ging in das Schlafzimmer, um sich anzuziehen.

Jenny wusste nur zu gut, wie es sich anfühlt, jemanden zu verlieren, den man zu besitzen glaubte. Ihr Herz schnürte sich zu, aber sie hatte ihren Entschluss gefasst. Kurze Zeit später hörte Jenny die Wohnungstür ins Schloss fallen. Tränen rannen über ihre Wangen. Sie vermisste Roman unsagbar, den Roman, der als perfekter Mann und Wunschtraum bis zu diesem Tage in ihrem Kopf herumgeirrt war. Der reale Roman hatte sich jetzt in sie verliebt, weil sie stark, entschieden und nicht mehr zu bekommen war. Langsam ging Jenny in das Bett, das noch nach ihm roch, und versuchte zu schlafen. Sie fühlte sich leer, verlassen und zugleich seltsam befreit.

Am nächsten Abend hatte sich Jenny gerade eine Spinat-Knoblauch-Pizza aufgebacken, da schellte schon wieder die Türklingel. Sie stöhnte laut auf und ging zur Tür. Jenny drückte sehr skeptisch den Haustüröffner auf und wartete ungeduldig, während sie durch den Türspion schaute. Im Hintergrund vernahm sie die interessante Diskussion im Fernsehen über Kleinunternehmen, die sie unbedingt noch zu Ende sehen wollte. Jenny konnte deutlich den Knoblauch der nun kalt werdenden Pizza riechen. Sie vernahm ein immer lauter werdendes Treppensteigen. Dieses ganz eigentümliche Aufstampfen war ihr irgendwie vertraut.

„Oh, nein!"; stöhnte Jenny auf, als sie den Kopf von Thomas durch den Türspion erkennen konnte. Ehe Jenny sich von diesem Schreck richtig erholen konnte, klopfte es schon aufdringlich an der Tür.

„Nun mach schon auf, Jenny. Ich will einfach nur mit dir reden."

Sehr widerwillig öffnete sie die Tür. Sie hörte die Schlussmelodie der interessanten Fernsehdiskussion im Hintergrund und nahm sich fest vor, zukünftig nicht mehr grundsätzlich jedem die Tür zu öffnen.

Thomas strahlte Jenny an, während er sich machomäßig auf ihr Sofa plumpsen ließ.

„Auch das noch", stöhnte Jenny halblaut vor sich hin, während sie widerwillig den Fernseher ausknipste. Ihr Blick schweifte noch wehmütig über die Pizza, die sie auf dem Küchentisch gut sehen konnte. Ziemlich schlecht gelaunt setzte sich Jenny auf einen Sessel. Sie wollte ihm kein Getränk anbieten, da sie hoffte, das Gespräch bald beenden zu können.

„Das war damals ganz schön dumm gelaufen", begann Thomas vorsichtig das Gespräch. Er roch extrem nach scharfem Alkohol.

Jenny schaute ihn bewegungslos an. „Und?"

„Ich vermisse dich sehr! Inzwischen habe ich auch eine Arbeitsstelle. Hier schau mal. Den Vertrag habe ich dir mitgebracht, damit du es mir auch glaubst!"

Jenny würdigte den Arbeitsvertrag keines Blickes. „Und, was willst du jetzt von mir?"

Ihre Stimme wurde scharf. Sie wusste ganz genau, was er bei ihr wollte, hoffte jedoch, ihn abschrecken zu können.

„Ich liebe dich, Jenny. Auch damals wollte ich dir eigentlich nur helfen, verstehe aber deinen Ärger vollkommen. Vermutlich hätte ich an deiner Stelle auch so reagiert", fügte Thomas noch schnell hinzu, als er merkte, dass

Jenny bereits wieder nach Luft schnappte. „Empfindest du denn gar nichts mehr für mich?", versuchte er es jetzt auf diesem Wege.

„Es ist vorbei", sagte Jenny entschieden. Sie empfand nichts innerlich: kein Bedauern, keinen Schmerz, noch nicht einmal Wut. Sie wollte nur ihre Ruhe.

Thomas strahlendes Gesicht verdunkelte sich. Seine braunen Augen begannen, wütend zu funkeln und er setzt sich gerade auf. „Aha, so ist das also. Kaum ist Roman wieder hier, hast du keine Gefühle mehr für mich. Hattest du mich überhaupt jemals geliebt? Oder war ich nur der Seelentröster, weil du Roman nicht bekommen konntest und er lieber mit deiner besten Freundin durchgebrannt war?"

Jenny stand seelenruhig auf. „Du hast jetzt sicher gesagt, was du unbedingt loswerden wolltest. Nun kannst du gehen. Ich bin müde und will etwas essen."

Auch Thomas war aufgesprungen. Wütend zischte er Jenny an: „Du glaubst wohl, ich wüsste nicht, dass du die ganze Zeit, in der du mit mir zusammen warst, an Roman gedacht hast. Da war mein nicht ganz korrektes Verhalten eine Lappalie dagegen. Und kaum bin ich ausgezogen, rufst du Roman gleich wieder zu dir. Ich war wohl doch nur ein netter

Zeitvertreib, während sich Roman mit deiner hübschen Freundin vergnügte!"

„Woher weißt du, dass Roman gestern bei mir war?", fragte Jenny nun doch langsam verunsichert. Sie befürchtete Schlimmeres, ahnte aber noch nicht, was sie an diesem Abend tatsächlich noch erwartete.

„Ich habe häufig vor deinem Wohnhaus gestanden und überlegt, ob ich schon zu dir gehen soll. Aber ich wollte dir Zeit lassen, dich zu beruhigen und einen sachlichen Überblick über deine Situation und die damaligen Geschehnissen zu bekommen." Thomas Stimme war hart und kalt.

„Du bist ein Stalker", entfuhr es Jenny entsetzt.

„Ich bin doch kein Stalker! Ich suchte lediglich nach dem richtigen Tag, um mit dir zu reden!", brüllte Thomas.

Jenny zuckte zusammen. „Du hast mich beobachtet!"

„Das war auch gut so. Denn gestern sah ich, wie Roman mit einer Flasche Wein zu dir kam. Du kannst dir nicht vorstellen, wie wütend mich das gemacht hat. Ich dachte, er wäre noch in den USA. Stattdessen besucht er dich abends mit Wein! Und hat sich deine Untreue gelohnt? Oder hat er dich wieder abserviert und ist zu Ute zurückgegangen?"

Nun ließ sich Jenny wieder in den Sessel zurückfallen. „Thomas, wir beide sind schon lange nicht mehr zusammen. Als wir noch befreundet waren, bin ich dir nie untreu geworden", versuchte Jenny Thomas zu beruhigen. Sie bekam langsam Angst. „Zudem habe ich dich wirklich sehr geliebt und wollte dich damals sogar heiraten", argumentierte Jenny weiter.

Thomas lachte höhnisch auf. „Heiraten! Das wolltest du doch eigentlich nie. Zumindest nicht mich. Warum hättest du sonst die Verlobung wegen einer Lappalie, die man hätte regeln können, gelöst?"

„Für mich war das keine Lappalie und es ging damals auch um deine Grundeinstellung mir und meiner Arbeit gegenüber!"

„Und Roman war schon auf dem Weg zurück nach Deutschland! Da musstest du dann wieder frei sein für ihn, nicht wahr?"

„Tut mir ehrlich leid, dass du mitbekommen hast, wie sehr ich Roman mochte. Aber er war nur ein Traum, eine innere Stimme, die mir Ratschläge gab, mich gewissermaßen coachte. Den realen Roman habe ich gestern Abend endgültig weggeschickt!"

„Du hast Roman weggeschickt? Erzähl mir keine Märchen! Vermutlich ist er gegangen, nachdem du dich ihm an den Hals geworfen hast!"

„Glaub doch, was du willst!", entgegnete Jenny müde und genervt.

„Stell dir doch einfach mal vor, ich wäre er", Thomas Stimme säuselte plötzlich gefährlich.

„Was?", Jenny glaubte, sich verhört zu haben.

„Ich möchte, dass du mich mal so verführst, wie du es bei ihm getan hast. Dann gehe ich für immer!"

„Du spinnst ja", Jenny drehte sich verärgert weg. „Aua!" Jenny spürte sehr schmerzhaft, wie ihr Thomas den rechten Arm hart nach hinten bog.

„Ich lasse mich nicht betrügen und dann abservieren. Diese Nacht gehört mir und du wirst gefällig dein Bestes geben!"

Jenny wusste nicht, ob der zurückgedrehte rechte Arm oder ihr heftig pochendes Herz mehr schmerzte. Sie hatte Angst, große Angst! „Was soll ich tun?", fragte sie zittrig, um Zeit zu gewinnen. Thomas ließ ihren Arm los, den sie kaum mehr bewegen konnte.

„Geht doch!", sagte Thomas sehr zufrieden.

„Thomas, wir können gerne morgen in Ruhe über das Vergangene reden. Aber heute geht es mir nicht gut. Ich habe eine Magen-Darm-Grippe", versuchte Jenny, Thomas abzuschrecken.

„Du bist ja süß! Und ab morgen willst du mich dann wieder nicht sehen", lachte Thomas richtig böse.

„Mir wird schlecht", würgte Jenny, der tatsächlich vor Panik übel war. Thomas lockerte den Griff kurz um ihr Armgelenk. Jenny hielt sich die offene Hand vor ihren Mund und rannte ins Badezimmer. Voller Panik schloss sie die Tür ab und musste sich tatsächlich sofort übergeben. Im Hintergrund hörte sie Thomas, der an ihre verschlossene Badezimmertür trommelte.

„Mach schon auf, Jenny. Die geschlossene Tür hilft dir nichts. Du kommst nicht an mir vorbei und wenn du nicht öffnest, trete ich die Tür ein. Du glaubst doch nicht ernsthaft, dass du mich austricksen kannst."

Jenny drehte sich schwach vor Angst in dem kleinen Bad hin und her. Ihr Blick blieb am Badezimmerfenster haften. Es war groß genug, damit sie hindurchpasste. Verzweifelt öffnete sie es und schaute auf die unter ihr liegende Straße. Sie wohnte im zweiten Stock und wog fieberhaft ab, ob gebrochene Knochen oder eine Vergewaltigung eines Wahnsinnigen ihr lieber war. Als sie sich schon gefährlich weit über das Fensterbrett herausgelehnt hatte, spürte sie etwas hartes Viereckiges in ihrer linken Hosentasche.

„Jenny, ich höre, dass du das Fenster geöffnet hast. Du kannst nicht herausspringen. Stell dir vor, dann bist du vielleicht gelähmt oder wochenlang im Krankenhaus oder sogar völlig entstellt. Dann wärst du auch für Roman gestorben!" Thomas trat inzwischen wütend an die Badezimmertür, die schon bedenklich knarrte. Jenny griff zitternd in ihre Hosentasche, während sie auf die Fensterbank kletterte. Sie konnte kaum noch einen klaren Gedanken fassen.

„Mach sofort die Tür auf", tobte Thomas.

Jenny sah, wie das Holz der Badezimmertür absplitterte. Hastig zog sie den Gegenstand aus ihrer Tasche und stellte aufatmend fest, dass es ihr Handy war, das sie häufig währen der Arbeit in ihre Hosentasche steckte.

Wie war noch die Notrufnummer? Jennys Gehirn war wie tiefgefroren. Verzweifelt drückte sie nur noch eine Kurzwahlnummer in der Hoffnung, jemand Bekanntes ginge heran und würde ihr dann helfen. Nach einem endlosen dreimaligen Klingeln meldete sich eine bekannte Stimme, die sie jedoch in ihrer Panik nicht zuordnen konnte. Sie vernahm in Todesangst, dass Thomas nun mit einem Gegenstand versuchte, die Tür zu zerstören.

„Hier ist Jenny Schneider, Vogelweg 5 in Bochum. Ich werde überfallen. Hilfe! Schnell!", rief sie hektisch ins Telefon. Ihre Stimme versagte jedoch und ließ nur Wortfetzen laut werden.

„Wie bitte?", fragte die männliche Stimme am Telefon. „Jenny, ich verstehe dich nicht!"

Jenny holte gerade Luft, um nochmals lauter um Hilfe zu bitten, da knallte es laut und die Badezimmertür zerbrach in der Mitte. Gelähmt vor Angst musste sie zusehen, wie Thomas' Hand durch dieses Loch griff und den Schlüssel umdrehte, so dass die Tür aufsprang. Jenny hatte noch das Telefon am Ohr und rief nur noch: „Hilfe. Thomas bitte nicht. Lass mich bitte in Ruhe!" Da schlug Thomas ihr mit wutverzerrtem Gesicht das Handy aus der Hand. Er hatte sie jedoch dabei auch so heftig an der Wange erwischt, dass sie den Halt verlor und zur Seite taumelte. Sie drehte sich um und streckte den rechten Arm aus, um noch Halt zu finden. Jenny sah, wie sie drohte, auf die geöffnete Fensterscheibe zuzustürzen.

Oh Gott, das geht schief, dachte sie nur noch und dann wurde es schwarz vor ihren Augen.

Als Jenny wieder wach wurde, hatte sie vollkommen die Orientierung verloren. Sie lag in einem Bett oder auf einem Sofa und war zugedeckt. Ihre rechte Gesichtshälfte schmerzte stark und ihre Augen waren zugeschwollen. Sie hatte starke Kopfschmerzen. Als sie ihre rechte Hand hob, um ihre Wange zu befühlen, durchfuhr sie ein siedendheißer Schmerz im rechten Handgelenk, der sie aufschreien ließ. Was war bloß passiert?

„Frau Schneider, bleiben Sie ruhig liegen", sagte eine nette weibliche, aber unbekannte Stimme.

„Was ist los? Wo bin ich hier?", fragte Jenny leise. Sie hatte kaum noch Kraft, den Mund zu bewegen.

„Sie sind im Krankenhaus und müssen jetzt viel schlafen. Sie werden wieder gesund dank Ihrem Retter ..."

Das Ende des letzten Satzes vernahm Jenny nur noch in Trance, bevor sie ohnmächtig wurde.

Dreizehn Stunden später wurde Jenny von starken, pochenden Schmerzen im rechten

Handgelenk geweckt. Sie jammerte im Halbwachzustand und hörte sehr schnell wieder eine weibliche Stimme.

„Sie haben sicher große Schmerzen?"

Jenny nickte ein wenig, zu mehr hatte sie keine Kraft. Sie fing bereits wieder an, einzudämmern.

„Wir geben Ihnen jetzt ein starkes Schmerzmittel. Sie müssen durchhalten und der Arzt ...", hörte sie noch und träumte bereits davon, gesund und munter mit dem übermächtigen Arzt, mit Roman zu flirten.

Viele Stunden später wachte Jenny schweißnass auf. Sie konnte sich vor Schwäche kaum bewegen, war aber diesmal bei vollem Bewusstsein. Sie hörte ein regelmäßiges Piepen im Hintergrund und versuchte, mit dem nicht zugeschwollenen linken Auge das Zimmer und ihre Situation zu erfassen. Offensichtlich war sie wohl auf der Intensivstation in einem Krankenhaus, konnte aber noch nicht erkennen, was los war. Durch ein schwaches, halb geflüstertes „Hallo!" versuchte sie auf sich aufmerksam zu machen.

„Frau Schneider, bleiben Sie bloß liegen!", kam eine Schwester angerannt.

„Was ist passiert?"

„Sie erinnern sich wohl nicht?"

Jenny überlegte angestrengt. Bilder von ihrem Badezimmer, einer eingetretenen Tür und Thomas huschten durch ihren Kopf und lösten Panik in ihr aus. „Thomas. Angst!", stieß sie nur hervor.

„Bleiben sie ruhig. Es war ein Unfall!"

„Nein!", flüsterte Jenny entsetzt. Ihr war inzwischen wieder alles eingefallen.

„Nein, es ist nicht so schlimm, wie es im Moment aussieht. Ihre rechte Wange und das rechte Auge sind geschwollen. Da müssen Sie wohl vorgehauen sein."

„Nein", bemühte sich Jenny, schwach zu sagen.

„Wie auch immer. Das braucht ein paar Tage, heilt aber wieder vollständig. Schmerzhafter für Sie und langwieriger ist die Schnittwunde am rechten Armgelenk. Sie sind mit der Hand durch die geöffnete Glasscheibe gefallen und haben sich dabei die Pulsader aufgeschnitten. Aber auch das verheilt wieder folgenlos, dank des schnellen Notrufs und des Druckverbandes Ihres Retters. Sie haben Glück gehabt, nicht durch das offene Fenster aus dem zweiten Stock herausgefallen zu sein. Zurück bleibt bei Ihnen nur eine Narbe am rechten Armgelenk", redete die Schwester weiter und weiter. Sie wollte Jenny beruhigen.

„Retter? Wer?", unterbrach sie Jenny mit schwacher Stimme.

„Ein Herr mit Namen Thomas Doring, dessen Namen Sie häufig im Schlaf riefen. Ein netter und fürsorglicher Mann ist Ihr Lebenspartner! Er war schon ein paar Mal hier und hat sich nach Ihnen erkundigt"

„Nein, nein … Angst!", dann versagte Jennys Stimme völlig.

„Beruhigen Sie sich. Hätte er Ihnen nicht so schnell und effektiv geholfen, hätten sie schnell verbluten können. Er fragt alle paar Stunden nach Ihnen!"

Jenny war zu schwach, um der redseligen Schwester ihre Angst mitzuteilen. Stattdessen liefen Tränen über ihr Gesicht. Tränen der Wut und der panischen Angst.

„Machen Sie sich keine Sorgen!", die Schwester strich ihr liebevoll über die nasse, heile Wange. „Das wird schon wieder. Schlafen Sie erst einmal. Der Rest wird dann schon."

Jenny nickte resigniert, denn sie hatte nicht mehr die Energie, zu sprechen. Schweren Herzens und voller Angst, Thomas in diesem hilflosen Zustand zu begegnen, schloss sie die Augen. Sie befürchtete, mit dieser Angst nicht einschlafen zu können. Die ihr im Tropf ständig verabreichten Schmerzmittel mussten auch eine beruhigende Wirkung gehabt haben. Sie schlief sofort ein.

Als sie wieder aufwachte, pochten ihre Wange und ihr Auge nicht mehr so heftig. Und auch ihr Armgelenk schmerzte im Ruhezustand nicht mehr. Das starke Piepen im Hintergrund war verschwunden. Sie befand sich in einem normalen Krankenzimmer und fühlte sich im Vergleich zu den Stunden vorher wieder etwas stark. Nach längerem Herumsuchen fand sie die Klingel und drückte drauf.

Nach einigen Minuten kam ein junger Pfleger herein. „Wie geht's Ihnen? Ich bin Pfleger Thomas", sagte er freundlich.

Jenny zuckte zusammen, als sie seinen Namen hörte. Dennoch sagte sie mutig: „Schon wieder viel besser!" Sie freute sich sehr über ihre starke Stimme. Sie versagte nicht mehr aus Schwäche. „Ich glaube, ich müsste mal aufs Klo!", kündigte sie an, eigentlich mehr um ein Gespräch zu beginnen, als dass sie wirklich einen Harndrang verspürt hätte.

Der Pfleger lächelte: „Das kann nicht sein, Sie haben einen Blasenkatheter in Ihrer Blase und Ihr Urin läuft in diesen Plastikbeutel.

Sehen Sie!" Er nahm den Beutel, der an einem seitlichen Metallbettrahmen befestigt war.

Nein, diesem jungen Pfleger konnte sie nichts von der versuchten Vergewaltigung erzählen, entschied Jenny. „Ich möchte gerne aufstehen", bat sie daher.

„Wenn Sie sich dazu in der Lage fühlen, können Sie gerne einmal durchs Zimmer laufen. Ich komme gleich wieder, nehme Ihnen den Katheter ab und helfe Ihnen, aufzustehen. Schauen Sie sich doch inzwischen die Blumen auf Ihrem Nachtisch an. Die sind vermutlich von Ihrem Retter!", zwinkerte ihr der Pfleger zu.

Jenny erschrak. Sie konnte sich noch gut daran erinnern, dass Thomas als ihr Retter angesehen wurde. Sie drehte langsam den Kopf zur Seite und blickte in ein buntes Blumengesteck. Es war eine kleine Karte darin. Sie setzte sich leicht auf und versuchte, mit der linken Hand die Karte herauszulösen. Das rechte Armgelenk war noch mit dem dicken Verband zu ungelenkig. Endlich hielt sich zitternd die Karte in der Hand und klappte sie auf. „Liebe Jenny, ich weiß, ich habe großen Mist gebaut. Aber ich liebe dich noch immer sehr, hatte zu viel getrunken und war sehr eifersüchtig auf Roman, der dich am Abend vorher besucht hatte. Leider ist dir dieser Unfall passiert und ich war sehr schockiert darüber. Vergiss bei allem nicht: Ich war es, der dir dein Leben nach dem Unfall gerettet hat! Gute Besserung! Dein Thomas"

Jenny ließ die Karte fallen und fing an zu zittern. Sie hatte noch immer Angst, er würde sein Vorhaben zu einem späteren Zeitpunkt fortsetzten. Sie überlegte, wen sie um Hilfe bitten könnte oder wenigstens die Geschehnisse und ihre Angst erzählen konnte. Ihre Eltern waren gerade für vier Wochen in Urlaub und besaßen kein Handy. Jenny hatte auch sonst nur gelegentlich Kontakt zu ihnen, daher hatte sie auch keine Urlaubsadresse von ihnen. Stefanie war sehr hilfsbereit, aber hochschwanger, weshalb sie sie mit ihrer Angst gerade nicht belasten konnte. Ob sie Roman um Hilfe bitten konnte, nachdem sie ihn zurückgewiesen hatte? Nein, Roman zu kontaktieren würde nichts bringen, sondern die Situation mit Thomas noch weiter verschärfen, entschied sie. „Oh, nein!", entfuhr es ihr laut und sie setzte sich wieder ruckartig auf. Wie konnte sie das nur vergessen? Wo blieb der Pfleger denn nur? Aus Panik vor Thomas hatte sie ihre Arbeit völlig vergessen. „Das ist mein Ruin und ich bringe auch meine

Angestellten ins Verderben!", schrie sie wieder voller Panik, als jemand an ihre Zimmertür klopfte.

Jenny starrte wie gebannt auf die Krankenzimmertür. Wie in Zeitlupe öffnete sie sich und eine ihr gut bekannte Person kam strahlend herein. In der Hand einen großen Blumenstrauß.

„In den letzten Tagen habe ich mehr Blumensträuße bekommen, als in meinem ganzen Leben zuvor", sagte Jenny sarkastisch.

„Was machst du denn für Geschichten?", fragte Stefanie liebevoll. Jenny fing an zu weinen. Endlich war eine Person hier, der sie nach den Albtraum-Ereignissen endlich vertrauen und zumindest einiges erzählen konnte.

„Weine doch nicht. Es wird alles wieder gut!", tröstete Stefanie sie mütterlich.

„Angst... meine Arbeit...Thomas...Ruin!", schluchzte nun Jenny unzusammenhängend.

Stefanie lachte leicht auf. „Hast du etwa Angst, dass du deine Selbstständigkeit verlieren könntest, weil du durch den Unfall nicht arbeiten kannst?"

Jenny beruhigte sich langsam. Stefanie schien sich offensichtlich wenig Sorgen deswegen zu machen.

„Erinnerst du dich noch? Du hattest doch eine sehr gute Teilzeitkraft für organisatorische Dinge eingestellt!"

„Ja, dich", sagte Jenny neugierig.

„Genau. Zum einen hatte ich eine gute Krankenversicherung mit einer Art Ausfallgeldversicherung für dich abgeschlossen und dich auch damals darüber informiert!" Stefanie kniff Jenny zärtlich in die noch feuchte Wange. „Zum anderen läuft dein Betrieb auch mal eine Zeit lang ohne dich weiter."

„Aber die Firma Braun braucht doch dringend eine gute Buchhaltungskraft. Dort habe ich gerade gearbeitet." Jenny war noch immer nicht sonderlich beruhigt.

„Jenny, du bist zwar eine super Buchhalterin und die Chefin, aber jeder ist bekanntlich ersetzbar. Ich habe mir erlaubt, ganz kurzfristig und befristet noch eine Buchhalterin einzustellen. Der Auftraggeber scheint auch mit ihr zufrieden zu sein!"

„Super! Mein Gott, was hätte ich bloß ohne dich gemacht?" Jenny drückte Stefanies Hand.

„Und, da ich bald in Mutterschaftsurlaub gehen muss, denn aufgrund meines Riesenbäuchleins kann ich mich kaum noch bewegen, arbeite ich zurzeit schon eine ebenso gute Ersatzkraft ein."

„Nein! Eine andere wird deine Arbeit bestimmt nicht so gut und vertrauensvoll erledigen", rief Jenny egoistisch. „Aber ich wusste natürlich, dass du mit Zwillingen hochschwanger bist und jederzeit ausfallen kannst. Ich bin sicher auch bald wieder fit", tröstete sich Jenny.

Stefanies Augen strahlten wieder warm. „Jenny, du bleibst so lange es nötig ist hier im Krankenhaus. Die neue Kraft ist genauso zuverlässig und gut wie ich. Du kennst sie auch schon lange!"

„Doch nicht Roman", mutmaßte Jenny halb erfreut, halb geschockt.

„Nein. Roman ist Informatiker und hat eine Stelle, du erinnerst dich noch? Nein, es ist Ute. Sie ist jetzt aus den USA zurück und benötigt etwas Geld und einen Start hier in Deutschland. Sie hat sich von Roman getrennt!"

Stefanie erwartete einen überraschten oder vielleicht auch erfreuten Ausruf von Jenny, die entgegnete aber nur „Weiß ich schon!"

„Woher weißt du das denn?", fragte nun Stefanie erstaunt.

„Roman war am Abend vor dem Unfall bei mir und wollte unsere Beziehung wieder aufleben lassen. Vergebens."

„Aber Roman war doch immer der Inbegriff deines Traummannes für dich!" Stefanie wunderte sich sehr.

„Ja! Nur ein Traummann halt eben. Er bestimmte lange Zeit meine Gedanken und Gefühle, aber irgendwie bin ich jetzt frei geworden!"

„Ach so! Dann bist du vermutlich wieder mit Thomas zusammen, der dir auch dein Leben gerettet hat!" Stefanie setzte sich nun neugierig auf die Bettkante.

„Nein!", schrie Jenny entsetzt auf. „Niemals werde ich mit Thomas mehr zusammenkommen. Alle redet ihr davon, dass er mein Lebensretter ist. Dabei ist er ein Psychopath und der Verursacher meines so genannten Unfalls!"

„Das verstehe ich nicht!", sprudelte Stefanie los, die nach dieser lebensgefährlichen Verletzung noch glaubte, der Schock würde Jennys Gehirn beeinflussen. „Jenny, überall im Badezimmer war Blut. Die Scheibe war zersplittert. Ich habe alles wieder in Ordnung gebracht, daher weiß ich das alles!"

„Und die Badezimmertür? Was sagst du zu der? Hat dich das nicht gewundert?", schrie Jenny und die Panik war wieder in ihrer Stimme zu hören.

„Welche Badezimmertür? Thomas hat mir erzählt, du hättest sie zum Überziehen abholen lassen. Du wolltest gerne ein Strandmotiv auf der Innenseite haben. Ich habe mich schon darüber gewundert, aber Thomas hat das so liebevoll erzählt und ich weiß, dass du das Meer liebst."

„Das kann doch nicht wahr sein! Hat er dir etwa auch noch einen Auftragszettel dafür gezeigt?", zischte Jenny sarkastisch.

„Ich habe mich zwar gewundert, dass eine Unternehmerin eine Seeblicktür wünscht, aber es ist auch originell. Also solltest du dich nicht schämen", versuchte Stefanie Jenny zu beruhigen.

„Hach", Jenny schnappte nach Luft. „Das hat Thomas super eingefädelt. Er hat die Badezimmertür eingetreten, weil er mich vergewaltigen wollte. Ehe jemand das registrieren konnte, hat Thomas dann das Beweisobjekt entfernt!"

„Er hat was? Er wollte dich vergewaltigen. Das kann ich kaum glauben. Und dann hat er dich gerettet?" Stefanie war entsetzt und sprang auf. Jenny schaute direkt auf ihren dicken Babybauch und ihr tat es sofort leid, Stefanie so aus der Fassung gebracht zu haben. Zu allem Überfluss griff sich Stefanie an ihren Bauch und stöhnte leicht auf.

„Aber es ist ja nichts passiert", versuchte Jenny diesmal Stefanie zu beruhigen.

„Das Fenster im Badezimmer war offen. Wolltest du etwa herausspringen?", folgerte Stefanie langsam die Geschehnisse. Bei ihr waren Jennys Beruhigungsbemühungen offensichtlich nicht angekommen.

„Ja, nein. Ich hatte Angst vor Thomas, der versuchte, die Tür einzutreten. Gesprungen wäre ich wahrscheinlich doch nicht!"

„Warum war Thomas so wütend. So kennen wir ihn gar nicht", offensichtlich konnte Stefanie Jenny kaum glauben.

Jenny versuchte, ihre zitternde Stimme zu beruhigen, bevor sie Stefanie antwortete. „Er hatte mich beschattet und mitbekommen, dass Roman bei mir war. Dann hatte er wohl erhebliche Mengen von Alkohol getrunken und verlangte, das ich mich ihm so an den Hals werfe, wie ich es seiner Fantasie nach bei Roman am Vorabend getan haben sollte. Ich konnte mich jedoch losreißen und mich im Badezimmer einschließen. Er versuchte erfolgreich, die Tür einzutreten und ich war in Panik. Moment Mal …" Jenny überlegte kurz. „Ich hatte doch noch mit meinem Handy jemanden mit Kurzwahltaste angerufen."

„Wen denn?", fragte Stefanie überrascht.

„Weiß ich leider nicht mehr. Es war eine bekannte männliche Stimme, aber ich habe sie nicht erkannt. Vielleicht war ich auch zu aufgeregt!"

„Vielleicht Roman?"

„Könnte sein", stimmte Jenny zu. „Mich hat er wohl erkannt und mit Namen angesprochen, aber ich habe offensichtlich zu leise und zu wenig gesprochen. Er hat meinen Hilferuf wohl nicht verstanden oder wollte er mir nicht helfen?"

Stefanie setzte sich wieder. „Er wird dich sicher nicht verstanden haben."

„Ja, und dann kam Thomas herein und schlug mir das Handy aus der Hand. Dabei traf er mich am Kopf und ich verlor den Halt und fiel durch das Fenster. Daran kann ich mich jedoch nicht erinnern, da war ich schon ohnmächtig."

„Thomas ist gewalttätig? Das hätte man gar nicht von ihm gedacht!" Stefanie drohte wieder aufzustehen.

„Vielen Dank, Stefanie, dass du meine Wohnung wieder gesäubert hast. War sicher eine sehr unschöne Angelegenheit", lenkte Jenny ab.

„Dein Badezimmerfenster ist auch schon repariert – du bist ja schon einige Tag im Krankenhaus."

„Vielen Dank! Das Geld überweise ich dir, sobald ich kann. Hast du eigentlich auch mein Handy gefunden? Ich wüsste zu gerne, wen ich angerufen hatte!" Jenny beruhigte es sehr, mit Stefanie über den Vorfall geredet zu haben.

„Nein, tut mir leid!"

„ Vermutlich ist es aus dem Fenster geschleudert worden oder Thomas hat es mitgenommen. Zum Glück war meine Pay-Card sowieso fast leer", tröstete sich Jenny.

„Du musst diesen Mistkerl anzeigen. Nicht, dass er dir noch mal so etwas antut", riet Stefanie aufgebracht.

„Ich habe keine Beweise für seine Nötigung. Außerdem will ich ihn nicht noch mehr reizen. Er hat sich entschuldigt, hier seine Karte." Jenny reichte Stefanie Thomas Karte in der Hoffnung, Stefanie würde sich wieder beruhigen. Natürlich hatte Jenny noch immer panische Angst vor der Wiederholung des Albtraums. Aber sie musste jetzt stark sein und durfte nicht riskieren, dass Stefanie sich zu sehr aufregte und ihren Zwillingen etwas geschah.

„Na ja, du musst ja wissen, was du tun willst", sagte Stefanie nach einer Weile und legte die Karte offensichtlich angeekelt zurück auf Jennys Nachttisch. „Aber wenn du Hilfe brauchst, kannst du jederzeit zu mir kommen und auch bei uns schlafen!"

„Lieben Dank! Aber wenn meine Eltern aus ihrem Urlaub zurück sind, kann ich mich auch wieder an sie wenden. Im Übrigen freue ich mich sehr darüber, dass Ute jetzt auch für mich arbeitet."

„Das habe ich gehofft!", entgegnete Stefanie immer noch mit Sorgenfalten auf der Stirn. „Aber wer hätte gedacht, dass du jemals unsere Arbeitgeberin würdest?"

Jenny schaute sehr erstaunt Stefanie an. „Stimmt!", sagte sie stolz und beide Freundinnen lachten.

Als Stefanie gegangen war, fielen Jenny die Augen zu. Sie fühlte sich sehr schwach, nachdem sie Stefanie die zuletzt doch starke Frau vorgespielt hatte. Zudem geisterten die Bilder der versuchten Vergewaltigung von Thomas durch ihren Kopf. Was war, wenn Stefanies Befürchtungen berechtigt waren und

Thomas sie noch mal angreifen würde? Jenny schlief dennoch gut ein und fest durch, bis ihr am nächsten Morgen das Frühstück serviert wurde.

„Guten Morgen, Frau Schneider!", wurde sie von einer älteren Schwester nett geweckt. „Bis jetzt durften Sie die Mahlzeiten durchschlafen. Den Schlaf brauchten Sie dringender. Aber ab jetzt müssen Sie wieder regelmäßig essen!"

„Ich habe auch Riesenhunger!", bestätigte Jenny lachend. „Bekomme ich auch eine Zimmernachbarin?", fragte sie hoffnungsvoll.

„Möglich! Aber noch weiß ich nichts Genaues darüber."

Jenny konnte es kaum abwarten, bis sie mit ihren schwachen zittrigen Fingern endlich das Brot geschmiert hatte und mit Heißhunger hereinbeißen konnte.

Den ganzen Morgen langweilte sie sich und hoffte auf eine Zimmernachbarin. Am Nachmittag erfuhr sie, dass sie auch weiterhin allein im Zimmer blieb. Umso mehr freute sie sich, als es gegen 19:00 Uhr an ihrer Krankenzimmertür klopfte. Sie hoffte auf Stefanie oder Ute. Auch über Romans Besuch hätte sie sich sehr gefreut. Jedoch zu ihrem großen Schreck kam zuerst mal wieder ein Riesenstrauß rote Rosen und dahinter Thomas herein. Jennys Herz blieb vor Schrecken fast stehen. Sie hatte so sehr auf eine Zimmernachbarin gehofft, bis dies passierte. Sie suchte mit der rechten Hand fieberhaft nach der Notfallklingel, obwohl ihr Armgelenk bei jeder Bewegung noch immer schmerzte. Jenny behielt mit vor Angst weit aufgerissenen Augen doch immer starr Thomas im Blick. Sie versuchte, seine Mimik und Gestik auf eine mögliche Gefahr hin zu deuten. Doch Thomas kam mit einem sehr friedlichen und geradezu bubihaft naiv-fröhlichen Gesichtsausdruck herein.

„Jenny, ich habe wirklich Mist gebaut. Ich hoffe, du kannst mir verzeihen", sagte er und schien Jennys Angst nicht zu bemerken. „Ich war sehr eifersüchtig und vermisste dich unheimlich. Aber ich hätte dir nie wirklich etwas angetan." Er reichte ihr den dicken Rosenstrauß und Jenny nahm ihn an, um Thomas nicht unnötig zu provozieren. Er setzte sich ungebeten auf Jennys Bettkante. „Ich wollte dich auch nicht schlagen oder schubsen", redete er weiter auf sie ein. „Ich wollte nur verhindern, dass du jemanden holst, anstatt mit mir über die Trennung zu reden!" Thomas schaute Jenny forschend an.

„Du weißt doch, dass ich dir nie etwas antun könnte. Dafür liebe ich dich doch zu sehr!"

Thomas wartete auf Jennys Bestätigung, in der jedoch ungeachtet ihrer Angst die heiße Wut hochkroch. „Das ist doch Schwachsinn! Aus reiner Fürsorge hast du wohl auch meine Badezimmertür eingetreten und dann behauptet, ich lasse sie mit einem Fotobild beziehen", zischte sie außer sich vor Wut.

„Stimmt genau", antwortete Thoma ernst. „Ich merkte, dass du die Situation falsch aufgefasst hast. Da hatte ich Angst, du würdest dir im Badezimmer etwas antun und wollte dies vermeiden. Du hast die Tür ja nicht aufgeschlossen!"

„Warum wohl nicht" Jenny hatte sich inzwischen hingestellt, da ihr die Luft wegzubleiben drohte. „Ich sollte dich verführen, wie ich Roman angeblich verführt habe. Als ich mich dir entgegensetzte, hast du mir den Arm umgedreht. Das ist mehr als nur ein einfaches Gespräch. Du hast mich angegriffen!"

Ehe Thomas überhaupt antworten konnte, ging die Tür auf. Eine Krankenschwester kam mit einem Blutdruckmessgerät herein. „Besuch Frau Schneider? Wurde ja auch Zeit, dass sich Ihr Retter mal bei Ihnen meldet. Ich messe mal kurz den Blutdruck und dann lasse ich Sie beide wieder allein!" Dabei zwinkerte die etwas mollige, mütterliche Krankenschwester Jenny verschwörerisch zu.

„Aber", versuchte Jenny zu erwidern, gab es aber auf. Sie wollte die ganze Geschichte nicht noch einmal erzählen und zweifelte auch daran, dass die Schwester überhaupt die Wahrheit hören wollte.

Als die Schwester wieder gegangen war, meinte Thomas lächelnd zu Jenny: „Ich verstehe deinen Ärger über die Vorkommnisse, aber es tut mir leid, dass es mit uns so schief gelaufen ist. Aber offensichtlich hast du niemandem den Unsinn erzählt, ich hätte Gewalt gegen dich angewendet oder sogar den Unfall verursacht."

Jenny war zu ärgerlich, um zu antworten. Zudem hatte sie auch registriert, dass man ihr kaum glauben würde. „Du hast ja die Beweise wunderbar vernichtet", sagte sie stattdessen laut.

Thomas Stimme war jetzt hart und warnend, als er antwortete: „Absolut richtig. Du hast keinerlei Beweise gegen mich!"

„Ich sollte dich dennoch anzeigen!", entfuhr es Jenny nun doch aus hilflosem Zorn. Beide waren so in ihrem Gespräch verstrickt, dass sie nicht bemerkten, wie jemand an die Tür klopfte und sie dann öffnete. „Normalerweise fällt man ja nicht einfach so durch eine Glasscheibe. Mal schauen, ob das Gericht der richtigen Version nicht doch glaubt", drohte Jenny. Ihre zitternde Stimme verriet jedoch ihre Angst vor Thomas.

„Du kannst nichts davon beweisen. Du machst dich nur lächerlich und verlierst eine Menge Geld. Dann werde ich dich wegen Verleumdung drankriegen", schrie Thomas ungeachtet dessen, dass er sich in einem stillen Krankenhaus befand.

„Immer langsam", mischte sich eine ruhige, feste, männliche Stimme ein, die Jenny gut bekannt war.

„Andy", freute sich Jenny.

„Noch ein Freund von dir? Dir reicht wohl einmal Fremdgehen nicht?", zischte Thomas.

„Andy, was für ein Überraschung. Komm, setzte dich bitte." Jenny wollte auf keinen Fall das Gespräch mit Thomas weiterführen und hoffte, Andy würde sie erlösen.

„Dann bin ich wohl mal wieder überflüssig und kann gehen. Aber ich komme wieder", verabschiedete sich Thomas fast knurrend.

„Langsam, langsam", sagte Andy wieder und schaute Thomas fest in die Augen.

„Aber Andy", wand Jenny atemlos ein. Andy würde doch nicht etwa auf Thomas Seite stehen? Sie begriff nicht so recht, was hier vor sich ging.

„Ich wollte Ihnen nur sagen ...", Andy schaute ernst zu Thomas, während er Jennys rechte verletzte Hand in seine Hände nahm „dass sie durchaus Beweise hat!"

Jenny und Thomas schauten ihn beide entgeistert an. Was hatte denn Andy mit dieser Angelegenheit zu tun?

„An dem Abend, an dem dieser so genannte ‚Unfall' geschah, hatte sie mich über ihr Handy angerufen. Bevor die Verbindung mit einem dumpfen Aufprallgeräusch unterbrochen wurde, hörte ich noch, wie sie „Hilfe" und „Lass mich in Ruhe, Thomas" rief. Nachdem das Gespräch unterbrochen wurde, konnte ich sie über Handy nicht mehr erreichen. Es war wohl nicht mehr funktionsfähig!"

„Das glaubt dir keiner!", knurrte Thomas scharf. „Diese Nutte wechselt doch die Männer wie andere ihre Kaffeetassen und sie weiß sie dann gut für sich auszunutzen!"

Jenny verstand gar nicht, dass Andy „Lass diese billigen Beleidigungen" sagte. Für sie war die Aussage von Thomas ein großes Kompliment und ein Zeichen dafür, dass sie jetzt mit Ute und anderen Frauen endlich mithalten konnte.

„Zum Glück hat sie über mein Festnetz angerufen und ich habe nach ihrem ersten Hilfeschrei die nächsten vielsagenden Sätze auf meinem integrierten Anrufbeantworter mitgeschnitten. Man hört Ihre wütende Stimme und auch Jennys Angst deutlich heraus. Dann ein Brechen von Holz oder ähnlichem und der Knall, der das Gespräch abbrach. Wenn das nicht genügt ..."

Stille herrschte im Raum. Mit dieser für Jenny glücklichen Wendung hätte Thomas und auch Jenny nicht gerechnet und beide waren überrumpelt.

Nach einer endlos erscheinenden Pause, fand Jenny als erste ihre Stimme wieder: „Andy, gut dass du dich gemeldet hast. Mein Handy ist nämlich spurlos verschwunden." Jenny schickte einen vielsagenden Blick in Richtung Thomas.

„Ich habe auch die Polizei angerufen. Als ich bei dir damals vorbeifuhr, wurdest du schon auf der Trage heraustransportiert. Ich hatte schon fast vergessen, wo du wohnst."

„Du bist also nicht mit Jenny ...?" Thomas war immer verwirrter. Sein Kartenhaus aus Eifersucht, Selbstmitleid und falschen

Verdächtigungen schien zusammenzukrachen.

„Nein", Andy lachte sarkastisch. „Leider nicht. Jenny, warum hast du ausgerechnet mich angerufen, als du schnelle Hilfe brauchtest?"

Jenny wurde leicht rot. „Eigentlich habe ich nur vergessen, deine Telefonnummer aus der Kurztastenwahl meines Handys zu löschen. Und ich habe in meiner Angst ..."

„Pah, Angst!", brummte Thomas im Hintergrund.

Jenny beachtete ihn nicht weiter: „Tja, ich habe also rein zufällig deine Nummer erwischt", gestand Jenny und blickte in zwei enttäuschte braune Augen von Andy.

„Schade! Sehr schade! Aber du kannst ihn ...", und er wies auf den steif dastehenden Thomas, „... verklagen. Beweise kann ich dir liefern!"

„Nein!", entschied Jenny entschlossen.

„Nein?", fragten Thomas und Andy fast gleichzeitig.

„Nicht, dass ich die Schuld an diesem Vorfall bei mir sehe. Aber dennoch wäre es nicht so weit gekommen, wenn ich mich klarer, entschiedener und eigenverantwortlich verhalten hätte. Meine Zweifel und

Manipulierbarkeit haben Thomas erst die Gedanken in den Kopf und den Weg frei gesetzt, mich für seine Ziele ausnutzen zu können. Er hat nur leider nicht mitbekommen, dass ich mich verändert habe."

„So ist es", nickte Thomas sehr erleichtert, wenn auch nicht wirklich überzeugend.

„Also werte ich dieses Verbrechen an mir als Folge meines kindlichen, unreifen Verhaltens zuvor. Thomas, ich werde dich nicht verklagen, obwohl es sich um eine Straftat handelt. Aber ich möchte dich nie wieder sehen. Solltest du mich nochmals …!"

„Schon gut, ich habe es begriffen", knurrte Thomas. „Soll sich doch ein anderer mit dir herumärgern", sagte er in einem frostig kalten Ton und hatte es sehr eilig, das Krankenhauszimmer zu verlassen.

„Tja, was soll ich dazu sagen?", fand jetzt auch Andy seine Stimme wieder. Ich habe dich immer für leistungsfähig, aber auch für eine Frau mit großen, unbegründeten Selbstzweifeln gehalten. Dennoch schätzte und, na ja, mochte ich dich immer sehr. Seit dem Ende des Bilanzbuchhalter-Lehrgangs vermisse ich dich sehr." Andys Wangen hatten eine rote Färbung bekommen. Der sonst so souveräne und zielorientierte Mann stotterte immer offensichtlicher. „Natürlich habe ich auch diese Annoncen als selbstständige Buchführungshelferin in der Zeitung gelesen. Ich habe inzwischen eine gut angelaufene Steuerberaterpaxis und wie gerne hätte ich mir zusammen mit dir etwas Langfristiges aufgebaut. Zudem ...!"

Jenny hatte sich nun genügend in seinen Liebeserklärungen gesonnt. Sie umarmte ihn spontan und küsste ihn leidenschaftlich. Es tat gut, dass jemand sie um ihrer selbst Willen liebte und das schon zu einer Zeit, in der sie noch von ihrer Umwelt ausgelacht wurde. Wärme, Geborgenheit, Offenheit und Kraft strömten von Andys Körper aus. Er war der Mann, den sie immer in Roman vergeblich gesucht hatte. Andy war genau der Mann, den sie für ihr Leben brauchte und der ihr gut tat. Und sie hatte es nicht selber erkannt. Sie drückte Andy noch fester an sich. Die hereinstürzende Schwester riss sie aus ihren Umarmungen.

„Mein wirklicher Retter", strahlte Jenny sie an.

„Ach so", entgegnete die Schwester halb verwirrt, halb desinteressiert. „Aber jetzt wird wieder Blutdruck gemessen, gerade nach den vielen Besuchern!"

Während die Schwester den Blutdruck maß, kritzelte Andy beschäftigt etwas auf seinen aus der Jackentasche gezogenen DIN-A6-Block. Jenny verfolgte sehr neugierig, dass er das Blatt nach hinten umklappte und etwas auf die nächste Seite schrieb.

„Was machst du da eigentlich?", fragte sie schließlich ungeduldig.

„Ich will eigentlich ein neues Schild für meine Steuerberatungspraxis." Andy zwinkerte der Schwester zu, die kopfschüttelnd ihr Stethoskop einpackte und verschwand. „Jenny, was gefällt dir besser?"

Er zeigte ihr erst das erste Blatt. Darauf war ein Rechteck mit einer Aufschrift gemalt, vermutlich das angekündigte neue Schild. Uninteressiert las Jenny, was sich möglicherweise auf diesem Schild befinden sollte, und glaubte, sich verlesen zu haben: „Steuerberater Brosiak und selbstständige Buchführungshelferin Schneider". Jenny war sprachlos und Andy blätterte zum nächsten Blatt um. Dort stand in dem Schildrechteck „Steuerberater Brosiak und Schneider".

Als Jenny vor Staunen noch immer nicht antwortete, ergriff Andy das Wort: „Die Namen habe ich alphabetisch geordnet. Gefällt dir wohl nicht?" Jenny war noch immer überrollt und bekam keinen Ton heraus.

„Moment, da gibt es noch eine weitere Möglichkeit: ‚Steuerberater Andreas und Jenny Brosiak'." Andy schaute Jenny nun sehr erwartungsvoll an.

„Nun ja", räusperte sich Jenny und ordnete ihre Gedanken. „Auch ich hätte einen Vorschlag für dein neues Schild: „Steuerberater Andreas Brosiak/Selbstständige Buchführungshelferin Jenny Schneider-Brosiak!" Andy umarmte Jenny sehr stürmisch. „Moment", spannte Jenny Andy auf die Folter. „In ein bis zwei Jahren benötigst du dann allerdings wieder ein kleineres Schild! Bist du bereit für diese Mehrausgabe?"

„Du willst Kinder und zu Hause bleiben? Ich will auch Kinder und ich verdiene genug, dass du machen kannst, was du willst!"

„An Kinder denke ich noch nicht. Mit etwas Glück und deiner Hilfe lautet das Schild in zwei Jahren dann ‚Steuerberater Brosiak und Schneider-Brosiak'." Mit heißer Leidenschaft, die Jenny ihm während des Bilanzbuchhaltelehrgangs niemals zugetraut hätte, küsste und umarmte er sie. „Jenny, ich helfe dir dabei, wo immer du mich brauchst.

Du schaffst es garantiert!" Jenny war so rundherum glücklich, wie noch nie zuvor in ihrem Leben. Roman und Thomas gab es nicht mehr für sie. Sie hatte in Andy den Mann gefunden, den sie immer in Roman gesucht hatte. Der Mann, der sie schätzte, liebte, förderte, motivierte und sie nicht nur für seine Zwecke oder die Realisierung seiner Träume brauchte. Vor allem hatte sie auch sich selber gefunden, was ihr den Blick für den besten Lebenspartner erst ermöglicht hatte.